东坡逸事编

沈宗元 著
林洪 王朋 译注

九州出版社
JIUZHOUPRESS

图书在版编目（CIP）数据

东坡逸事编译注 / 沈宗元著；林洪，王朋译注．--
北京：九州出版社，2023.8
ISBN 978-7-5225-2091-9

Ⅰ．①东… Ⅱ．①沈… ②林… ③王… Ⅲ．①苏轼（1036-1101）—生平事迹 Ⅳ．①K825.6

中国国家版本馆 CIP 数据核字（2023）第 159929 号

东坡逸事编译注

作　　者　沈宗元 著　林 洪　王 朋 译注
责任编辑　李创娇
出版发行　九州出版社
地　　址　北京市西城区阜外大街甲 35 号（100037）
发行电话　（010）68992190/3/5/6
网　　址　www.jiuzhoupress.com
印　　刷　唐山才智印刷有限公司
开　　本　787 毫米 ×1092 毫米　16 开
印　　张　13
字　　数　241 千字
版　　次　2024 年 1 月第 1 版
印　　次　2024 年 1 月第 1 次印刷
书　　号　ISBN 978-7-5225-2091-9
定　　价　68.00 元

东坡笠屐图　（宋）李公麟

前言

人生为何不快乐，只因未读苏东坡！

翻开中国的历史文化长卷，一个个闪亮的名字让人应接不暇，但唯独“东坡”这名字常常让人会心一笑，因为东坡先生的身上有着太多的人性的有趣色彩，或诙谐，或深沉，或坦荡，或激烈，难怪诗人余光中说：“我如果要去旅行，我不要跟李白一起，他这个人不负责任，没有现实感；跟杜甫在一起呢，他太苦哈哈了，恐怕太严肃；可是苏东坡就很好，他可以做一个很好的朋友，他真是一个很有趣的人。”

苏东坡的确是一位有趣的人。他这位“西林题壁”“赤壁夜游”“一蓑烟雨”中的老朋友，也一直陪伴着我们从小到大的学习和成长。《惠崇春江晚景》《念奴娇·赤壁怀古》《赤壁赋》……是学子们绕不开的知识；东坡肉、三苏祠、寿苏会……是苏粉们说不完的话题。正是凭借着他永恒的人格魅力，苏东坡才成为中国文化史上一个独特的人物符号，在历代文人墨客眼里，苏东坡是不可企及的天才、全才和通才。在老百姓的口中，苏东坡是真正意义上难得的好人、清官和大文豪。苏东坡64岁的一生，虽短却长，见证了北宋一段繁华，书写了文人一种风骨，树立了官员一座丰碑，不但是中华民族杰出先贤中最具智慧的典型代表，更在人类文明进程中占据重要的一席，其影响力早已走出中国，走出东亚文化圈，走向了世界。2000年，法国《世界报》评选出12位“千年英雄”，苏东坡的名字赫然在列，并且是唯一入选的中国人，《世界报》的副主编说：“苏东坡入选最重要的原因是，他有一个自由的灵魂。”

是的，“自由的灵魂”是苏东坡身上最闪亮的标签，它支撑着苏东坡人生道路的所行所适。无论是顺境还是逆境，苏东坡从没有向生活低头，在人生快意时，纵马弯弓，翰墨琳琅；在贬谪困顿时，一蓑烟雨，逍遥平生。看透生活的苦难，依然热爱着生活，这样的苏东坡，当然是拥戴喜欢者众多，从北宋开始，上至皇帝皇后、朝廷百官，下至市井百姓、老妪乞儿，甚至政治对手、荒岛边民，都折服于苏东坡魅力之下，纷纷沦为苏东坡的粉丝。

这本《东坡逸事编译注》是在民国学者沈宗元《东坡逸事》《东坡逸事续编》的基础上完成，将沈作合二为一，整理并译注三百多则东坡逸事，以名言、爱才、文章、诗词、家世、杂录等16个类别展现，突出故事分类的整体性、连续性。在译注的过程中，我们尽量保持沈作的原貌，同时更多地考虑到了此书对古文学习、文化爱好者的适用性，对一些专用历史名词、文学典故做了适当的延伸注解，以求能让更多的读者在了解苏东坡人生故事的时候，也学习到更多的历史文化知识。

这不是一本简单的关于苏东坡的传记式著作，而是一本天才的故事集，一个个故事后面呈现出的是一个文化天才的聪明机智、学识才华、人生哲理、生存智慧等。我们希望此书能够给古文学习者开辟出一条崭新的学习道路，让苏东坡带着我们学习古文学，领略文言之美。也希望这本书能够给普通读者带来更多的人生启迪，把握好自己的处境，不因顺境而得意忘形，不因逆境而失魂落魄。

尊苏东坡为师，与苏东坡为友，点亮诗意人生，勇毅前行吧！

目录

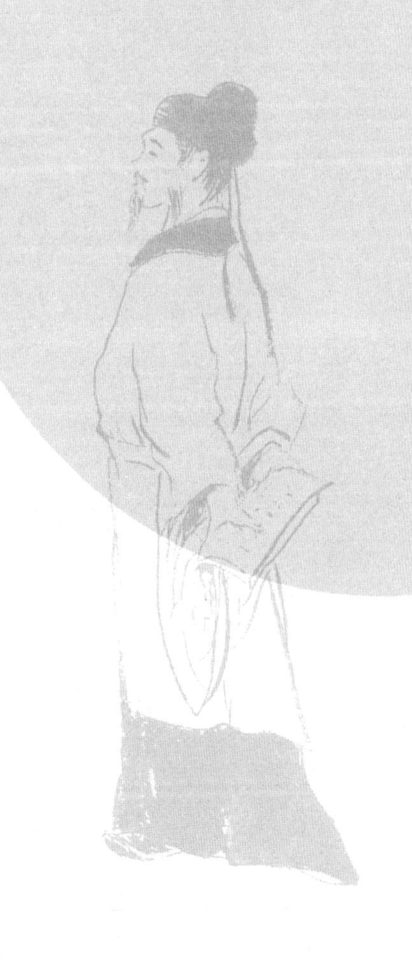

名 言

苏长公[1]自黄移汝，道出金陵[2]，见介甫[3]，甚欢。长公曰："某[4]欲有言于公。"介甫色动，意[5]长公辩前日事，长公曰："某所言天下事。"介甫色定，长公曰："大兵大狱，汉唐灭亡之兆，祖宗以仁厚治天下，正欲革[6]此，今西方用兵，东南数起大狱[7]。公独[8]无一言乎？"介甫举两指示长公曰："二事皆惠卿[9]启[10]之，某在外安敢言？"长公曰："在朝则言，在外则不言，事上[11]之常礼耳。上所以[12]待公者非常礼，公岂得以常礼自处[13]？"介甫厉声曰："某须说。"又言："出在安石口，入在子瞻耳。"盖介甫畏惠卿，恐长公泄之也。介甫又语长公："人须是知行一不义[14]，杀一不辜[15]，而得天下弗为，乃可。"长公曰："今之君子[16]，争减半年磨勘[17]，虽杀人亦为之。"介甫笑而不言。

【注释】

1. 苏长公：苏轼（1037—1101），字子瞻，一字和仲，号铁冠道人、东坡居士，世称苏东坡、苏仙、坡仙，眉州眉山（今四川眉山）人，祖籍河北栾城，北宋文学家、书法家、画家。因在家中排行老大，所以人称长公。长，音zhǎng。2. 金陵：今南京市的别称。3. 介甫：王安石（1021—1086），字介甫，号半山，抚州临川（今江西抚州）人，封荆国公，世人又称王荆公。4. 某：自称之词，我。5. 意：猜测。6. 革：变革。7. 大狱：牵扯面很广且处罚严厉的重大案件。8. 独：副词，难道。9. 惠卿：吕惠卿（1032—1111），字吉甫，号恩祖，泉州晋江（今福建晋江）人。10. 启：开启。11. 上：皇帝。12. 所以：可以。13. 自处：对待自己。14. 不义：不合乎道义之事。15. 不辜：无罪之人。16. 君子：指官员。17. 磨勘：唐宋官员考绩升迁的制度。唐时文武官吏由州府和百司官长考核，分九等注入考状，期满根据考绩决定升降，并经吏部和各道观察史等复验，称为磨勘。宋代设审官院主持此事。

【译文】

苏东坡从黄州调任汝州，路过金陵，拜见王安石，两人见面都很高兴。苏东坡说："我有一句话想和您说。"王安石脸色动了一下，猜测苏东坡要争辩以前的事，苏东坡说："我所要说的是天下大事。"王安石神色平静下来，苏东坡说："战争和大狱，这是汉朝、唐朝灭亡的先兆，列祖列宗凭借仁厚精神来治理天下，正是想要变革这一点，如今在西边发动战争，在东南方也屡兴大狱。您难道一句话也不说吗？”王安石举起两根手指示意苏东坡说：“这两件事都是吕惠卿挑起来的，我如今身在朝廷之外哪敢说什么呢？”苏东坡说：“在朝廷中就说，在朝廷外就不说，这是侍奉君主的常礼罢了。但皇上可以用不同平常的礼节对待您，您又怎么能用平常礼节来对待自己呢？”王安石严厉地说：“我会说！”又说：“话从我口中出去，进入你的耳朵。”大概是王安石畏惧吕惠卿，担心苏东坡泄露他的话。王安石又对苏东坡说：“做人必须知道做一件不仁义的事，杀一个无罪的人，即使能得到天下也不去做，这样就可以了！”苏东坡说：“现在的官员，为了减少半年的磨勘，就算是杀人也会去做。”王安石只是微笑，没有说话。

苏叔党[1]尝读《南史》，东坡卧听之，因[2]语[3]叔党曰：“王僧虔[4]居建康[5]禁中[6]里马粪巷，子孙贤实[7]谦和[8]，时人[9]称马粪诸王为长者[10]。《东汉》赞论[11]李固[12]云：‘观胡广[13]、赵戒[14]如粪土。’粪之秽也，一经僧虔，便为佳话[15]，而以比胡、赵，则粪土有时而不幸。汝可[16]不知乎？”

【注释】

1. 苏叔党：苏过（1072—1123），字叔党，号斜川居士，眉州眉山（今四川眉山）人，苏东坡第三子。2. 因：于是。3. 语：告诉。4. 王僧虔：王僧虔（426—485），字号不详，南朝宋齐时期大臣，琅琊临沂（今山东临沂）人。5. 建康：今南京的别称。6. 禁中：帝王所居宫内。7. 贤实：贤能有才。8. 谦和：谦虚平和。9. 时人：当时的人。10. 长者：德高望重的人。11. 《东汉》赞论：《东汉》即《后汉书》的简称；赞论即论赞，史传篇末所附作者的评论。12. 李固：李固（94—147），字子坚，汉中郡城固县（今陕西汉中）人。13. 胡广：胡广（91—172），字伯始，南郡华容县（今湖北监利）人。14. 赵戒：赵戒（？—约154），字志伯，蜀郡（今四川成都）人。15. 佳话：流传一时，成为谈话材料的好事或趣事。16. 可：副词，难道。

【译文】

苏过有一次读《南史》，苏东坡躺在床上听，于是和苏过说：“王僧虔住在建康皇宫内的马粪巷，子孙都贤能有才，谦虚平和。当时的人都说马粪王家人都是德高望重的人。《后汉书》论赞中评价李固说：‘看胡广和赵戒如同粪土一般。’粪土是污秽的，可一旦用在王僧虔身上，便成为流传一时的佳话；但是用来比拟胡广、赵戒，则就成了粪土有时候的不幸遭遇。你难道不知道这一点吗？”

徐师川俯[1]曰：“东坡、山谷[2]、莹中[3]，三君皆余所畏，然各有可笑。东坡议论[4]谏诤[5]，真能杀身成仁[6]者，其视死生如旦暮尔，而欲学长生不死。山谷赴官姑熟[7]，既至，未视事[8]，闻当罢[9]，不去，竟俯就[10]之。七日符[11]至乃去，问其故，曰：‘不尔[12]，无舟吏可迁[13]。’夫士之进退，极欲分明，岂可以舟吏为累？莹中大节[14]昭著[15]，是能必行其志者，当视爵禄如粪土，然犹时对日者[16]说命[17]。”

【注释】

1. 徐师川俯：徐俯（1075—1141），字师川，自号东湖居士，洪州分宁（今江西修水）人，黄庭坚的外甥。2. 山谷：黄庭坚（1045—1105），字鲁直，号山谷道人、山谷老人、涪翁，世称黄山谷、黄太史、黄文节、豫章先生，洪州分宁（今江西修水）人。3. 莹中：陈瓘（1057—1124），字莹中，号了斋，沙县城西劝忠坊（今福建三明）人。4. 议论：对人或事物所发表的评论性意见或言论。5. 谏诤：直言规劝。6. 杀身成仁：为理想准则而不惜放弃生命。7. 姑熟：今安徽省当涂县。8. 视事：处理政务。9. 罢：罢免。10. 俯就：屈尊做事。11. 符：公文。12. 不尔：不如此，不然。13. 迁：迁移、搬动。14. 大节：高远宏大的志节。15. 昭著：彰明、显著。16. 日者：古时以占候卜筮为业的人。17. 说命：询问命运前程。

【译文】

徐俯说：“苏东坡、黄庭坚、陈瓘，三个人都是我所敬畏的，但是各有可笑的地方。苏东坡善于评论、直言规劝别人，真是能为了理想准则而不惜放弃生命的人，他可以把生和死看作早晨和夜晚的自然变化，但是却想要学习长生不老之术。黄庭坚上任姑熟，已经到官衙，却没有处理政务。听说自己的官职被罢免，也不离开，竟然屈尊做其他事情。七天后罢免的公文到了才离开，问他其中原因，他说：‘不是这样的话，就没有船只、差役来搬运行李。’士人的进用与废退，是极其清楚明白的，怎么可以被船只、差役所妨碍呢？陈瓘志向远大显著，是必定能够践行其志向的人，定当将爵位和俸禄看作粪土，然而却时不时向算命先生询问自己的命运前程。”

东坡书[1]俚俗[2]语有可取者：“处贫贱易，耐[3]富贵难；安劳苦易，安闲散难；忍痛易，忍痒难。”人能安闲散，耐富贵，忍痒，真有道[4]之士也。

【注释】

1. 书：记录。2. 俚俗：世俗，民间。3. 耐：忍受。4. 有道：具有道义。

【译文】

苏东坡记录民间俗语中可以取用的话：“处在贫贱里容易，忍受富贵难；安于劳累容易，安于无所事事难；忍受疼痛容易，忍受瘙痒难。”一个人能够安于无所事事，忍受富贵，忍受瘙痒的话，真是有道之人。

东坡言："子由[1]言：'有一人死而复生，问冥官[2]："如何修身[3]，可以免罪？"答曰："子且置[4]一卷历[5]，昼日[6]所为，暮夜[7]必记之，但不可记者，是不可言、不可作也。"'"

【注释】

1. 子由：苏辙（1039—1112），字子由，一字同叔，晚号颍滨遗老，眉州眉山（今四川眉山）人。2. 冥官：冥界的官吏。3. 修身：陶冶身心，涵养德行。4. 置：准备。5. 历：历书。6. 昼日：白天。7. 暮夜：夜晚。

【译文】

苏东坡说："子由说：'有一人死而复生，问冥官："如何修身，可以免去罪过？"冥官回答说："你姑且准备一卷历书，白天所做的事情，夜晚一定记载下来，只是那些不能记载的事情，是不可以说、不可以做的。"'"

二王[1]是韩持国[2]婿，一日访苏端明[3]，端明因问讯[4]持国。王曰："公自致政[5]来，尤好为欢，尝谓身已癃老[6]，且以乐声自娱。不尔，无以度日。"东坡曰："残年正不应尔，愿为某传一语于持国：顷[7]有一老人，未尝参禅[8]，而雅合[9]禅理[10]，死生之际，极为了然。一日置酒[11]大会[12]，酒阑[13]语众曰：'老人即今且去。'因摄衣[14]正坐[15]，奄奄[16]欲逝，诸子乃惶[17]遽[18]呼号[19]曰：'大人今日乃与世诀，愿留一言为教。'老人曰：'本欲无言，今为汝恳[20]，只且第一[21]五更[22]起。'诸子未喻[23]，老人曰：'惟五更可以干当自家事。'诸子曰：'家中幸丰，何用早起？举家[24]诸事，皆是自家，岂有分别？'老人曰：'所谓自家事，是死时将[25]得去者。吾平时治生[26]，今日就化[27]，可将何者去？'诸子颇悟。今持国自谓残年，请二君言与持国，但言某请持国干当[28]自家事，与其劳心声酒，不若为可以死时将去者计[29]也。"

【注释】

1. 二王：王寔与王宁，生卒年皆不详，颍川（今河南禹州）人。2. 韩持国：韩维（1017—1098），字持国，颍昌（今河南许昌）人。3. 苏端明：苏东坡曾任端明殿学士。4. 问讯：问候。5. 致政：致仕，官吏退休。6. 癃老：衰老病弱。癃，音lóng。7. 顷：不久之前。8. 参禅：指参悟佛理。9. 雅合：正好相合。10. 禅理：佛学之义理。11. 置酒：陈设酒宴。12. 大会：大会宾客。13. 酒阑：酒筵将尽。14. 摄衣：整饰衣装。15. 正坐：正身而坐。16. 奄奄：气息微弱的样子。17. 惶：恐惧。18. 遽：急忙。19. 号：大声呼叫。20. 恳：请求。21. 只且第一：只有一句话。22. 五更：五更天的时候，天将明时。23. 喻：明白。24. 举家：全家。25. 将：取，拿。26. 治生：经营家业。27. 就化：逝世。28. 干当：管理。29. 计：打算。

【译文】

王寔、王宁是韩维的女婿，有一天拜访苏东坡，苏东坡因此问起韩维。王寔、王宁说："韩公自从退休以来，尤其喜欢享乐，曾经说自己身体已经衰老病弱，姑且就以声乐为乐。不这样的话，就没有什么东西可以打发时间了。"苏东坡说："到了晚年正不应该这样，希望你们为我传一段话给韩维：不久前有一位老人，没有参过禅，而所作所为却合乎佛学义理，对于生死之事，看得很透彻。有一天陈设酒宴大会宾客，酒筵将尽的时候对众人说：'我今天即将去世。'于是整饰衣装，正身而坐，气息微弱马上要死去，儿子们恐惧大呼说：'父亲今天就要与世人诀别，希望留一番话作为教诲。'老人说：'本来不想说什么，今天因为你们的恳求，只说一句话：五更起来。'儿子们没有明白，老人说：'只有五更起来才可以做自己的事情。'儿子们说：'家中有幸颇为丰裕，哪里需要早起？全家的事情，都是自家事，哪里有分别？'老人说：'我所说的自家事，是死的时候可以拿走的事情。我平时经营家业，今天死去，可以拿什么走呢？'儿子们听后略有感悟。现在韩维说自己到了晚年，请二位转告韩维，就说我请求韩维管理好自家事，与其费心思在声乐、酒筵上面，不如为死时可以拿走的东西做打算。"

东坡在儋耳[1]时，余[2]三从兄讳延之[3]，自江阴[4]担簦[5]万里，绝[6]海往见，留一月。坡尝诲[7]以作文[8]之法曰："儋州虽数百家之聚[9]，州人之所需，取之市而足，然不可徒得也，必有一物以摄[10]之，然后为己用，所谓一物者，钱是也。作文亦然，天下之事[11]散在经子史中，不可徒使，必得一物以摄之，然后为己用。所谓物者，意是也，不得钱不可以取物，不得意不可以用事，此作文之要[12]也。"吾兄拜其言而书诸绅[13]，尝以亲制龟冠为献[14]，坡受之，而赠以诗云："南海神龟三千岁，兆叶朋从[15]生庆喜[16]。智能周[17]物不周身，未免人钻七十二。谁能用尔作小冠，岣嵝[18]耳孙[19]创其制。今君此去宁复来，欲慰相思时整视[20]。"今集中无此诗。

【注释】

1. 儋耳：古代地名，在今海南境内。2. 余：指葛立方（？—1164），字常之，自号懒真子，丹阳（今江苏丹阳）人。3. 三从兄讳延之：同一个高祖所出的兄弟叫三从兄弟，即堂兄弟，此处指葛立方的堂兄葛延之。4. 江阴：今江苏江阴市。5. 担簦：背着伞，跋涉的意思。6. 绝：横渡，越过。7. 诲：教导。8. 作文：写作文章。9. 聚：聚集。10. 摄：索取。11. 事：典故，诗文等作品中引用的古代故事和有来历出处的词语。12. 要：要诀。13. 绅：古时士大夫束腰的大带。14. 献：进献的东西。15. 兆叶朋从：占卜时得到吉兆。16. 庆喜：喜庆。17. 周：保全。

18. 岣嵝：山名，今湖南衡阳市境内。19. 耳孙：远代子孙。20. 整视：端庄赏视。

【译文】

苏东坡在儋耳时，我的三从兄葛延之从江阴跋涉万里，横渡海洋前去拜见，停留了一个月。苏东坡曾教诲他写作文章的方法说："儋州虽然有几百家百姓聚集，百姓所需要的物品，从市集上买取就能满足，然而不可以平白无故地得到，必须用一样东西来索取，然后才能为自己使用，所说一样东西，正是钱币。写作文章也是这样，天下的典故都分散在经书、子书及史书之中，不能白白地拿来使用，必须用一样东西来索取，然后为自己所使用。所说的这东西，就是'意'，没有钱就不能买到物品，没有'意'就不能使用典故，这就是写文章的要诀。"我的兄长拜服他的话语并且写在腰带上，曾经把亲手制作的龟冠作为进献的礼物送给苏东坡，苏东坡接受了并且回赠一首诗说："南海神龟三千岁，兆叶朋从生庆喜。智能周物不周身，未免人钻七十二。谁能用尔作小冠，岣嵝耳孙创其制。今君此去宁复来，欲慰相思时整视。"而今苏东坡集中没有这首诗。

东坡曰："学佛[1]老[2]本期[3]于静而达，静似懒，达似放；学者或未至其所期，而先得其所似，不为无害。"

【注释】

1. 佛：佛家。2. 老：道家。3. 期：期望。

【译文】

苏东坡说："学习佛道本来是期望达到宁静和旷达，宁静近似于懒惰，旷达近似于放诞；学者有时尚未学到本来所期望的东西，却先学到表面相似的东西，不是没有害处。"

东坡与人相处，不问贤愚贵贱，和气蔼然[1]，尝曰："我心平易[2]，上可以陪玉皇大帝，下可以陪卑田院[3]乞儿。"

【注释】

1. 蔼然：温和、和善的样子。2. 平易：性情或态度谦逊和蔼。3. 卑田院：佛寺救济贫民、收容乞丐的地方。

【译文】

苏东坡与人相处，不论贤能或是愚笨、高贵或是低贱，都是和气友善的样子，他曾经说过："我的性情谦逊和蔼，上可以陪伴玉皇大帝，下可以陪伴卑田院里的乞丐。"

苏文忠曰："俭有三益，一曰安分[1]以养[2]福；二曰宽胃[3]以养气[4]；三曰省费以养财。"

【注释】

1. 安分：规矩老实，守本分。2. 养：蓄、积。3. 宽胃：指节制饮食。4. 气：元气。

【译文】

苏东坡说："节俭有三个好处：一是规矩老实以蓄积福气；二是节制饮食以蓄积元气；三是节省花费以积蓄财富。"

刘壮舆羲仲[1]尝摘[2]欧阳公[3]《五代史》之讹误[4]为[5]《纠谬》，以示东坡，东坡曰："往岁欧阳公著此书初成，王荆公谓余曰：'欧阳公修[6]《五代史》，而不修《三国志》，非也[7]，子盍[8]为之？'余固辞[9]不敢当[10]。夫为史者，网罗[11]数十百年之事，以成一书，其间岂能无小得失[12]？余所以[13]不敢当荆公之托者，正畏如公之徒掇拾[14]其后耳。"

【注释】

1. 刘壮舆羲仲：刘羲仲（1059—1120），字壮舆，号浪漫翁，筠州高安（今江西高安）人。2. 摘：摘录。3. 欧阳公：欧阳修（1007—1072），字永叔，号醉翁，晚号六一居士，吉州庐陵（今江西吉水）人。4. 讹误：文字上的错误。5. 为：写成。6. 修：撰写。7. 非也：这是不对的。8. 盍：副词，何不。9. 固辞：坚决推辞。10. 当：承当。11. 网罗：搜罗。12. 得失：偏指失，过失。13. 所以：表示原因、情由。14. 掇拾：指搜集其中过失而加以抨击。

【译文】

刘羲仲曾经摘录欧阳修《五代史》中的错误撰写成《纠谬》一书，拿给苏东坡看，苏东坡说："往年欧阳公撰写这本书刚刚完成的时候，王安石就和我说：'欧阳公撰写《五代史》，但不撰写《三国志》，这是不对的，你何不做这件事呢？'我坚决推辞不敢承当。记载历史的人，搜罗数十年、上百年的事件来完成一本书，其中怎么会没有一点小过失呢？我之所以不敢承当王安石所托，正是因为害怕像你一样的人在书成之后搜集书中过错而加以抨击罢了。"

东坡《书砚》云："砚之发墨[1]者，必费笔；不费笔则退墨[2]，二德难兼，非独[3]砚也。大字难结密[4]，小字常局促[5]；真书[6]患[7]不放[8]；草书苦无法[9]。茶苦患不美[10]，酒美患不辣[11]。万事无不然[12]，可一大笑也。"

【注释】

1. 发墨：砚石磨墨易浓而显出光泽。2. 退墨：发墨不好。3. 非独：指非但，不但。4. 结密：间隙小。5. 局促：狭窄，不宽敞。6. 真书：楷书。7. 患：担心，发愁。8. 放：汉字书法用语，谓笔势放纵、恣肆。9. 无法：没有章法。10. 美：醇美。11. 辣：浓烈刺激。12. 不然：不是这样，并非如此。

【译文】

苏东坡《书砚》中说："砚石中发墨的，必定耗费毛笔；不耗费毛笔的则发墨不好，两种好处难以兼得，非但是砚石有这种情况。大字的书写难在字与字间隙要小，小字的书写常常狭窄不宽敞；楷书的书写担心不能放纵恣肆；草书的书写往往苦于没有章法。茶苦涩却担心不醇美，酒甘美而担心不浓烈。世间万事没有不是这样，可值得大笑。"

余饮酒终日，不过五合[1]，天下之不能饮，无在余下者，然喜人饮酒，见客举杯徐引[2]，则余胸中为之浩浩[3]焉，落落[4]焉，酣适[5]之味，乃过于客。闲居未尝一日无客，客至未尝不置酒，天下之好饮，亦无在吾上者。常以谓人之至乐，莫若身无病而心无忧，我则无是二者矣。然人之有是者接[6]于余前，则余安得[7]全[8]其乐乎？故所至当蓄[9]善药，有求者则与之，而尤喜酿酒以饮客。或曰："子无病而多蓄药，不饮而多酿酒，劳己以为人，何也？"余笑曰："病者得药，吾为之体轻；饮者困于酒，吾为之酣适，盖专以自为[10]也。"

【注释】

1. 合：量词，一升的十分之一。合，音gě。2. 徐引：慢慢伸着颈项，代指喝酒情形。3. 浩浩：开阔。4. 落落：坦荡。5. 酣适：畅快舒适。6. 接：交往。7. 安得：如何能。8. 全：成全。9. 蓄：储藏。10. 自为：为自己。

【译文】

我喝酒一天，也不超过半升，天下不能饮酒的人，没有在我之下的，然而却喜欢看别人饮酒，看见客人举杯慢饮，那么我心胸也会为此变得开阔坦荡，畅快舒适的滋味，甚至超过客人。闲居在家时，没有一天没有客人，客人来了没有一次不陈设酒宴，天下所有喜好饮酒的人，也没有在我之上的。常常以为人生最大的快乐，莫过于身体没有疾病且心中没有忧愁，我便没有疾病和忧愁这两件事。然而有这样两件事的人和我交往，那么我如何成全他们的快乐呢？因此所到地方一定要储备良药，有所求的人就送给他们，尤其喜欢酿酒让客人饮用。有人说："你没病却经常储藏药，不喝酒却经常酿造酒，辛劳自己而为了别人，为什么呢？"我笑着说："生病的人得到了药，我一样为此感到身体轻松；饮酒的人沉醉在酒中，我一样为此感到畅快舒服，这大概也是专门为自己吧。"

东坡云："功名在晚节[1]者正多，如弈棋[2]只须大段[3]用意，终局[4]时自胜也。"东坡又书雪堂曰："台榭[5]如富贵，时至则有；草木似名节，久而后成。"自是饱经风霜[6]语。

【注释】

1. 晚节：晚年。2. 弈棋：下围棋。3. 大段：主要的。4. 终局：结局。5. 台榭：台和榭，泛指楼台建筑。6. 饱经风霜：经历过许多艰难困苦。

【译文】

苏东坡说："功业和名声在晚年成就的人很多，就像下围棋只需要在主要的部分用心，结局时自然胜利。"苏东坡又写雪堂联："台榭如富贵，时至则有；草木似名节，久而后成。"正是饱经风霜之后的语言。

东坡八岁时在乡校[1]，时有以石守道[2]《庆历圣德诗》示乡先生[3]。轼从旁窥视[4]，问先生何人也？先生曰："童子[5]何用知之。"轼曰："此天人[6]也耶，则不敢知；若亦人耳，何为其不可！"

【注释】

1. 乡校：古代地方学校。2. 石守道：石介（1005—1045），字守道，兖州奉符（今山东泰安）人。3. 乡先生：乡校老师。4. 窥视：偷看。5. 童子：儿童。6. 天人：神仙。

【译文】

苏东坡八岁时在乡校，当时有人拿石介《庆历圣德诗》给乡校老师看。苏东坡从旁边偷看，问老师诗歌里说的都是什么人？老师说："小孩子用不着知道这些。"苏东坡说："这些人是神仙的话，那么我不敢知道；如果这些人也是凡人，那为什么不可以知道他们！"

东坡赞文与可[1]梅竹石云："梅寒而秀，竹瘦而寿，石丑而文[2]，是为'三益之友'。"

【注释】

1. 文与可：文同（1018—1079），字与可，号笑笑居士、笑笑先生，人称石室先生，梓州梓潼郡永泰县（今四川盐亭）人。2. 文：有纹路。

【译文】

苏东坡赞美文同画的梅花、竹子、石头说："梅花凌寒而秀美，竹子瘦硬而长寿，石头丑陋而有纹路，这可作为'三益之友'。"

东坡言：“人不怕虎者，虎不奈[1]得其人何。”盖[2]人先见虎即不怕虎，虎先为人所见，即怕人。小儿不怕虎者，由[3]不识虎，心不动也。

【注释】

1. 奈：对付、处置。2. 盖：大概。3. 由：表原因，因为。

【译文】

苏东坡说：“不怕老虎的人，老虎就不能把这人怎么样。”大概人先看见老虎就不怕老虎，老虎先被人所看见就怕人。幼童不怕老虎的原因，是因为不认识老虎，内心不会惊动。

东坡言：“太守[1]杨君采、通判[2]张公规邀予[3]出游安国寺[4]，坐中论调气[5]养生[6]之事，余云：‘皆不足道，难在去欲[7]。’张云：‘苏子卿[8]啮雪[9]啖毡[10]，蹈背出血[11]，无一语少屈，可谓了生死之际矣。然不免与胡妇[12]生子，穷居海上[13]，而况洞房绮疏[14]之下乎？乃知此事不易消除。’从客皆大笑。余爱其语有理，故为书之。”

【注释】

1. 太守：官名。秦置郡守，汉景帝时改名太守，为一郡最高的行政长官。隋初以州刺史为郡长官，宋以后改郡为府或州，太守已非正式官名，只用作知府、知州的别称。2. 通判：官名。宋初始于诸州设置，即共同处理政务之意，地位略次于州府长官，但握有连署州府公事和监察官吏的实权，号称监州。3. 予：我。4. 安国寺：寺名，在今湖北黄冈市。5. 调气：调养气息身心。6. 养生：摄养身心使长寿。7. 去欲：除去欲望。8. 苏子卿：苏武（前140—前60），字子卿，汉族，杜陵（今陕西西安）人，西汉大臣。9. 啮雪：嚼雪以止渴。10. 啖毡：吃毡毛充饥。11. 蹈背出血：踩背让淤血流出，指匈奴人抢救苏武的情形。12. 胡妇：指匈奴妇女。13. 海上：北海，今贝加尔湖一带。14. 绮疏：雕刻有空心花纹的窗户。

【译文】

苏东坡说：“太守杨君采、通判张公规邀请我去安国寺游玩，座中谈到调养气息来养生方面的事，我说：‘都不重要，难在除去欲望。’张公规说：‘苏武嚼雪以止渴，吃毡毛以充饥，被匈奴人踩背流出淤血治病，没有一句话有所屈服，可以说是了然生死存亡之事了。但是仍然不能避免与匈奴妇女生孩子，穷迫地生活在北海，更何况处在洞房画窗之下呢？可见欲望这事不容易消除。’在座的客人都大笑不已。我喜欢他说的话有道理，所以记录了下来。”

东坡《祭柳子玉文》：“元轻[1]白俗[2]，郊寒[3]岛瘦[4]。”此语具眼[5]。

【注释】

1. 元轻：元，元稹（779—831），字微之，别字威明，河南洛阳（今河南洛阳）人；轻，轻浮。2. 白俗：白，白居易（772—846），字乐天，号香山居士，祖籍山西太原；俗，浅俗。3. 郊寒：郊，孟郊（751—814），字东野，湖州武康（今浙江武康）人；寒，清峭。4. 岛瘦：岛，贾岛（779—843），字阆仙，幽州范阳（今河北涿州）人；瘦，瘦硬。5. 具眼：有识别事物的眼力，高明的见识。

【译文】

苏东坡在《祭柳子玉文》中说："元稹的诗歌比较轻浮而白居易的诗歌则流于浅俗，孟郊的诗歌比较清峭而贾岛的诗歌则充满瘦硬之气。"这句话见识高明。

东坡《与王庠书》云："少年为学者，每一书皆作数过[1]尽之。书富如入海，百货皆有之，人之精力不能兼收尽取[2]，但得其所欲求者耳，故愿学者每次作一意[3]求之，如欲求古人兴亡治乱圣贤作用[4]，但作此意求之，勿生余念。又别作一次求事迹[5]故实[6]典章[7]文物[8]之类，亦如之，他皆仿此。此虽迂钝[9]，而他日学成，八面受敌[10]，与涉猎[11]者不可同日语。"朱子[12]尝取以示学者曰："读书当如是。"

【注释】

1. 过：量词，一遍。2. 兼收尽取：广泛收集，全部占有。3. 意：想法。4. 作用：作为。5. 事迹：历史大事。6. 故实：典故。7. 典章：制度法令。8. 文物：礼乐制度。9. 迂钝：迂拙迟钝。10. 八面受敌：功力深厚，能应付各种情况。11. 涉猎：粗略的阅览或探索。12. 朱子：朱熹（1130—1200），字元晦，又字仲晦，号晦庵，晚称晦翁，祖籍徽州府婺源县（今江西婺源），生于南剑州尤溪（今福建尤溪县）。

【译文】

苏东坡在《与王庠书》中说："做学问的年轻人，每一本书都应看几遍才算读完。书籍的丰富就好比人进入了大海，各种各样的货物都有，而凭借人的精力不可能全部占有，只能选取自己所想要的东西罢了，因此希望求学之人每次读书都以一个目的来寻求，比如想寻求古代人的兴衰存亡以及圣人贤人的所作所为，就只以此想法去寻求，不要生发其他的念头。又另外再读一遍以寻求历史大事、典故、制度法令、礼乐制度一类，也是这种方法，其他情况都效仿此法。这种方法虽然迂拙迟钝，但是有一天学业有成，就能应付各种情况，与那些浮浅阅读的人是不能相提并论的。"朱熹曾拿这种读书方法示意求学之人："读书应当是这样的。"

余读陶渊明《闲情赋》，所谓《国风》好色而不淫，正使[1]不及《周南》，与屈[2]、宋[3]所陈[4]何异？萧统[5]不知而讥之，此乃小儿强作[6]解事[7]者耶。

【注释】

1. 正使：纵使，即使。2. 屈：屈原（约前340—前278），芈姓，屈氏，名平，字原，丹阳秭归（今湖北宜昌）人，楚国大臣。3. 宋：宋玉（前298—前222），宋国公族后裔，生于楚国，曾事楚顷襄王，楚国大臣。4. 陈：陈述，言说。5. 萧统：萧统（501—531），字德施，南兰陵郡兰陵县（今江苏常州）人。南朝梁武帝萧衍长子，梁简文帝萧纲和梁元帝萧绎长兄。6. 强作：勉强装作。7. 解事：通晓事理。

【译文】

我读陶渊明的《闲情赋》，所说的《国风》贪爱美色而不淫邪，即使比不上《周南》，与屈原、宋玉所陈述的又有什么区别呢？萧统不知晓这一点而讥笑陶渊明的《闲情赋》，这就像小孩子勉强装作通晓事理。

坡老云："诗至杜工部[1]，书至于颜鲁公[2]，画至于吴道子[3]，天下能事毕[4]而衰焉。"故吾于诗而得曹[5]、刘[6]也，书而得钟[7]、索[8]也，画而得顾[9]、陆[10]也，谓其能事未尽毕也，噫！此未易道也。

【注释】

1. 杜工部：杜甫（712—770），字子美，自号少陵野老，河南巩县（今河南巩义）人，因杜甫曾任检校工部员外郎，世称杜工部。2. 颜鲁公：颜真卿（709—784），字清臣，小名羡门子，别号应方，琅琊临沂（今山东临沂）人，曾任平原太守，封鲁郡公，世称颜平原、颜鲁公。3. 吴道子：吴道子（约680—759），又名道玄，阳翟（今河南禹州）人，世称画圣。4. 毕：齐备，竭尽。5. 曹：魏武帝曹操（155—220），字孟德，小字阿瞒，沛国谯县（今安徽亳州）人。6. 刘：刘桢（？—217），字公干，东平宁阳（今山东宁阳）人。7. 钟：钟繇（151—230），字元常，颍川郡长社县（今河南长葛）人，汉末至三国时期曹魏重臣，书法家。8. 索：索靖（239—303），字幼安，敦煌郡龙勒县（今甘肃敦煌）人，西晋将领、著名书法家。9. 顾：顾恺之（348—409），字长康，小字虎头，晋陵无锡（今江苏无锡）人，东晋画家。10. 陆：陆探微（？—约485），吴县（今江苏苏州）人，南朝宋、齐画家。

【译文】

苏东坡说："诗歌到了杜甫那里，书法到了颜真卿那里，绘画到了吴道子那里，天底下技能之事的顶级技法都已齐备了，然后诗歌、书法、绘画这些事就开始逐渐衰微。"因此我作诗学习曹操、刘桢，书法学习钟繇、索靖，作画学习顾恺之、陆探微，是说他们所能之事的技法还没有完全齐备。唉！这并不容易说出来。

东坡云："余蓄墨数百挺[1]，暇日[2]辄出品[3]试之，终无黑者，其间不过一二可[4]人意，以此知世间佳物，自是难得。茶欲其白[5]，墨欲其黑，方求黑时嫌漆白，方求白时嫌雪黑，自是人不会事[6]也。"

【注释】

1. 挺：量词，多用于条状物或长形物。2. 暇日：空闲的日子。3. 出品：创作作品。4. 可：符合。5. 白：煮茶以泛起白色泡沫者为佳。6. 会事：懂事，晓事。

【译文】

苏东坡说："我储藏的墨有几百挺，空闲日子就创作作品试一试，一直没有足够黑的，其中不过一两挺符合心意，因此可以知道世上的好东西，本来就是难得到。茶要求越白越好，墨要求越黑越好，当追求黑的时候连黑漆都觉得白，当追求白的时候连白雪都觉得黑，这自然就是人们不懂事。"

东坡云："《春秋》之学，自有妙用，学者罕能理会[1]。若求之绳约[2]中，乃近法家者流，苛细[3]缴绕[4]，竟亦何用？惟丘明[5]识其妙用，然不能尽谈，微见端兆[6]，欲使学者自见[7]之。"

【注释】

1. 理会：理解，领会。2. 绳约：绳索。也比喻拘束、约束。3. 苛细：烦琐细小。4. 缴绕：缠扰不休。5. 丘明：左丘明，生卒年不详，春秋末期史学家。6. 端兆：端倪迹象。7. 自见：自知。

【译文】

苏东坡说："《春秋》的学问，自然有神妙作用，学者们很少能理解领会。如果探求于约束范围之内，是接近法家流派，烦琐细小、缠扰不休，究竟又有什么用处？只有左丘明认识到了其中神妙作用，然而也不能全部说完，稍微显现一点端倪迹象，想要让学者自己知晓。"

王荆公[1]作《字说》，行之天下，东坡在馆[2]，一日因[3]见而及[4]之，曰："丞相[5]赜[6]微窅[7]，穷[8]制作[9]，某不敢知，独恐每每[10]牵附[11]，学者承风[12]，有不胜其凿[13]者。如以犇[14]、麤[15]二字言之，牛之体壮于鹿，鹿之行速于牛，今积三为字而其义皆反之，何也？"荆公无以答。

【注释】

1. 王荆公：指王安石。2. 馆：史馆。官修史书的官署名。3. 因：就，于是。4. 及：赶上。

5. 丞相：指王安石。6. 赜：探求。7. 微窅：细微、精深的知识。8. 穷：深入钻研。9. 制作：礼乐方面的典章制度。10. 每每：屡次。11. 牵附：牵强附会。12. 承风：迎合风气。13. 不胜其凿：忍受不了穿凿附会。凿，穿凿附会。14. 犇：本意指牛惊走，引申泛指奔跑。犇，音 bēn。15. 麤：同“粗”，音 cū。

【译文】

王安石创作《字说》，流行于整个天下，苏东坡在史馆，一天见到王安石，追上去说：“丞相探求细微、精深的知识，深入钻研礼乐方面的典章制度，我不敢知道原因，唯独担忧书中屡次牵强附会，学者会迎合这种风气，让人忍受不了穿凿附会的现象。比如以犇、麤两个字来说，牛的身体比鹿强壮，鹿行走的速度比牛快，今天您把三个字组合在一起而表达的意思都跟以前单个‘牛’和‘鹿’的含义相反，这是为什么呢？”王安石无言以对。

东坡《与李公择书》云：“仆[1]行年五十，始知作活[2]，大要[3]是悭[4]尔，而文以美名，谓之俭素。然吾侪[5]为之，则不类俗人，真可谓淡而有味者。又《诗》云：‘不[6]戢[7]不难[8]，受福不那[9]。’口体之欲，何穷之有，每加节俭，亦是惜福延寿之道。此似鄙俗[10]，且出于不得已，然自谓长策，不敢独用，故献之左右[11]，住京师，尤宜用此策也。一笑！一笑！”

【注释】

1. 仆：我。2. 作活：谋生，过日子。3. 大要：要领，要点。4. 悭：吝啬。5. 吾侪：我辈。6. 不：语气词。7. 戢：克制，收敛。8. 难：通“傩”，行为有节度。9. 那：多。那，音 nuó。10. 鄙俗：鄙陋庸俗。11. 左右：不直称对方，而称其左右执事者，表示尊敬。

【译文】

苏东坡在《与李公择书》中说：“我年龄五十岁，才开始知道谋生，要领就是吝啬而已，用一个好听的词形容它，称作节俭朴素。然而我辈做这件事情，不同于那些俗人，真正可以称为淡而有味。《诗经》也说：‘不戢不难，受福不那。’人的嘴巴和身体的欲望，哪里有满足的呢？常常加以节俭，也是惜福延寿的途径。这看起来鄙陋庸俗，而且也是出于不得已，然而我自认为这是长久的策略，不能一个人独自享用，所以分享给你，住在京城里，尤其适合用这种方法。权当一笑！权当一笑！”

东坡自杭[1]徙知密州，时方行手实法[2]，使民自疏[3]财产以定户等[4]，又使人得告其不实，司农寺[5]又下诸路[6]，不时施行者以违制[7]论。公谓提举常平官[8]曰：“违制之坐[9]，若自朝廷，谁敢不从？今出于司农，是擅造律也，若何？”使者惊曰：

“公姑徐之。”未几[10]，朝廷亦知手实之害，罢之。密人私以为幸。

【注释】

1. 杭：杭州。2. 手实法：熙宁变法中让百姓自报田地财产的一项。3. 疏：分条陈述。4. 户等：古代政府将民户按资产多寡分为不同等级以征收赋税。5. 司农寺：古代官署名。掌管粮食、仓廪等事务，熙宁变法时，为推行变法的重要机构。6. 路：宋代行政区域。7. 违制：违反皇帝命令。8. 提举常平官：宋代官名，掌各路役钱、青苗钱、义仓、赈济、水利、茶盐等事。9. 坐：犯罪。10. 未几：不久。

【译文】

苏东坡从杭州调任到密州，当时正实行手实法，让百姓自己分条陈述财产以此决定征税等级，又使人们状告那些不如实申报财产的人，司农寺下令到各个行政区域，不按时实施的人按违反皇帝命令处置。苏东坡对提举常平官说：“违反皇帝命令的犯罪，如果是出自朝廷，谁敢不听从？如今命令出自司农寺，这是擅自制定律法，为什么？”提举常平官害怕地说：“您姑且缓一缓。”不久，朝廷也知道手实法的危害，下令废除了它。密州百姓私下认为这是件幸事。

懿 行

苏子瞻为翰林学士[1]。一日锁院[2]，召至内[3]东门小殿，时子瞻半醉，命以新水[4]漱口解酒，已而入对[5]。

宣仁[6]问曰："有一事要问内翰[7]，前年任何官职？"

曰："汝州[8]团练副使[9]。"

曰："今为何官？"

曰："备员[10]翰林学士。"

曰："何以至此？"

曰："遭遇陛下[11]。"

曰："不关老身事。"

曰："必出自官家[12]。"

曰："亦不关官家事。"

曰："然则[13]大臣论荐[14]耶？"

曰："亦不关大臣事。"

子瞻惊曰："臣虽无状[15]，不敢由他途[16]以进。"

曰："此乃先帝[17]之意，先帝当饮食，而停箸看文字[18]，则内人[19]必曰：'此苏东坡文字也。'先帝每称曰：'奇才！奇才！'但未及进用学士而上仙[20]耳。"

子瞻哭失声，宣仁与上[21]左右[22]皆泣。已而曰："内翰须尽心事官家，以报先帝知遇。"命撤金莲烛送归院。

【注释】

1. 翰林学士：古代官名，始于唐代，北宋时设为专职，主要职能是草拟诏令、顾问议政等。

2. 锁院：宋代翰林院处理如起草诏书等重大事项时锁闭院门断绝往来，以防泄密。3. 内：皇宫大内。4. 新水：新汲之水。5. 入对：臣下进入皇宫回答皇帝提出的问题或质问。6. 宣仁：宣仁圣烈皇后高氏（1032—1093），小字滔滔，亳州蒙城（今安徽蒙城）人，宋英宗皇后，宋神宗之母。7. 内翰：唐宋称翰林为内翰。8. 汝州：今河南汝州市。9. 团练副使：官名，属于团练使的副职。团练使，唐代始置，宋代团练使为虚衔，而团练副使无职掌，无固定员额，常用以安置贬降官员。10. 备员：凑足人员的数，充数。11. 陛下：帝王宫殿的台阶之下，后用于对帝王的尊称，此处指宣仁皇后。12. 官家：古时对皇帝的称呼。13. 然则：那么。14. 论荐：选拔推荐。15. 无状：所行丑恶无善状，多作自谦之辞。16. 他途：别的途径，多指不正当的途径。17. 先帝：宋神宗赵顼（1048—1085），宋英宗赵曙长子，生母宣仁圣烈高皇后，北宋第六位皇帝（1067—1085年在位），庙号神宗，葬于永裕陵。18. 文字：奏疏。19. 内人：宫女。20. 仙：驾崩。21. 上：宋哲宗赵煦（1077—1100），宋神宗赵顼第六子，母亲为钦成皇后朱氏，北宋第七位皇帝（1085—1100年在位），庙号哲宗，葬于永泰陵。22. 左右：侍从。

【译文】

苏东坡担任翰林学士。有一天翰林院锁院，苏东坡被传召到皇宫大内的东门小殿，当时苏东坡喝得半醉，宣仁皇后命人用新汲的水给苏东坡漱口解酒，继而召入皇宫内回答问题。

宣仁皇后问："有一件事要问翰林，前些年担任什么官职呢？"

苏东坡说："担任汝州的团练副使。"

宣仁皇后问："现在担任什么官职？"

苏东坡说："充数担任翰林学士。"

宣仁皇后问："为什么会这样？"

苏东坡说："因为遇到了陛下。"

宣仁皇后说："和老身没有关系。"

苏东坡说："必然是因为皇上。"

宣仁皇后说："也与皇上没有关系。"

苏东坡说："那么是大臣的选拔推荐吗？"

宣仁皇后说："也和大臣没有关系。"

苏东坡惊讶地说："臣虽然言行丑恶没有善状，却不敢用不正当的途径让自己升迁。"

宣仁皇后说："这是先帝的旨意，先帝将要吃饭的时候，却放下筷子看奏疏，而侍从一定会说：'这是苏东坡的奏疏。'先帝每次都称赞说：'奇才！奇才！'然而尚未来得及重用你先帝就驾崩了。"

苏东坡失声痛哭，宣仁皇后与宋哲宗及侍从们也哭泣起来，然后说："翰林必须竭尽心思为皇上做事，以此回报先帝的知遇之恩。"命令取下金莲烛送苏东坡回翰林院。

苏子瞻云："予少时所居书堂前，有竹柏杂花，丛生[1]满庭，众鸟巢其上，武阳君[2]恶杀生，儿童婢仆皆不得捕取。鸟雀数年间皆巢于低枝，其鷇[3]可俯而窥，又有桐花凤[4]四五，日翔集[5]其间，此鸟羽毛至为珍异难见，而能驯扰[6]，殊[7]不畏人，闾里[8]间见之，以为异事。此无他，不忮[9]之诚[10]，信[11]于异类也。”

【注释】

1. 丛生：草木聚集生长，形容茂盛。2. 武阳君：苏东坡母亲程夫人，武阳君是封号，司马光《武阳县君程氏墓志铭》载：“夫人以嘉祐二年四月癸丑终于乡里，享年四十八。轼登朝，追封武阳县君。”3. 鷇：由母哺食的幼鸟。鷇，音kòu。4. 桐花凤：鸟名，即蓝喉太阳鸟，暮春时多栖集于桐花上。5. 翔集：众鸟飞翔而后群集于一处。6. 驯扰：顺服，驯服。7. 殊：特别，非常。8. 闾里：邻居。9. 忮：嫉妒，凶狠。忮，音zhì。10. 诚：真诚。11. 信：信任。

【译文】

苏东坡说：“我小时候所居住的书房前，有竹子、柏树和杂乱的花，茂盛得占满了整个庭院，许多鸟在树上筑巢，母亲讨厌杀害生灵，幼童与婢女、仆人都不可以捕猎获取。鸟雀几年间都筑巢在低矮的树枝上，它们的幼鸟，人可以弯着腰观看，还有四五只桐花凤鸟，每天飞翔聚集树枝上，这种鸟的羽毛至为珍异罕见，然而能被驯服，尤其不怕人，邻居看见了，认为这是奇异的事情。这并没什么，只是不带恶意的真诚，被不同类的生命信任罢了。”

东坡自儋北[1]归，卜居[2]阳羡[3]。阳羡士大夫犹畏而不敢与之游，独士人邵民瞻从学于坡，坡亦喜其人，时时相与杖策[4]过长桥，访山水为乐。邵为坡买一宅，坡倾囊仅能偿[5]之，卜吉[6]入新第，夜与邵步月[7]，偶至一村落，闻妇人哭声极哀，坡徙倚[8]听之，曰：“异哉，何其悲也！岂有大难割之爱，触于其心欤？吾将问之。”遂与邵推扉而入，则一老妪，见坡，泣自若，坡问其故，妪曰：“吾家有一居，相传百年，保守[9]不敢动，以至于我，而吾子不肖，遂举以售[10]诸人。吾今日迁徙来此，百年旧居，一旦诀别，宁不痛心？此吾之所以泣也。”坡亦为之怆然[11]，问其故居所在，则坡倾囊所得者也，坡因再三[12]慰抚[13]，徐谓之曰：“妪之旧居，乃吾所售[14]也，不必深悲，今当以是屋还妪。”即命取屋券[15]，对妪焚之，呼其子，命翌日迎母还旧第，竟[16]不索其直[17]，坡自是遂还毗陵[18]，不复买宅。

【注释】

1. 儋北：地名，在今海南省。2. 卜居：择地居住。3. 阳羡：今江苏宜兴市。4. 杖策：拄杖。5. 偿：抵偿。6. 卜吉：占问选择吉日。7. 步月：月下散步。8. 徙倚：徘徊。9. 保守：保住，守护。10. 售：卖。11. 怆然：悲伤的样子。12. 再三：一次又一次。13. 慰抚：安抚。14. 售：买。15. 屋券：房契。16. 竟：完毕，终究；从始至终。17. 直：房钱。18. 毗陵：今江苏常州市。

【译文】

苏东坡从儋北返回，选择居住在阳羡。阳羡的士大夫们因为害怕而不敢与苏东坡交往，只有士人邵民瞻跟从苏东坡学习，苏东坡也喜欢这个人，经常和他一起拄杖过长桥，以寻山访水为快乐。邵民瞻为苏东坡买了一座宅子，苏东坡掏光所有积蓄也只能勉强抵偿，占卜吉日后搬入了新居，夜晚与邵民瞻在月下散步，偶然到达一个村落，听到有妇人哭得很哀伤，苏东坡徘徊倾听，说："奇怪，多么悲伤啊！难道有什么非常难以割舍的事触动了她的心吗？我要去问一问她。"于是和邵民瞻推门进去，有一个老妇人，见到苏东坡，依然自顾自地哭泣，苏东坡问她原因，老妇人说："我家有一座宅子，已经传承百年，一直守护不敢乱动，才到了我手里，然而我儿子没有出息，把它卖给别人了。我现在搬家到这里，上百年的老房子，一天告别，怎能不心痛呢？这就是我哭泣的原因了。"苏东坡也为她感到悲伤，问她原来的宅子在哪里，竟然是苏东坡花光积蓄得到的那座宅子，苏东坡一次又一次安抚她，慢慢对她说："你的老房子是我买的，不用太过悲伤，现在我就把这宅子还给你。"于是让人取来房契，当着老妇人的面烧了，并叫老妇人的儿子过来，命令他第二天把母亲接回老房子，终究也没有索要买房子的钱，苏东坡于是又回到毗陵，没有再买房子。

晏元献[1]与客宴饮，稍阑[2]，即罢遣[3]歌乐[4]，曰："汝曹[5]呈艺已遍，吾当呈艺。"乃具[6]笔札[7]，相与赋诗。米元章[8]邀苏子瞻饮，列纸三百，置馔[9]其傍，每酒一行，伸纸作字一二幅，小吏磨墨，几不能供，饮罢，纸亦尽，乃更相[10]移去。先辈[11]风流，即一杯酌间，不忘以词翰[12]相课[13]，亦异乎以饮食游戏相征逐[14]者矣。

【注释】

1. 晏元献：晏殊（991—1055），字同叔，抚州临川（今江西进贤）人，谥号元献。2. 稍阑：酒性稍息。3. 罢遣：遣散。4. 歌乐：指歌伎乐师等人员。5. 汝曹：你们。6. 具：置办，准备。7. 笔札：毛笔和简牍。8. 米元章：米芾（1051—1107），初名黻，后改芾，字元章，自署姓名米或为芈，祖居太原，后迁湖北襄阳，曾任校书郎、书画博士、礼部员外郎。北宋书法家、画家。9. 馔：饭食。10. 更相：相继，相互。11. 先辈：对前辈的尊称。12. 词翰：诗文辞章。13. 相课：相互学习。14. 饮食游戏相征逐：相邀饮宴、追逐游戏。

【译文】

晏殊与客人宴乐饮酒，酒性稍息，就遣散了歌伎乐师等人，说："你们献艺已经完毕，该我献艺了。"于是准备好毛笔与简牍，与客人一起创作诗词。米芾邀请苏东坡喝酒，陈列三百张纸，放置在饭食的旁边。每喝一次酒，就展开纸张创作一两幅书法，小吏磨墨，几乎不能供应得上，喝完酒，纸张也用完了，于是相继离去。前辈风雅，即使在喝一杯酒的时候，也没有忘记用诗文辞章来相互学习，也绝不同于那些只以饮食和游戏相互打闹的人。

刘安世字器之，与东坡同朝[1]。东坡勇于为义，或失之过，则器之必约以典故[2]，东坡至发怒曰："何处得一刘正言[3]来，知得许多典故。"刘闻之，则曰："子瞻固所畏也，若恃其才，欲变乱典常[4]，则不可。"元符[5]末，东坡、器之各归自岭海[6]，相遇于道，器之大喜曰："浮华[7]豪习[8]尽去，非昔日子瞻也。"东坡则云："器之铁石人[9]也。"

【注释】

1. 同朝：同僚。指同在朝廷任职者。2. 典故：典制和成例。3. 刘正言：刘安世（1048—1125），字器之，号元城、读易老人，魏州元城（今河北大名）人，曾历任右正言。4. 典常：常法。5. 元符：元符（1098—1100）是宋哲宗赵煦的第三个年号。6. 岭海：指两广地区。其地北倚五岭，南临南海，故名。7. 浮华：外表华丽。8. 豪习：豪家习气。9. 铁石人：秉性刚强，不易动感情的人。

【译文】

刘安世字器之，与苏东坡同朝为官。苏东坡敢于追求道义，有时也会有过错，此时刘安世一定用典制和成例来约束他，苏东坡非常生气地说："哪里来的一个刘安世，知道这么多典制成例。"刘安世听闻这件事，就说："苏东坡固然是我所敬畏的，如果仗着自己的才能，想要扰乱常法，却绝不可以。"元符末年，苏东坡、刘安世各自从岭海归来，在路上相遇，刘安世非常高兴地说："浮华和豪情都全部消除，不是以前的子瞻了。"苏东坡则说："器之真是铁石心肠之人啊。"

昔东坡谪海南，故人巢谷[1]，年已七十三矣，自蜀往唁[2]之，死诸途[3]。予于此见君子交谊之真也。

【注释】

1. 巢谷：巢谷（约1025—约1098），字元修，眉州眉山（今四川眉山）人，苏东坡的朋友。2. 唁：吊唁，指慰问遭遇祸事的人。3. 诸途：在途中。

【译文】

当初苏东坡被贬谪到海南，老朋友巢谷已经七十三岁了，从蜀地前往慰问，死在了路上。我从这件事中看到了君子友谊的纯真。

苏东坡云："余少不喜杀生，然未能断也，近来始能不杀猪羊，然性嗜蟹蛤[1]，故不免杀。自去年得罪下狱，始意不免[2]，既而[3]得脱，遂自此不复杀一物。有见饷[4]蟹蛤者，皆放之江中。虽知蛤在江水无活理，然犹[5]庶几[6]万一，便使不活，亦愈于煎烹[7]也，非有所求觊[8]，但[9]以亲经患难，不异[10]鸡鸭之在庖厨[11]，不忍复以口腹之故，使有生之类，受无量[12]怖苦[13]尔，犹恨未能忘味，食自死物[14]也。”

【注释】

1. 蛤：海蛤。2. 不免：不能幸免。3. 既而：不久，一会儿。4. 饷：赠送。5. 然犹：但是仍然还。6. 庶几：表示希望的语气词，或许可以。7. 煎烹：烧煮食品。8. 求觊：请求和希望。9. 但：不过，只是。10. 不异：没有差别，等同。11. 庖厨：厨房。12. 无量：不可计算，无尽。13. 怖苦：因恐惧而生的痛苦。14. 自死物：自然死亡的动物。

【译文】

苏东坡说：“我年少时不喜欢杀害生灵，然而未能完全断绝杀生，近年来才开始能不杀猪和羊，然而生性爱吃螃蟹和海蛤，因此不能避免杀生。自从去年获罪被关入牢狱，开始时认为不能幸免于难，不久得以解脱，于是从那之后不再杀害一个生灵。有送给我螃蟹和海蛤，都放生到江水中去。虽然知道海蛤在江水里没有活下去的道理，但是这样或许可以万中存一，即便不能使之存活，也胜过被煎炸和烹煮，并非有什么过分的请求和希望，只是因为亲身经历忧患灾难，等同于鸡鸭困在厨房里，不忍心再因为口腹的欲望，让有生命的种类忍受无尽的恐惧和痛苦，只是尚且痛恨自己不能忘记肉食之味，还去食用自然死亡的动物。”

苏文公轼初通判密州[1]，有盗窃发而未获。安抚使[2]遣三班使臣[3]领悍卒数十人，入境捕之，卒凶暴恣行，以禁物[4]诬民，强入其家争斗至杀人，畏罪惊散，民诉于轼，轼投其书不视，曰：“必不至此。”悍卒闻之，少安，轼徐使人招出戮之。遇事须有此镇定力量，然识不到，则力不足。

【注释】

1. 密州：今山东省诸城市。2. 安抚使：官名。隋代始置，宋代为掌管一方军民两政之官，称安抚使。3. 三班使臣：宋代对大小使臣的称呼。4. 禁物：违禁之物，封建时代禁止普通百姓使用的器物、服饰等物品。

【译文】

苏东坡刚刚担任密州通判时，有盗窃案件发生却没有捕获盗贼。安抚使派遣三班使臣率领强悍士卒几十人，进入密州境内捉捕盗贼，士卒凶暴放肆，用违禁之物来诬陷百姓，强行进入百姓家争斗以至于杀了人，犯事后畏罪逃逸，百姓向苏东坡控诉，苏东坡丢下诉状不看，说：“事情必定不可能到这种地步。”杀人的士卒听到这话，稍微放下心来，苏东坡再慢慢派人把他们捉来处死。遇到事情就需要这种镇定的力量，然而如果见识达不到一定的程度，那么镇定之力也就不够。

儋耳鱼者[1]渔于城南之陂[2]，得鲫二十一尾，求售于东坡居士，坐客皆欣然，欲买放之，乃以木盎[3]养鱼，舁[4]至城北沦江[5]之阴[6]，吴氏之居，浣沙石之下放之。时吴氏馆客陈宗道，为举《金光明经》[7]流水长者因缘[8]说法念佛，以度是鱼。曰："无明[9]缘行[10]，行缘识[11]，识缘名色[12]，名色缘六入[13]，六入缘触[14]，触缘受[15]，受缘爱[16]，爱缘取[17]，取缘有[18]，有缘生[19]，生缘老死忧悲苦恼。南无宝胜如来[20]。"尔时宗道说法念佛已，其鱼皆随波赴谷，众会欢喜，作礼而退。

【注释】

1. 鱼者：渔民。2. 陂：池塘。陂，音bēi。3. 木盎：木盆。盎，音àng。4. 舁：抬。舁音yú。5. 沦江：江名。6. 阴：南面。古代方位中，阳指山的南面或水的北面；阴则指山的北面或水的南面。7.《金光明经》：佛经名。8. 流水长者因缘：见《金光明经》卷四。9. 无明：佛教语言，指痴愚无智慧。10. 行：佛教语言，指身、口、意的造作行为，即身体活动、语言说话、思维活动。11. 识：佛教语言，指心。12. 名色：五蕴中的受、想、行、识为名。色蕴为色之总称。13. 六入：眼、耳、鼻、舌、身、意六根为内六入，色、声、香、味、触、法六尘为外六入。六根和六尘互相涉入，即眼入色、耳入声、鼻入香、舌入味、身入触、意入法而生六识。14. 触：身根所生成感受。15. 受：领受所触之境之心所法。16. 爱：贪物之意。17. 取：妄取。18. 有：未来生之业因。19. 生：未来世之生。20. 南无宝胜如来：佛名号之一。

【译文】

儋耳的渔民在城南的池塘捕鱼，获得鲫鱼二十一条，请求卖给苏东坡，在座的客人都很高兴，想要买来放生，于是用木盆养鱼，抬到城北沦江的南面，吴家房子，浣纱石下面放生。当时吴家门客陈宗道，为此举出《金光明经》流水长者因缘一段说法念佛，来超度这些鱼。曰："无明缘行，行缘识，识缘名色，名色缘六入，六入缘触，触缘受，受缘爱，爱缘取，取缘有，有缘生，生缘老死忧悲苦恼。南无宝胜如来！"当时陈宗道说法念佛结束后，那些鱼儿都随着波浪奔赴大河，众人都很欢喜，行礼之后就退下了。

东坡自谓窜逐[1]海上[2]，去[3]死地[4]近，愿学寿禅师[5]放生以证善果[6]，敬将亡母蜀郡太君程氏遗留簪珥[7]，尽买放生，以荐[8]父母冥福[9]。其子迈[10]在侧，见所买放生，盈轩[11]蔽地，或掉尾乞命，或悚翅哀鸣，亟请放之。旁有侍妾朝云见迈衣衿[12]有蠕动，视之乃虱，遽[13]以指爪陨其命。东坡曰："圣人言：'近取诸身，远取诸物。'我今远取诸物以放之。今近取诸身以杀之耶？"妾曰："奈啮[14]我何[15]？"东坡曰："是汝气体感召而生者，不可罪也，今人杀害禽鱼，岂禽鱼啮人耶？"妾大悟，自后罕茹[16]腥物，多食蔬菜。东坡舅氏[17]谕[18]之曰："心即是佛，不是断肉。”东坡曰：“不可作如是[19]言，小人[20]女子难感[21]易流[22]，幸其作如是相，有何不可！”

【注释】

1. 窜逐：放逐，流放。2. 海上：指海南。3. 去：距，距离。4. 死地：死亡之地。5. 寿禅师：禅师名。6. 证善果：修正涅槃，解脱生死。7. 簪珥：发簪和耳饰。8. 荐：荐福，祭神以求福。9. 冥福：阴间之福。10. 迈：苏迈（1059—1119），字维康，眉州眉山（今四川眉山）人。苏东坡长子。11. 轩：有窗户的小廊子或小屋子。12. 衣衿：即衣襟。指古代交领或衣下掩裳际处，后亦指上衣的前幅或衣领、袖口。13. 遽：匆忙，急忙。遽，音jù。14. 啮：咬。啮，音niè。15. 奈……何：怎么办。16. 茹：吃。17. 舅氏：舅父。18. 谕：告诉。19. 如是：如此，这样。20. 小人：旧指仆隶。21. 难感：难以感化。22. 易流：容易流俗。

【译文】

苏东坡自认为被放逐流放到海南，距离死亡之地很近，希望学寿禅师放生以解脱生死，恭敬地将亡母程氏遗留下来的发簪和耳饰，全部拿来买放生之物，以此荐福来增加父母在阴间的福气。他的儿子苏迈在身边，看见他买的放生之物，占满阁楼，遮蔽地面，有的断掉尾巴乞求活命，有的害怕地张开翅膀哀伤鸣叫，急忙请求放生它们。旁边有侍妾朝云看见苏迈的衣襟有虫子爬动，仔细看是虱子，急忙用指甲捏死了它，苏东坡说：“圣人说：‘近取诸身，远取诸物。’我今天从远处获得这些生物以此放生，你今天能从近处的身上获取生物来杀害它吗？”朝云说：“咬我怎么办呢？”苏东坡说：“是你的气息与身体感化召引产生的，不可以怪罪，今天的人杀害禽兽鱼类，难道禽兽鱼类咬人吗？”朝云豁然醒悟，从此之后很少吃带腥气的食物，更多吃蔬菜。苏东坡的舅父告诉他说：“心就是佛，不是断绝吃肉。”苏东坡说：“不可以说这样的话，仆隶和女子难以感化，容易流于习俗，幸好她做出这样的表现，有什么不可以的！”

东坡归阳羡时，流离[1]颠踬[2]之余，绝禄已数年，受梁吉老[3]十绢百丝[4]之赆[5]，可见非有余者。李宪仲之子廌[6]以四丧未举[7]而见公，公尽举以赠之，且赠以诗曰：“推衣[8]助孝子，一溉滋汤旱[9]。谁能脱左骖[10]，大事[11]不可缓。”章季默[12]三丧未葬，亦求于公，公亦助之，有“不辞毛粟[13]施，行自丘山积[14]”之句。

【注释】

1. 流离：流落离散。2. 颠踬：困顿挫折。踬，音zhì。3. 梁吉老：梁先，字吉老，苏东坡之友，通经学，工小楷。4. 十绢百丝：十匹绢、百两丝。5. 赆：馈赠的财物。赆，音jìn。6. 廌：李廌。廌，音zhì。7. 四丧未举：家中四位亲人去世而没有埋葬。8. 推衣：即推食解衣，极言恩惠之深。9. 汤旱：传说中商汤时代有七年大旱。10. 左骖：解下骖马以助丧之用。11. 大事：

葬事。12. 章季默：章默，字志明，苏东坡朋友。13. 毛粟：极细微的事物。14. 丘山积：像山林般富积。

【译文】

苏东坡回到阳羡的时候，流落离散、困顿挫折之外，断绝俸禄已经好几年，接受了梁先十匹绢、百两丝的馈赠，可以得知苏东坡并非有富余的人。李宪仲的儿子李廌因为家中四位亲人去世没有埋葬而去求见苏东坡，苏东坡拿出全部财产赠送给他，并且赠送诗说："推衣助孝子，一溉滋汤旱。谁能脱左骖，大事不可缓。"章默家中三位亲人去世而没有埋葬，也去请求苏东坡，苏东坡也帮助了他，赠有"不辞毛粟施，行自丘山积"的诗句。

秦少章[1]言："公尝言观书之乐，夜常以三鼓[2]为率[3]，虽大醉归，亦必披展[4]至倦而寝。自出诏狱[5]之后，不复观一字矣。某于钱塘[6]从公学二年，未尝见公特观一书也，然每有赋咏[7]及著撰[8]，所用故实，虽目前烂熟事，必令秦与叔党[9]诸人检视[10]而后出[11]。"

【注释】

1. 秦少章：秦觏，生卒年不详，字少章，元祐六年进士，扬州高邮（今江苏高邮）人，北宋著名词人秦观之弟。2. 三鼓：夜里三更天。3. 率：标准。4. 披展：打开书本。5. 诏狱：关押钦犯的牢狱，指乌台诗案。6. 钱塘：今浙江省杭州市。7. 赋咏：创作和吟诵诗文。8. 著撰：写作，著作。9. 叔党：苏过。10. 检视：检验查看。11. 出：写出。

【译文】

秦觏说："苏东坡曾经说过看书的快乐，晚上常常以三更天为标准，即使喝醉了回家，也一定打开书本看书直到困倦才睡觉。自从乌台诗案以后，苏东坡便没有再看一个字。我在钱塘跟从苏东坡学习两年，未曾看见他特地观看一本书，然而每次有创作吟诵诗文以及撰写文章著作，所运用的典故，即使是当时非常熟悉的事情，也必定让秦觏和苏过等人检验查看然后才写出。"

将至曲江[1]，船上滩攲侧[2]，撑者百指[3]，篙声石声荦然[4]，四顾皆涛濑[5]，士无人色，而吾作字不少衰[6]，何也？吾更变[7]亦多矣，置笔而起，终不能一事，孰与[8]且作字乎？

【注释】

1. 曲江：县名，在今广东省韶关市。2. 攲侧：倾斜。攲，音qī。3. 百指：一百只手脚，即十人。4. 荦然：象声词，竹篙与滩石相交之声。荦，音luò。5. 涛濑：波涛与急流。濑，音

lài。6. 衰：减少。7. 更变：经历变故。8. 孰与：还不如。

【译文】

快要到达曲江，船只上滩时搁浅倾斜，撑船的有十个人，篙声、石声接连不断，四面望去都是波涛与急流，船里的士子吓得面无血色，而我写字气势并没有减少一点，为什么呢？我经历的变故太多了，放下笔站起来，终究不能做任何一件事，还不如单单写字呢？

先生职临[1]钱塘日，有陈诉[2]负绫绢[3]钱二万不偿者，公呼至询之，云："某家以制扇为业，适[4]父死，而又自今春以来，连雨天寒，所制不售，非故负之也。"公熟视[5]久之，曰："姑取汝所制扇来，吾当[6]为汝发市[7]也。"须臾扇至，公取白团夹绢[8]二十扇，就判笔[9]作行、草及枯木竹石，顷刻而尽，即以付之曰："出外速偿所负也。"其人抱扇泣谢而出，始逾府门，而好事者[10]争以千钱取一扇，所持立尽，后而不得者，至懊恨不胜[11]而去，遂尽偿所逋[12]，一郡称嗟[13]。

【注释】

1. 职临：履职。2. 陈诉：控诉。3. 绫绢：绫和绢，是真丝织物的两个品种名称。4. 适：值。5. 熟视：注目细看。6. 当：将要，就要。7. 发市：开市。指做生意来了顾客。8. 白团夹绢：空白夹绢团扇。9. 判笔：判案用笔。10. 好事者：喜欢管闲事、多事的人。11. 不胜：承受不了。12. 逋：拖欠。逋，音bū。13. 称嗟：赞叹。

【译文】

苏东坡在钱塘履职的时候，有人控诉一个欠绫绢债钱两万不还的人，苏东坡喊欠债之人到面前询问，回答说："我家以制作扇子为业，恰值父亲去世，而且从今年春天以来，接连下雨，天气寒冷，所制作的扇子卖不出去，并不是故意负债不还。"苏东坡注目细看很久，说："姑且拿你所制作的扇子来，我今天将要为你开市。"很快扇子拿来了，苏东坡拿起二十把空白团扇，就着判案用的笔创作行书、草书以及枯树、竹子、石头，很快就完成了，于是交付给欠债的人说："到外面去快速偿还负债。"那人抱着扇子哭泣道谢后离开，刚出官府门口，喜欢多事的人争着用一千钱买取一把扇子，所拿着的扇子立马卖光了，晚来没有买到的人，非常懊恼遗憾地离开，于是欠债的人全部偿还所拖欠的债务，整个郡的百姓都对此赞叹不已。

欧阳公[1]初荐苏明允[2]，便欲朝廷不次[3]用之，时富公[4]、韩公[5]当国[6]，韩公亦以为然，独富公持之不可，曰："姑少待之。"故止得试衔[7]初等[8]官，明允不甚满意，再除[9]，方得编修[10]《太常因革礼》。元祐间，富绍庭[11]欲从子瞻求为富公神道碑[12]，久之不欲发，其后不得已[13]而言，一请便诺[14]，人亦以此多[15]子瞻也。

【注释】

1. 欧阳公：指欧阳修。2. 苏明允：苏洵（1009—1066），字明允，自号老泉，眉州眉山（今四川眉山）人，与其子苏东坡、苏辙并以文学著称于世，世称“三苏”。3. 不次：不依寻常次序，指超擢、破格。4. 富公：富弼（1004—1083），字彦国，河南（今河南洛阳）人。5. 韩公：韩琦（1008—1075），字稚圭，自号赣叟，相州安阳（今河南安阳）人，封爵魏国公，谥号忠献。6. 当国：主持国事。7. 试衔：古代朝廷授予官吏虚衔，未授正命。8. 初等：比较浅近的，初级。9. 除：拜官授职。10. 编修：官名。古代史官之一，宋代设编修官修国史实录、会要等。11. 富绍庭：富绍庭（1034—1101），字德先，富弼的儿子。12. 神道碑：旧时立于墓道前记载死者生平事迹的石碑。13. 不得已：无可奈何，不能不如此。14. 诺：应答，应允。15. 多：称赞，赞美。

【译文】

欧阳修当初推荐苏洵，便想要朝廷破格任用他，当时富弼、韩琦主持国事，韩琦也这样认为，唯独富弼认为不可以，说：“暂且稍微等等。”因此苏洵仅仅得了朝廷授予的初级官员虚衔，苏洵不是特别满意，再次拜官授职，才得到编修《太常因革礼》的职位。元祐年间，富绍庭想要从苏东坡那里请求他为富弼创作神道碑，很久不愿意说出来，后来不得不说，刚说出请求，苏东坡就答应了，人们也因为这件事称赞苏东坡。

苏公谪居黄州[1]，始自称东坡居士，详考[2]其意，盖专慕白乐天[3]而然。白公有《东坡种花》二诗云：“持钱买花树，城东坡上栽。”又云：“东坡春向暮，树木今何如？”又有《步东坡》诗云：“朝上东坡步，夕上东坡步。东坡何所爱？爱此新成树。”又有《别东坡花树》诗云：“何处殷勤[4]重回首？东坡桃李种新成。”皆为忠州[5]刺史[6]时所作也。苏公在黄，正与白公忠州相似，因忆苏诗，如《赠写真李道士》云：“他时要指集贤人，知是香山老居士。”《赠善相程杰》云：“我似乐天君记取，华颠[7]赏遍洛阳春。”《送程懿叔》云：“我甚似乐天，但无素与蛮[8]。”《入侍迩英》云：“定似香山老居士，世缘终浅道根深。”而跋曰：“乐天自江州[9]司马[10]除忠州刺史，旋[11]以主客郎中[12]知制诰[13]，遂拜中书舍人[14]。某虽不敢自比，然谪居黄州，起知[15]文登[16]，召为仪曹[17]，遂忝[18]侍从[19]。出处老少[20]大略相似，庶几[21]复享晚节闲适之乐。”《去杭》云：“出处依稀似乐天，敢将衰朽较前贤。”序曰：“平生自觉出处老少，粗似乐天。”则公之所以[22]景仰者，不止一再言之，又云：“渊明形神[23]似我，乐天心相[24]似我”。

【注释】

1. 黄州：今湖北省黄冈市。2. 考：研究。3. 白乐天：白居易。4. 殷勤：情意深厚。5. 忠州：今重庆忠县。6. 刺史：官名，自汉设立，本为监察郡县的官吏，宋元以后用为一州长官的别称。7. 华颠：白头，年老。8. 素与蛮：白居易家伎樊素、小蛮。9. 江州：今江西九江市。10. 司马：官名，唐置，每州置司马，以安排贬谪或闲散的人。11. 旋：不久。12. 主客郎中：唐礼部属官，掌管少数民族及外国宾客接待之事。13. 知制诰：职官名，唐朝专掌内命、典司诏诰的官吏。14. 中书舍人：官名，主掌侍进奏、参议表章、起草诏旨等。15. 知：主管。16. 文登：今山东省文登区。17. 仪曹：官名，掌礼乐制度。18. 忝：辱，有愧于。常用作谦辞。19. 侍从：宋代称中书舍人、翰林学士、六部尚书、侍郎为侍从，此处指翰林学士。20. 老少：老年和少年的经历。21. 庶几：表示希望的语气词，或许可以。22. 所以：原因，情由。23. 形神：形肖神似。24. 心相：佛教语，指能感知之心。

【译文】

苏东坡贬谪居住在黄州，开始自号东坡居士，详细研究其中的含义，大概是为了仰慕白居易而这样。白居易有《东坡种花》二首诗说："持钱买花树，城东坡上栽。"又说："东坡春向暮，树木今何如？"又有《步东坡》一诗说："朝上东坡步，夕上东坡步。东坡何所爱？爱此新成树。"又有《别东坡花树》一诗说："何处殷勤重回首？东坡桃李种新成。"都是作为忠州刺史的时候所创作的。苏东坡在黄州，正好和白居易在忠州相似，因此回忆苏东坡的诗文，比如《赠写真李道士》说："他时要指集贤人，知是香山老居士。"《赠善相程杰》说："我似乐天君记取，华颠赏遍洛阳春。"《送程懿叔》说："我甚似乐天，但无素与蛮。"《入侍迩英》说："定似香山老居士，世缘终浅道根深。"并在此诗的跋文中说："白居易自江州司马调任忠州刺史后，不久便以主客郎中做了知制诰，然后授官为中书舍人。本人虽然不敢以此把自己和白居易相比，然而从降职居住黄州，起用主管登州，不久又被任命礼部郎中，又勉强担任翰林学士。我与他的出处及少年与晚年的经历大体上都相像。或许也可以享受晚年清闲安适的快乐。"《去杭州》一诗中说："出处依稀似乐天，敢将衰朽较前贤。"在诗的序言中说："平生自己感觉为官出处以及少年和晚年的际遇，大体相似于白居易。"这就是苏东坡如此景仰白居易的原因，不止一次再三地讲，又说："陶渊明形肖神似我，白居易感知之心像我。"

高丽[1]入贡，使者凌蔑[2]州郡，押伴使臣[3]皆乘势骄横，至与钤辖[4]亢礼。公使人谓之曰："远夷慕化而来，理必恭顺，今乃尔暴恣，非汝导之，不至是也。不悛[5]，当奏之。"押伴者惧，为之小戢[6]。吏民畏爱，及罢去，犹谓之学士，而不言姓。

【注释】

1. 高丽：朝鲜历史上的王朝（918—1392）。2. 凌蔑：蔑视、欺凌。3. 押伴使臣：陪伴客使。4. 钤辖：武官名。宋代钤辖主要掌管地方的军旅屯戍、营防、守御等事务。5. 悛：悔改。

悛，音quān。6. 戢：收敛。戢，音jí。

【译文】

高丽国来进贡，使者蔑视、欺凌州郡官吏，接待、陪同的使臣都仗势骄傲专横，直至同上级官吏分庭抗礼。苏东坡派人对他们说："外国人向往教化来到我国，按理说一定会谦恭和顺，现在高丽使者竟然这样强横放纵，不是你们诱导，他们也不至于到这地步。如果你们不悔改，我就要上报朝廷。"接待、陪同的人害怕了，因此稍微收敛。官吏心服，百姓敬爱，等到苏东坡离任，还称他为学士，不称他的姓。

公尝与某宣德[1]书："蒙遣人致金五两、银一百五十两为贶[2]，轼自黄迁汝，亦蒙公厚饷[3]，当时邻于寒殍[4]，尚且辞避。今忝近臣，尚有余沥[5]，未即枯竭，岂可冒受？又恐数逆盛意，非朋友之义，辄已移杭州，作[6]公意舍之病坊[7]，此盖某在杭日所置，今已成伦理[8]，岁收租米[9]千斛[10]，所活不赀[11]，故用助买田以养天民之穷者，此公家[12]家法，故推而行之，以资[13]公之福寿，某亦与有荣焉[14]。想必不讶，至于感佩之意，与收之囊中了无异也。"

【注释】

1. 宣德：即宣德郎，隋朝始置，此官职为散官，有官名但没有具体职能之事。2. 贶：馈赠的财物。3. 饷：馈赠。4. 寒殍：受冻挨饿。5. 余沥：剩酒，指生活有节余。6. 作：当成，充当。7. 病坊：收养贫病平民的机构。8. 伦理：道德准则。9. 租米：旧时向官府交纳的田赋。10. 斛：旧量器名，亦是容量单位。斛，音hú。11. 不赀：不可计数。12. 公家：指朝廷、国家。13. 资：积蓄。14. 与有荣焉：因而也感到荣幸。

【译文】

苏东坡曾经给某位宣德郎写信说："承蒙派人送来五两黄金、一百五十两银子作为馈赠之物，我从黄州调任到汝州，也是承蒙您丰厚的馈赠，当时已接近受冻挨饿的地步，尚且还推辞回避。现在忝列近臣的位置，生活尚有节余，没有到枯竭的地步，怎么可以贸然接受？又害怕多次违背浓厚的情意，不是朋友间的道义，于是已经迁移到杭州，权当成您的意思捐钱财给收养贫病百姓的机构，这都是我在杭州的时候所设置的，现在已经成为道德准则，每年收取田租上千斛，所救活的人不可计数，所以用来帮助买田以供养天下贫穷的百姓，这是国家的法令，因此推广并且实行，以此积蓄您的福气与寿命，我也因此感到荣幸。猜想您必定不会惊讶，至于我对您的感激敬佩的情意，和把这些钱财放进我个人口袋也没有什么区别了。"

先生自海外[1]还至赣上[2]，寓居[3]水南[4]，日过郡城[5]，携一药囊，遇有疾者，必为发药并疏方[6]示之。每至寺观，好事者及僧道之流，有欲得公墨妙[7]者，必预探公行游[8]之所，多设佳纸，于纸尾书记名氏，堆积[9]案间，拱立[10]以俟[11]。公见即笑视，略无[12]所问，纵笔挥染[13]，随纸付人，至日暮笔倦[14]，或案纸尚多，即笑语之曰："日暮矣，恐小书[15]不能竟纸，或欲斋名及佛偈者，幸[16]见语[17]也。"及归，人人厌满[18]，忻跃[19]而散。

【注释】

1. 海外：今海南岛。2. 赣上：今江西省赣州。3. 寓居：寄居。4. 水南：江水南岸。5. 郡城：郡治的城垣。郡治所在地。6. 疏方：写作药方。7. 墨妙：精妙的文章。8. 行游：出行，出游。9. 堆积：把事物堆集成堆。10. 拱立：肃立，恭敬地站着。11. 俟：等待。12. 略无：全无，毫无。13. 纵笔挥染：挥笔作书画。14. 笔倦：倦怠于写字作画。15. 小书：写小字。16. 幸：正好。17. 见语：告诉我。18. 厌满：满意。19. 忻跃：欢欣鼓舞。忻，音 xīn。

【译文】

苏东坡从海南返回到了赣州，寄居在江水南岸，每日走过郡城，带着一个药包，遇到有疾病的人，必定发药并写下药方给他看。每次到寺庙道观，喜欢多事的人和僧人道士之流，有想要得到苏东坡精妙文章的，必定预先打探他出游的地方，多准备上好的纸张，在纸张末尾书写记载自己的名字，堆集在桌案上，恭敬地站着等候。苏东坡遇见了就笑着看他们，全无多问，挥笔作书画，随纸张一起交付给人，到了傍晚，书写累了，有时桌案上纸张还有很多，就笑着对大家说："傍晚了，恐怕写小字不能写完所有纸张，有想写书斋名和佛偈的人，正好告诉我。"等到回去的时候，每个人都很满意，欢欣鼓舞地散去。

苏长公一日过[1]温公[2]，值[3]公外出，一仆应门[4]曰："君实不在。"长公曰："尔主人已自作相[5]，何得复称君实？此后当称司马相公。"温公归，遽[6]称"相公"，公惊问曰："谁教汝来？"仆曰："适[7]苏学士见语如此。"公笑曰："一个好仆被苏学士教坏了。"

【注释】

1. 过：探望，拜访。2. 温公：指司马光（1019—1086），字君实，号迂叟，陕州夏县涑水乡（今山西夏县）人，死时追赠太师、温国公，谥号文正。3. 值：碰上。4. 应门：开门应对访客。5. 相：宰相。6. 遽：急忙。7. 适：适才，刚才。

【译文】

苏东坡有一天拜访司马光，碰上司马光外出，一个仆人开门回答说："君实不在。"苏东坡说："你的主人已经做了宰相，怎么能还称呼君实？从此之后应当称呼司马相公。"司马光回来了，仆人急忙称呼“相公”，司马光惊讶地问：“谁教你的？”仆人说：“刚才苏东坡告诉我要这样做的。”司马光笑着说：“一个好仆人被苏东坡教坏了。”

苏子瞻居黄州时，与邻里往还[1]，子瞻既绝俸[2]，而往还者亦多贫，仿温公直率会[3]，而复杀[4]为三，自言有三养：“一曰安分以养福；二曰宽胃[5]以养气；三曰省费以养财。”

【注释】

1. 往还：往来。2. 绝俸：断绝俸禄。3. 直率会：司马光罢官洛阳期间组成的宴会，约定：斟酒不超过五次，食材不超过五种。4. 杀：减省。杀，音shài。5. 宽胃：饮食有节度。

【译文】

苏东坡居住在黄州的时候，与邻居经常往来，苏东坡断绝俸禄后，而往来的人也大多贫穷，仿照司马光的直率会，并且再次减省为三，要求斟酒不超过三次，食材不超过三种，自己说有“三养”：“一是安于本分以积蓄福气；二是饮食有节度以积蓄元气；三是节省费用以积蓄财富。”

子由作东坡墓志云：“公生十年，太夫人[1]亲授以书，问古今成败，辄能语其要。太夫人尝读《东汉史》，至《范滂传》，慨然太息[2]，公侍侧曰：‘儿若为滂，母许之乎？’太夫人曰：‘汝能为滂，吾顾不能为滂母耶？’”

【注释】

1. 太夫人：苏东坡母亲。2. 太息：叹息。

【译文】

苏辙写作苏东坡的墓志说：“苏东坡十岁的时候，太夫人亲自教授他读书，问他古今成功与失败之事，苏东坡都能说出其中大概情形。太夫人曾经阅读《东汉史》，读到《范滂传》的时候，感慨叹息。苏东坡侍候在旁边说：‘我如果是范滂，母亲答应吗？’太夫人说：‘你能做范滂，我难道不能做范滂的母亲吗？’”

东坡在儋，食芋饮水，作书传[1]以推明[2]上古之绝学[3]。

【注释】

1. 书传：有关《尚书》的注释。2. 推明：阐明。3. 绝学：失传的学问。

【译文】

苏东坡在儋州的时候，吃芋头喝水，给《尚书》作注释以此来阐明上古时期失传的学问。

章惇[1]每以谑侮[2]困[3]司马光，光苦之。轼谓惇曰："司马君实时望甚重，昔许靖以虚名无实，见鄙于蜀先主[4]，法正[5]曰：'靖之浮誉，播流四海，若不加礼，必以贱贤[6]为累，先主纳之。'夫许靖尚不可慢，况君实乎？"

【注释】

1. 章惇：章惇（1035—1106），字子厚，号大涤翁，建宁军浦城（今福建浦城）人。2. 谑侮：捉弄耍笑。3. 困：窘迫。4. 蜀先主：汉昭烈帝刘备（161—223），字玄德，涿郡（今河北涿州）人，蜀汉开国皇帝。5. 法正：法正（176—220），字孝直，扶风郿（今陕西眉县）人。6. 贱贤：看轻有才能的人。

【译文】

章惇经常用捉弄耍笑使司马光感到窘迫，司马光很苦恼。苏东坡对章惇说："司马光现在声望很高，从前许靖因为空有虚名而无实际才学，而被刘备所鄙视，法正说：'许靖的虚名，广泛流传天下，如果不加以礼遇，必定会因为轻视贤人而导致主公声誉受连累，刘备采纳这观点。'许靖尚且不可以轻慢，何况司马光呢？"

东坡云："余谪黄州，与陈慥季常[1]往来，季常不禁杀，每过，辄作诗讽之。季常既不复杀，而里中[2]皆化之，至有不食肉者，皆云：'未死神已泣。'此语使人凄然[3]也。"

【注释】

1. 陈慥季常：陈慥，生卒年不详，字季常，眉州青神（今四川青神）人。2. 里中：家中。3. 凄然：形容悲伤。

【译文】

苏东坡说："我贬谪到黄州，与陈慥来往，陈慥不禁止杀生，每次拜访，就创作诗文讽刺他。陈慥不再杀生后，而街坊里的人都被教化了，以至于有不食用肉的人，都说：'还没死神已经哭泣。'这句话让人感到悲伤。"

苏长公自凤翔[1]罢官来京师[2]，道由华岳[3]，随行一兵，忽遇祟[4]甚怪，自褫[5]其衣巾[6]不已，公使人束缚之，而其巾自坠。人皆曰："此岳神之怒，故也。"公因谒祠，且曰："某昔之去无祈，今之回无祷，特以[7]道出祠下，不敢不谒而已。随行一兵，狂发[8]遇祟，而居人曰神之怒也，未知其果然否？此一小人如虮虱[9]尔，何足[10]以烦神之威灵[11]哉！纵此人有隐恶，则不可知，不然[12]，以其懈怠[13]失礼，或盗服御[14]饮食等，小罪尔，何足责也，当置之度外[15]。窃谓岳镇[16]之重，所隶[17]甚广，其间强有力富贵者，盖有公为奸慝[18]，神不敢于彼示其威灵，而乃加怒[19]于一卒，无乃不可乎[20]！某小官，一人病则一事阙[21]，愿恕之，可乎？非某愚直[22]，谅[23]神不闻此言。"出庙，马前一旋风突而出，忽[24]作大风，震鼓天地，沙石警飞。公曰："神愈怒乎？吾弗畏也。"冒风即行。风愈大，惟趁[25]公行李，而人马皆辟易[26]，不可移足。或劝之曰："祷谢之。"公曰："祸福，天也，神怒即怒，吾行不止，其如予何？"已而风止，竟无别事。（李卓吾[27]曰："此所谓烈风雷雨弗迷者耶。"）

【注释】

1. 凤翔：今陕西省宝鸡市。2. 京师：北宋首都开封。3. 华岳：华山。4. 祟：指鬼怪害人。5. 褫：脱下。褫，音chǐ。6. 衣巾：衣服和头巾。7. 特以：只是因为。8. 狂发：狂心勃发。9. 虮虱：虱子及虱卵。虮，音jǐ。10. 何足：哪里值得。11. 威灵：威势。12. 不然：不是这样。13. 懈怠：松懈懒散。14. 服御：使用。15. 置之度外：把它放在考虑之外。指不把它放在心上。16. 岳镇：指四岳等名山。17. 隶：附属，隶属。18. 奸慝：邪恶。慝，音tè。19. 加怒：施加怒气。20. 无乃……乎：固定句式，恐怕……吧。21. 阙：空缺。22. 愚直：愚笨而戆直。23. 谅：推想。24. 忽：快捷，迅速。25. 趁：追逐。26. 辟易：退避。27. 李卓吾：指李贽。

【译文】

苏东坡从凤翔罢官来开封，路上经过华山，同行的一个士兵，忽然遇到鬼祟而举止很怪，自己脱衣服与头巾停不下来，苏东坡让人用绳子绑住他，而头巾却自己坠落。人们都说："这是山神发怒，所以这样。"苏东坡因此拜访祠庙，说："我当初离去没有祈神，现在回来没有求神，只是因为半路经过祠庙，不敢不拜访而已。同行的一位士兵，狂心勃发遇到鬼怪，而居民说是山神发怒，不知道果真如此吗？这一个仆隶犹如虱子，哪里值得劳烦山神的威势啊！纵然此人有隐藏的罪恶，那么久不可以知晓了，不是这样，仅因为他松懈懒散违反礼节，或者偷偷使用食物，很小的罪过而已，哪里值得责罚，应当不把它放在心上。我私下认为四岳名山的重要性，在于所隶属的地方很宽广，其中强大有力量而富贵的人，大概有人是邪恶的，神灵不敢在那些人面前展示威势，转而却施加怒气到一个士卒身上，恐怕不可以吧！我是一个职位很小的官吏，一个奴仆生病就有一件事空缺，希望能宽恕他，可以吗？不是我愚笨而戆直，推想神灵不会听到这些话。"走出祠庙，马匹前方一阵旋风突然出现，很快形成大风，声音震动天地，沙子石头随风惊飞。苏东坡说："神灵越发生气了吗？我不畏惧。"冒着大风就出发。风越来越大，单单只追逐苏东坡的行李，而路人和马匹都退避开，不可以移动脚步。有人劝告他："请求谢罪吧。"苏东坡说："灾祸福气，是上天的事，神灵发怒就发怒，我行动不停止，他能把我怎么样？"不久大风停止，最终没有别的事情。（李贽说："这就是所说的在大风雷电下雨天都不迷失的人吧。"）

摄 养

东坡谓李方叔[1]与李祉言曰："某平生于寝寐时，自得三昧[2]。吾初睡时，且于床上安置四体，无一不稳处，有一未稳，须再安排令稳，既稳，或有些小倦痛处，略按摩讫，便瞑目听息，既匀直，宜用严整其天君[3]，四体虽复有苛痒，亦不可少有蠕动，务在定心胜之，如此食顷，则四肢百骸，无不和通，睡思既至，虽寐不昏。吾每日须于五更初起，栉发数百，颒面[4]尽，服裳衣毕，须于一净榻上，再用此法假寐，数刻之味，其美无涯，通夕之味，殆非可比，平明，吏徒既集，一呼即兴，冠带上马，率以为常。二君试用吾法，自当识其趣，慎无以语人也，天下之理，能戒然后能慧，盖慧性[5]圆通[6]，必从戒谨中入，未有天君不严，而能圆通觉悟者也。二君其识之。"

【注释】

1. 李方叔：李廌（1059—1109），字方叔。廌，音zhì。2. 昧：奥妙，诀窍。3. 天君：旧谓心为思维器官，称心为天君。4. 颒面：洗脸。颒，音huì。5. 慧性：佛教称智慧之性。6. 圆通：佛教称悟觉法性。

【译文】

苏东坡对李方叔和李祉说："我平时睡觉，自己悟出了三个诀窍。我刚开始睡觉，先在床上安放四肢，没有一处不稳当。有一处不稳当，一定要重新安置稳定，稳当后，有时有一些稍微疲倦疼痛的地方，略微按摩完毕后，便闭上眼睛，静听呼吸，呼吸均匀直顺后，才适宜谨慎调整内心，四肢即使再有奇痒的地方，也不能稍微蠕动，务必要定心克服，像这样大概一顿饭的时间，那么四肢与百骸无不和畅通达，倦意来袭，即使睡着了，也不会头昏。我每天需在五更时起床，刚起来的时候，梳头数百下，洗完脸，穿好衣服，找一个干净的床榻，再用这个方法闭眼小睡一下，短时间的滋味，感觉美妙无穷，通宵大睡的滋味，大概也比不上，天亮的时候，吏卒徒仆集合完毕后，呼喊一声便兴意昂扬，戴帽子束腰带骑上马，大概以此为常态，二位试试用我的方法，自然就会了解其中奥妙，一定不要告诉其他人，天下的道理，能持戒然后才能有智慧，智慧之性的圆通觉悟，必定从持戒和谨慎进入，没有心性不坚定而能够圆通觉悟的人。二位还是记下这些话。”

东坡云：“岭南天气卑湿，地气蒸溽[1]，而海南尤甚，夏秋之交，物无不腐坏者，人非金石，其何能久。然儋耳颇有老人，年百余岁者，往往而是，八九十者不论也，乃知寿夭无定，习而安之，则冰蚕火鼠[2]，皆可以生。吾尝湛然[3]无思，寓此觉于物表，使折胶[4]之寒，无所施其冽，流金[5]之暑，无所措其毒，百余岁岂足道哉！彼愚老人者，初不知此特如蚕鼠生于其中，兀然[6]受之而已，一呼之温，一吸之凉，相续无有间断，虽长生可也，庄子曰：‘天之穿之，日夜无隙，人则固塞其窦[7]。’岂不然哉。九月二十七日，秋霖雨不止，顾视帏帐，有白蚁升余，皆已腐烂，感叹不已。信手书，时戊寅岁也。”

【注释】

1. 蒸溽：闷热而潮湿。2. 冰蚕火鼠：冰蚕，传说中的一种蚕；火鼠，传说中的一种鼠，其毛可以织火浣布。苏东坡曾称“冰蚕不知寒，火鼠不知暑。”3. 湛然：清澈的样子。4. 折胶：谓严寒使黏胶冻折，形容天气严寒。5. 流金：谓高温让金属熔化，形容气候酷热。6. 兀然：直立的样子。7. 窦：孔窍。

【译文】

苏东坡说：“岭南天气低洼而潮湿，地气闷热而潮湿，海南尤为突出，夏秋交接之时，万物没有不腐烂朽坏的，人不是金石，又怎能够长久地生存下去，然而儋耳有很多年龄很老的人，一百多岁的老人比比皆是，更不用说八九十岁的老人了，可知寿命长短本无定数，习以为常安之若素，那么冰蚕火鼠，都可以长生。我曾安然清澈无思，将知觉寓寄于事物，使秋冬的严寒，无处可施它的凛冽，夏季的酷暑，无处安放它的酷热，百余岁又算什么！那些敦厚的老人，刚开始不知道此点，只是如冰蚕火鼠一样生存冰火中，浑然无知地忍受罢了，呼出温气，吸入凉气，连续而不间断，就可以长生了，庄子说：‘天然气息贯通孔窍，日夜不减，却是人为反而阻塞了自己的孔窍。’难道不是这样。九月二十七日，秋雨不止，环顾帏帐四周，有白蚁一升多，都已腐烂，感叹不已。随手记下，时值戊寅年。”

东坡云：“前日与欧阳叔弼[1]、晁无咎[2]、张文潜[3]同在戒坛[4]，余病目昏，将以热水洗之。文潜曰：‘目忌点洗，目有病，当存之；齿有病，当劳之，不可同也。治目当如治民，治齿当如治军，治民当如曹参[5]之治齐，治军当如商鞅[6]之治秦。’颇有理，故追录之。”

【注释】

1. 欧阳叔弼：欧阳棐（1047—1113），字叔弼，吉州庐陵（今江西吉水）人，欧阳修第三子。2. 晁无咎：晁补之（1053—1110），字无咎，号归来子，济州钜野（今山东巨野）人。3. 张文潜：张耒（1054—1114），字文潜，号柯山，亳州谯县（今安徽亳州）人。4. 戒坛：僧徒传戒之坛。5. 曹参：曹参（？—前189），字敬伯，泗水郡沛县（今江苏沛县）人，汉朝第二位相国，史称曹相国。6. 商鞅：商鞅（约前390—前338），公孙氏，名鞅，卫国人。

【译文】

苏东坡说："前几日与欧阳叔弼、晁无咎、张文潜在戒坛，我因病眼昏，准备用热水洗。文潜说：'眼睛切忌点抹清洗，眼睛有病，应当休息保养；牙齿有病，应当多加使用，不可以同一而语。治目当如治理百姓，治齿当如治理军队，治理百姓当如曹参治理齐国，治理军队当如商鞅治理秦国。'我认为很有道理，因此追记补写下来。"

无事静坐，便觉一日似两日，若能处置此生常似今日，得至七十，便是百四十岁。人世间何药可能有此效，既无反恶[1]，又省药钱，此方人人收得，但苦无好汤使，多咽不下。

【注释】

1. 反恶：讨厌。恶，音wù。

【译文】

不为外物干扰凝心静坐，就感觉过好一天就好像时间过了两天，如果能对待自己这一辈子常像今天一样，活了七十岁，便是一百四十岁。人世间什么药可以有这种效果，既不令人生厌，又节省药钱，这个药方人人都可以收下，只是苦于没有好汤药配合使用，大多咽不下。

东坡自记云："'人间无漏[1]仙，兀兀[2]三杯醉。世上无眼禅[3]，昏昏一枕睡。虽然没交涉，其奈略相似。相似尚如此，何况真个是。'予奉使关西[4]，见邸店[5]壁上书此数句，爱而诵之。故海上作《浊醪有妙理赋》，曰：'常因既醉之适，方识此心之正。'"

【注释】

1. 无漏：佛教语言，指涅槃，菩提和断绝一切烦恼根源之法。2. 兀兀：喝醉昏沉的样子。3. 无眼禅：非正道之禅，即无正法眼藏之禅。4. 关西：函谷关或潼关以西的地区。5. 邸店：指供客商堆货、交易、寓居的行栈。

【译文】

苏东坡自己记载说："'人间无漏仙，兀兀三杯醉。世上无眼禅，昏昏一枕睡。虽然没交涉，其奈略相似。相似尚如此，何况真个是。'我奉命出使关西，看见有客栈墙壁上书写有这几句，心生喜爱而背诵。因此在海上作《浊醪有妙理赋》，说：'常因既醉之适，方识此心之正。'"

敏捷

承平[1]时，国家与辽欢盟，文禁甚宽，辂客者[2]往来，率以谈谑诗文相娱乐。元祐间，东坡尝膺是选，辽使素闻其名，思以奇困之。其国旧有一对曰“三光日月星”，凡以数言者，必犯其上一字，于是遍国中无能属者，首以请于坡，坡唯唯，谓其介[3]曰：“我能而君不能，亦非所以全大国之体，‘四诗风雅颂’天生对也，盍先以此复之。”介如言，方共叹愕。坡徐曰：“某亦有一对，曰‘四德元亨利’。”使睢盱[4]，欲起辩，坡曰：“而谓我忘其一耶？谨閟[5]而舌，两朝兄弟邦，卿为外臣，此固仁祖[6]之庙讳[7]也。”使出其不意，大骇服[8]。既又有所谈，辄为坡逆夺，使自愧弗及，迄白沟[9]，往返齿嶒乍齰舌[10]，不敢复言他。

【注释】

1. 承平：太平。2. 辂客者：使者。3. 介：传宾主之意的人，传话人。4. 睢盱：睁眼仰视的样子。睢盱，音suī xū。5. 谨閟：谨慎秘藏。6. 仁祖：宋仁宗赵桢（1010—1063），宋真宗赵恒第六子，母为李宸妃，宋朝第四位皇帝（1022—1063年在位），庙号仁宗，葬永昭陵。7. 庙讳：封建时代称皇帝父祖的名讳，四德指元亨利贞，宋仁宗名字叫赵祯，苏东坡为了避讳，所以不能说出这一个字。8. 骇服：惊讶诚服。9. 白沟：白沟河，宋辽边界线。10. 齿嶒齰舌：牙齿高耸，舌头颤动，指说不出话来。

【译文】

太平时，宋朝与辽和好结盟，文化禁令松弛，两国使者不断往来，大都以谈笑诗文相互娱乐。元祐年间，东坡曾经被膺选作为宋朝使者，辽国使者向来听闻东坡的大名，想用奇难之事刁难他。辽国旧时有一副对联“三光日月星”，凡是用数字来对，肯定会与以上一字冲突，于是辽国内没有能够对上的人，首次用这副对联向苏东坡请教，东坡答应后，对传话人说：“我能对出来而辽国人都不能对出来，这也不是用来成全我大宋国体的方法。‘四诗风雅颂’与此天生一对，何不先以此回复他。”传话人如此照办，辽使都大为惊叹。东坡慢慢说道：“我还有一对，叫‘四德元亨利’。”使者瞪眼仰视，想要起来辩驳，东坡说：“你想说我忘说了其中一个吗？请谨慎说话，我们两朝是兄弟邦邻，你为外国使臣，这缺少的一个字本是仁祖的庙讳。”辽国使者没有预料到，大为惊讶而诚服，随后还想回辩，立马被东坡反向压制，辽国使者自愧不如，到了白沟边，期间一直说不出话来，不敢再议论其他的事情。

东坡在黄日，每有燕集[1]，醉墨淋漓，不惜与人，至于营妓[2]供侍，扇题带画，亦时有之。有李琪者，少而慧，颇知书，时亦每顾之，终未尝获公赐。至公移汝，将祖行[3]，酒酣，琪奉觞再拜，取领巾乞书。公熟视久之，令其磨研，墨浓，取笔大书云：“东坡五载黄州住，何事无言及李琪。”即掷笔袖手，与客谈笑。坐客相谓语似凡易，又不终篇，何也？至将撤具[4]，琪复拜请。坡大笑曰：“几忘出场[5]。”继书云：“恰似西川杜工部，海棠虽好不吟诗。”一座击节[6]，尽醉而散。

【注释】

1. 燕集：宴饮集会。2. 营妓：宋代地方营属“乐营”中的在籍倡户。3. 祖行：饯行。4. 撤具：撤案，用餐结束。5. 出场：结局收场。6. 击节：赞赏。

【译文】

苏东坡在黄州时，每遇宴饮集会，乘着酒兴挥毫泼墨，从不吝啬赠予他人，连侍奉酒宴的妓女们，苏东坡也时不时把题在扇面或者绅带上的作品送给她们。有一个叫李琪的人，年少聪慧，很懂书法，当时也常常去，但始终没有得到东坡的赏赐。等到东坡改任汝州，设宴饯行，酒喝得正畅快时，李琪举杯又一次拜见东坡，拿出领巾乞求东坡题字。东坡注目细看良久，让李琪研磨，磨好后，东坡提笔挥毫写道：“东坡五载黄州住，何事无言及李琪。”然后丢下笔停手，与客人谈笑风生。在座宾客互相评论说这首诗语言太过平凡简单，又没有写完，为什么呢？等到宴会临散，李琪又一次拜请，东坡大笑说：“差点忘了收尾。”继续写道：“恰似西川杜工部，海棠虽好不吟诗。”在座宾客无不击节赞赏，酒醉而散。

王荆公柄国[1]时，有人题相国寺壁云：“终岁荒芜湖浦焦，贫女戴笠落柘条。阿侬去家京洛遥，惊心寇盗来攻剽。”人皆以为夫出[2]，妇忧乱荒也。及荆公罢相[3]，子瞻召还，诸公饮苏寺[4]中，以此诗问之。苏曰：“于‘贫女’句，可以得其人矣。‘终岁’，十二月也，十二月为‘青’字；‘荒芜’，田有草也，草田为‘苗’字；‘湖浦焦’，水去也，水傍去为‘法’字；‘女戴笠’为‘安’字；‘柘落条’为‘石’字；‘阿侬’乃吴言，合之为‘误’字；‘去家京洛’为‘国’字；寇盗攻剽，为贼民，盖隐‘青苗法[5]安石误国贼民’也。”

【注释】

1. 柄国：主持国政。2. 出：休妻。3. 罢相：罢免宰相职务。4. 苏寺：地名。5. 青苗法：王安石变法内容之一，改变原有“遇贵量减市价粜，遇贱量增市价籴”的常平制度，转而将常平仓、广惠仓的储粮折算为本钱，以百分之二十的利率贷给下层百姓，以缓和商人对百姓的高利贷盘剥，同时也增加朝廷财政收入。

【译文】

王安石主持国政时，有人在相国寺墙上题诗：“终岁荒芜湖浦焦，贫女戴笠落柘条。阿侬去家京洛遥，惊心寇盗来攻剽。”当时的人都认为这首诗写的是因被丈夫休掉，这位妇人担忧世乱年荒。等到王安石被罢免宰相，东坡被召还回京，众人在苏寺中饮酒，有人就拿这首诗向东坡请教。东坡说：“‘终岁’，十二月，十二月是‘青’字；荒芜，田有草也，草田为‘苗’字；‘湖浦焦’，水去也，水傍去为‘法’字；‘女戴笠’为‘安’字；‘柘落条’为‘石’字；‘阿侬’乃吴言，合之为‘误’字；‘去家京洛’为‘国’字；寇盗攻剽，为贼民，原来隐含着‘青苗法安石误国贼民’这句话。”

参寥常与客评诗，客曰：“世间故实[1]小说[2]，有可以入诗者，有不可以入诗者，惟东坡全不拣择，入手便用，如街谈巷说鄙俚之言，一经坡手，似神仙点瓦砾为黄金，自有妙处。”参寥曰：“老坡牙颊间别有一副炉鞴[3]也，他人岂可学耶？”座客无不以为然。

【注释】

1. 故实：典故。2. 小说：偏颇琐屑的言论。3. 炉鞴：火炉鼓风的皮囊，亦指熔炉。鞴，音bèi。

【译文】

参寥常与客人谈论诗歌，客人说：“世间典故琐屑言论，有的可以写入诗歌，有的则不可以写入诗歌。只有东坡全然不加挑选，入手便用，比如街谈巷说鄙俚的言论，一经东坡的手，就好像神仙点瓦砾为黄金，自然有很多奇妙的地方。”参寥说：“东坡牙颊间另外还有一副鼓风的皮囊，其他人又怎么能学会？”在座客人没有不认可的。

东坡知[1]扬州，一夕，梦在山林间，见一虎来噬，公方惊怖，一紫袍黄冠以袖障公，叱虎使去。及旦，有道士投谒[2]曰：“昨夜不惊畏乎？”公叱曰：“鼠子乃敢尔！本欲杖汝脊，吾岂不知汝夜来术邪？”道士骇惶而走。

【注释】

1. 知：主政。2. 投谒：投递名帖求见。

【译文】

苏东坡主政扬州时，有一天晚上，梦见在山林间，看见一头老虎来咬自己，苏东坡正在紧张恐惧的时候，有一个穿着紫袍、戴着黄冠的人，用袖子保护着苏东坡，大声呵斥老虎，让它离开。等到天亮后，有个道士投递名帖来求见苏东坡，说："昨天晚上，大人没有受惊吓吧？"苏东坡大声训斥说："鼠辈，竟敢这样做！我正打算狠狠杖打你，我难道不知道是你昨夜施用的邪术吗？"道士惊慌逃走了。

刘贡父[1]觞客[2]，子瞻有事欲起[3]，刘以三果一药调之曰："幸早里，且从容。"苏答曰："奈这事，须当归。"满座大笑。

【注释】

1. 刘贡父：刘攽（1023—1089），字贡夫，一作贡父、赣父，号公非，临江新喻（今江西新余）人。2. 觞客：请客。3. 起：离开。

【译文】

刘攽请客，苏东坡有事想要离开，刘攽用三种水果和一种药名和他开玩笑说："幸早里，且从容。"（三果：杏、枣、李；一药：肉苁蓉。）苏东坡回答道："奈这事，须当归。"（三果：柰、蔗、柿；一药：当归。）满座人大笑。

苏东坡与小妹同食，妹谓坡曰："栗破凤凰见。"言壳破黄见，数日竟未能对。佛印[1]来访，问有何著述，坡曰："欲作一对未能。"因举前事，佛印应声曰："藕断鹭鹚[2]飞。"言节断丝飞，佛印复曰："无山得似巫山好。"东坡曰："何叶能如荷叶圆。"子由曰："不如'何水能如河水清。'以水对山，最为的对。"

【注释】

1. 佛印：佛印禅师（1032—1098），法名了元，字觉老，俗姓林，饶州浮梁（今江西景德镇）人，宋代云门宗僧。2. 鹭鹚：鹭鸶，一种水禽。

【译文】

苏东坡与苏小妹一同用餐，苏小妹对东坡说："栗破凤凰见。"说的是壳破后内黄出见，东坡竟然几天都未能对上。佛印来拜访东坡，问他有什么著述，东坡说："想对一副对联未完成。"因而将前面的事告诉佛印，佛印应声答道："藕断鹭鹚飞。"说的是藕节了断，藕丝飞扬，佛印又说：“无山得似巫山好。”东坡对道：“何叶能如荷叶圆。”子由说：“不如‘何水能如河水清’。以水对山，最合适作对。”

东坡与子由夜雨对床[1]，子由曰：“尝见鬻术者[2]云：‘课[3]卖六文，内卦三文，外卦三文。’思之亦未易对。”一日同出，坡见戏场有以棒呈戏者，云：“棒长八尺，随身四尺，离身四尺。”坡曰：“此语正可还前日枕上之对。”子由曰：“触机而发[4]，诚为佳对也。”

【注释】

1. 对床：对床而卧。2. 鬻术者：占卜的人。鬻，音yù。3. 课：算卦。4. 触机而发：触动灵机，碰巧。

【译文】

东坡与子由在一个雨夜对床而卧，子由说：“曾经看见占卜的人说：‘一卦卖六文钱，内卦三文，外卦三文。’我想了很久也不能对。”一天二人一同外出，东坡看见戏场有个耍棍棒卖艺的人，说道：“棒长八尺，随身四尺，离身四尺。”东坡说：“这句话正好对前日对床时的那句对联。”子由说：“触动灵机而作，真是绝好对联。”

元祐中，苏东坡自钱塘被召，过京口[1]，林子中[2]作守，郡有会，坐中营妓[3]出牒[4]，郑容求落籍[5]，高莹求从良[6]，子中命呈东坡，坡索笔为《减字木兰花》书牒后云：“郑庄好客，容我樽前先堕帻。落笔生风，籍籍声名不负公。高山白早，莹骨冰肤那解老。从此南徐，良夜清风月满湖。”盖句端有“郑容落籍，高莹从良”八字云。

【注释】

1. 京口：今江苏镇江地区。2. 林子中：生卒年不详，哲宗时期的翰林学士，与苏东坡友好，交往密切。3. 营妓：宋代地方营属“乐营”中的在籍倡户。4. 出牒：出示牒牌。5. 落籍：从乐籍中除名，除去妓女身份。6. 从良：摆脱妓女身份。

【译文】

元祐年间，苏东坡从钱塘被召回京，路过京口，林子中在京口做郡守，恰逢有集会，座下有二营妓出示碟牌，郑蓉请求从乐籍中除名，除去妓女身份，高莹请求摆脱妓女身份从良，林子中命人拿给东坡，东坡要来笔墨把一首《减字木兰花》写在了书牒后面：“郑庄好客，容我樽前先堕帻。落笔生风，籍籍声名不负公。高山白早，莹骨冰肤那解老。从此南徐，良夜清风月满湖。”句子首字有“郑容落籍，高莹从良”八个字。

东坡尝集成语为对，曰："刘蕡[1]下第[2]，我辈登科[3]。雍齿[4]且侯[5]，吾属何患？"

【注释】

1. 刘蕡：刘蕡（？—848），字去华，唐代宝历三年进士，幽州昌平（今北京昌平）人。蕡，音fén。2. 下第：落第。3. 登科：科举考中进士，也称"登第"。4. 雍齿：雍齿（？—前192），泗水郡沛县（今江苏沛县）人，雍齿虽然是刘邦属下，但他却是刘邦平生最忌恨的人。汉朝建立后，刘邦为了安抚人心，仍然封雍齿为什邡侯。5. 侯：封侯。

【译文】

东坡曾经收集成语作为对子，说："刘蕡下第，我辈登科。雍齿且侯，吾属何患？"

苏子瞻守杭日，有妓名琴操，颇通佛书，解言辞，子瞻喜之。一日游西湖，戏谓琴操曰："我作长老，汝试参禅[1]。"琴操敬诺。子瞻问曰："何谓湖中景？"对曰："落霞与孤鹜齐飞，秋水共长天一色。""何谓景中人？"对曰："裙拖六幅湘江水，髻挽巫山[2]一段云。""何谓人中意？"对曰："随他杨学士[3]，鳖[4]杀鲍参军[5]。如此，究竟何如？"子瞻曰："门前冷落车马稀，老大嫁作商人妇。"琴操言下大悟，遂削发为尼。

【注释】

1. 参禅：佛教指参悟佛理。2. 巫山：山名，在今重庆巫山县。3. 杨学士：杨亿（974—1020），字大年，建州浦城（今福建浦城）人，曾任翰林学士。4. 鳖：通"憋"。5. 鲍参军：鲍照（416？—466），字明远，东海（今山东郯城）人。

【译文】

苏东坡主政杭州时，有一名妓女叫琴操，十分通晓佛书，又擅解言辞，苏东坡很喜欢她。有一日苏东坡游西湖，戏谑琴操说："我当长老，你试着参悟佛理。"琴操恭敬允诺。苏东坡问她："什么是湖中景色？"琴操说："落霞与孤鹜齐飞，秋水共长天一色。""什么是景中人？"琴操答："裙拖六幅湘江水，髻挽巫山一段云。""什么是人中意？"对曰："随他杨学士，鳖杀鲍参军。像这样的话，究竟如何呢？"苏东坡说："门前冷落车马稀，老大嫁作商人妇。"琴操听完后顿时大悟，遂削发为尼。

韩退之[1]诗云："水作青罗带，山为碧玉簪。"柳子厚[2]诗云："海上群山若剑铓，秋来处处割愁肠。”东坡为之对云：“系[3]闷岂无罗带水，割愁还有剑铓山。”此可编入诗话也。

【注释】

1. 韩退之：韩愈（768—824），字退之，河南河阳（今河南孟州）人，世称韩昌黎、昌黎先生。2. 柳子厚：柳宗元（773—819），字子厚，祖籍河东郡（今山西运城），世称柳河东、河东先生。3. 系：拴缚。

【译文】

韩愈有诗道：“水作青罗带，山为碧玉簪。”柳宗元有诗道：“海上群山若剑铓，秋来处处割愁肠。”东坡把这两诗写在了对联中，说：“系闷岂无罗带水，割愁还有剑铓山。”这可以编入诗话。

元祐间，黄、秦[1]诸君子在馆，暇日观山谷[2]出李龙眠[3]所作《贤己图》，博弈摴蒱[4]之俦[5]咸列焉，博者六七人，方据一局[6]，投迸盆中，五皆六，而一犹旋转不已，一人俯盆疾呼，旁观皆变色起力，纤浓态度，曲尽其妙。相与欢赏，以为卓绝，适东坡从外来，睨[7]之曰：“李龙眠天下士，顾效闽人语耶？”众咸怪，请其故，坡曰：“四海语音，言六皆合口，惟闽音则张口，今盆中皆六，一犹未定，法当呼六，而疾呼者，乃张口也。”龙眠闻之，亦叹而服。

【注释】

1. 黄、秦：黄庭坚、秦观。2. 山谷：黄庭坚，自号山谷道人。3. 李龙眠：李公麟（1049—1106），字伯时，号龙眠居士、龙眠山人，庐江郡舒州（今安徽桐城）人。4. 博弈摴蒱：下棋赌博。摴，音chū。蒱，音pú。5. 俦：辈。6. 局：棋盘，赌博用具。7. 睨：斜着眼睛看。

【译文】

元祐年间，黄庭坚、秦观等人在史馆，闲暇时观赏黄庭坚所出示的李公麟画的《贤己图》，下棋、赌博之辈都在画面上，赌博的有六七个人，各自占据一棋盘，投进盆中，五个骰子都停在六点，最后一个还在旋转不已，一人俯身盆边大声疾呼，围观的人也都变了脸色用力疾呼，人物细节，举止神情，刻画得惟妙惟肖。黄庭坚、秦观等人一起欣赏这幅画，认为这幅画无与伦比，正巧苏东坡从外面回来，斜眼随便一看就说：“李公麟是才德非凡之士，难道要效仿福建人说话吗？”众人都感到奇怪，问他原因，苏东坡说：“全国各地的口音，说‘六’的时候都闭着嘴，只有福建话说‘六’的时候张开嘴的，现在盆中的五个骰子都是六，只有一个骰子没有确定，按照赌法应当喊‘六’，但大声疾呼的人，都是张大了嘴巴的。”李公麟听闻后，也十分惊叹和佩服。

韩康公绛子华[1]谢事[2]后，自颍入京看上元[3]至十六日，私第会从官九人，皆门生故吏，尽一时名德，如傅钦之[4]、胡完夫[5]、钱穆父[6]、东坡、刘贡父[7]、顾子敦[8]皆在坐。钱穆父知府至晚，子华不悦，坡云："今日为本殿[9]烧香人多留住。"坐客大笑。方坐，出家妓十余人，中燕[10]后，子华新宠鲁生唱罢，为游蜂所螫，子华意不甚怿，久之呼出，持白圆扇从东坡乞诗。坡书云："窗摇细浪鱼吹日，舞罢花枝蜂绕衣。不觉南风吹酒醒，空教明月照人归。"上句记姓，下句书蜂事。康公大喜，坡云："惟恐他姬厮赖[11]，故云耳。"客皆大笑。

【注释】

1. 韩康公绛子华：韩绛（1012—1088），字子华，真定灵寿（今河北灵寿）人，曾被封康国公。2. 谢事：辞去职务，免除杂事。3. 上元：上元节。4. 傅钦之：傅尧俞（1024—1091），字钦之，郸州须城（今山东东平）人。5. 胡完夫：胡宗愈，生卒年不详，字完夫，常州晋陵（今江苏常州）人。6. 钱穆父：钱勰（1034—1097），字穆父，杭州人，吴越王钱镠六世孙。7. 刘贡父：刘攽，字贡父。8. 顾子敦：顾临，生卒年不详，字子敦，会稽（今浙江绍兴）人。9. 本殿：旧时公主或郡主的对下自称，钱勰为吴越王钱镠六世孙，爵位是会稽郡开国侯。10. 中燕：宴会过半。11. 厮赖：抵赖。

【译文】

韩绛退休后，从颍州到开封游赏上元节到十六日，在私人宅第宴请近臣随从九人，都是他的门生和以前的下属官员，都是当时有名德之人，像傅钦之、胡完夫、钱穆父、东坡、刘贡父、顾子敦都在座。钱穆父知府来迟了，子华感到不高兴，东坡说："今天为本殿（暗指钱勰）烧香的人较多，被留住了。"在座宾客大笑。刚坐下，走出十几个家妓，宴会过半，子华新宠鲁生唱完后，被飞来的蜜蜂蜇了，子华神态很不高兴，等了许久才招呼出来，鲁生拿着白圆扇求东坡作诗。东坡写道："窗摇细浪鱼吹日，舞罢花枝蜂绕衣。不觉南风吹酒醒，空教明月照人归。"上句写鲁生名，下句写蜜蜂这件事。韩绛非常高兴，东坡说："只是害怕鲁生抵赖被蜂蜇的这件事，所以这样说。"众人大笑。

苏子瞻自黄徙汝，过金陵[1]，荆公[2]野服[3]乘驴谒于舟次，东坡不冠而迎揖曰："轼今日敢以野服见大丞相！"公因招游蒋山，坐方丈[4]饮茶，指案上大砚曰："可集古诗联句赋此。"东坡应声曰："巧匠斫山骨。"公沉思良久而起曰："且趁晴色，穷览蒋山之胜。"田承君[5]与一二客从后，言曰："荆公寻常好以此困人，今日反为苏公所困矣。"

【注释】

1. 金陵：今南京市。2. 荆公：王安石，世称王荆公。3. 野服：村野平民服装。4. 方丈：寺院住持住的房间。5. 田承君：田昼，生卒年不详，字承君，阳翟（今河南禹州）人，徽宗建中靖国初年，曾担任大宗正丞。

【译文】

苏东坡从黄州到汝州去，路过金陵，王安石穿着野服骑着驴来船边见他，苏东坡没戴帽子就作揖迎接说："我今天竟然敢穿着野服来见大丞相！"王安石招呼他一起游览蒋山，坐在住持的房间饮茶，工安石指着案上的大砚台说："可以集古诗联句来写它。"东坡应声说道："巧匠斫山骨。"王安石沉思许久后起身说道："还是趁着天气晴朗，遍观蒋山的美景吧。"田承君与两位客人跟从其后，说："荆公平时喜好用这件事把人难为住，今天反而被东坡难为住了。"

吕惠卿之谪，词头[1]始下，刘贡父[2]当草制[3]，东坡呼曰："贡父平生作刽子，今日才斩人也。"贡父引疾谒告，东坡一挥而就，传写都下，为之纸贵[4]。

【注释】

1. 词头：朝廷命词臣撰拟诏敕时的摘要或提要。2. 刘贡父：刘攽，字贡父。3. 草制：草拟诏书。4. 纸贵：即"洛阳纸贵"的典故，形容著作风行一时，流传甚广。

【译文】

吕惠卿被贬的时候，诏敕才开始写，刘攽负责草拟制书，东坡大声说："你平日当刽子手，今天才杀人啊。"刘攽于是拖病告假，东坡一气呵成写完，在京都广为传抄，流行一时。

阔 达

苏子瞻初谪黄州，布衣芒履[1]，出入阡陌[2]，多挟弹击江水，与客为乐，每数日必一泛舟江上，听其所往，乘兴或入旁郡界，经宿不返，为守者极病之。晚贬岭外，无一日不游山，晁以道尝为宿州[3]教授[4]，会公出守钱塘，夜过[5]之，入其书室，见壁间多张古画，爱其钟隐[6]雪雁[7]，欲为题字，而挂适高，因重二桌以上，忽失脚坠地，大笑。

【注释】

1. 芒履：芒鞋，泛指草鞋。2. 阡陌：田间小路。3. 宿州：地名，今安徽省宿州市。4. 教授：学官名，宋代除宗学、律学、医学、武学等设置教授传授学业外，各路的州、县学均置教授，掌管学校课试等事。5. 过：拜访。6. 钟隐：李煜（937—978），字重光，籍贯徐州彭城县（今江苏徐州），号钟山隐士、钟峰隐者，南唐末代君主。7. 雪雁：画名，雪雁图。

【译文】

苏东坡刚被贬黄州的时候，穿布衣和草鞋，出入田间小路上，常常带着弹弓击打江水，与客人相乐，每过几日就会泛舟江上，任凭小舟四处漂流，有时乘兴就进入了旁边的郡县，经过一夜也不返回，这点被黄州郡守深恶痛绝。晚年被贬岭南，没有一日不去游山玩水，晁以道曾经是宿州教授，恰逢东坡出任杭州，一天夜里，东坡来访，进入他的书房，看见墙上有很多古画，很喜欢其中一幅李煜画的雪雁图，就想要为这幅画题字，而这张画挂得很高，于是东坡重叠了两张桌子爬上去，忽然失足摔在地上，大笑不止。

东坡在儋耳，因试笔[1]，尝自书云：“吾始至南海，环视天水无际，凄然伤之曰：‘何时得出此岛耶？’已而思之，天地在积水之中，九州在大瀛海中，中国[2]在少海之中，有生孰不在岛者？覆盆水于地，芥浮于水，蚁附于芥，茫然不知所济。少焉，水涸，蚁即径去，见其类，出涕曰：‘几不复与子相见。’岂知俯仰之间，有方轨[3]八达[4]之路乎？念此可以一笑。”

【注释】

1. 试笔：练习书法。2. 中国：中原地位。3. 方轨：平坦大道。4. 八达：道路八面相通。

【译文】

东坡在儋耳，练习书法时，曾经写道："我刚开始到海南岛时，环顾四面，天水相接，无边无际，非常凄凉伤感地说：'什么时候才能够离开这个岛呢？'一会儿又想到，天和地都在积水之中，九州在大海之中，中原地区在小海中，难道有不在岛上的生命吗？倒一盆水在地上，小草浮在水上，蚂蚁趴在草叶上，茫然不知道会漂到哪里去。一会儿，水干了，蚂蚁马上径直离开，见到同类，流泪说：'差点再也见不到你们了。'怎会知道低头抬头间，就有四通八达的大道呢？想到这里觉得可以笑一笑。"

东坡自海外归毗陵[1]，病暑，着小冠，披半臂，坐船中，夹运河岸，千万人随观之，东坡顾[2]坐客曰："莫看杀我否？"

【注释】

1. 毗陵：今江苏常州。2. 顾：回头看。

【译文】

东坡从海南岛回到毗陵，苦于天气炎热，戴着小帽，穿着短袖衣，坐在船中，运河两岸边，成千上万的人跟随围观，东坡回视船中座客说："莫不是要看杀我啊？"

苏子瞻在黄州及岭外[1]，每旦起，不招客相与语，则必出而访客。所与游者亦不尽择，各随其人高下，谈谐放荡，不复为畛畦[2]。有不能谈者，则强之说鬼，或辞无有，则曰："汝姑妄[3]言之，吾姑妄听之。"

【注释】

1. 岭外：指五岭以南地区。2. 畛畦：田间小路，引申为界限、隔阂。畛畦，音zhěn qí。3. 姑妄：姑且，随便。

【译文】

苏东坡在黄州和岭外时，每天早上起床，不招呼宾客与之交谈，就一定外出拜访客人。那些与他交往的人也不会全部挑选，分别根据每个客人地位的高下，谈笑风生，诙谐放荡，彼此间没有隔阂。有些不善于言谈的客人，苏东坡就强行让别人讲鬼故事，有时候别人推辞说没有，苏东坡就说："你随便说说，我就随便听听。"

东坡老人在昌化[1]，尝负大瓢[2]，行歌田亩间。所歌者盖隐词[3]也。馌妇[4]年七十，云："内翰[5]昔日富贵，一场春梦。"坡然之，里人呼为春梦婆。一日，坡被酒[6]独行，遍至子云、威、徽、先觉诸黎之舍，作诗云："符老[7]风情奈老何，朱颜灭尽鬓丝多。投梭每困东邻女，换扇惟逢春梦婆。"

【注释】

1. 昌化：今海南省昌化镇。2. 大瓢：大葫芦。3. 隐词：含义不明显或深奥难明的词句。4. 馌妇：往田间送饭的妇女。5. 内翰：唐宋称翰林为内翰。6. 被酒：醉酒。7. 符老：指符林秀才，苏东坡之友。

【译文】

东坡在昌化时，曾经背着大葫芦，在田野间边走边唱歌。所唱的歌词大都是隐词之类的，晦涩难懂。有一位田间送饭的老妇人年龄七十岁了，说道："学士曾经荣华富贵，只不过一场春梦。"东坡很认同这句话，同乡人就叫她春梦婆。有一天，东坡醉酒后独自步行，走遍子云、威、徽、先觉等黎族友人房舍，作诗道："符老风情奈老何，朱颜灭尽鬓丝多。投梭每困东邻女，换扇惟逢春梦婆。"

东坡云："吾借王参军[1]地种菜，不及半亩，而吾与过子终年饱饫[2]，夜半饮醉，无以解酒，辄撷菜[3]煮之，味含土膏，气饱风露，虽粱肉[4]不能及也，人生须底物[5]而更贪[6]耶？因作诗云：'秋来霜露满东园，芦菔生儿芥有孙。我与何曾[7]同一饱，不知何苦食鸡豚。'"

【注释】

1. 王参军：人名。参军：官职名，参谋军事。2. 饱饫：饱餐。饫，音yù。3. 撷菜：摘菜。4. 粱肉：美味佳肴。5. 底物：何物。6. 更贪：改变贪念。7. 何曾：何曾（199—279），原名何谏，字颖考，陈国阳夏（今河南太康）人，西晋开周元勋，奢侈无度，曾"日食万钱犹曰无下箸处"。

【译文】

苏东坡说："我借王参军的田地种菜，还不到半亩，但我和儿子苏过一年可以饱餐蔬菜，半夜喝醉了，没有解酒的东西，就摘菜煮食，它的味道里饱含泥土的精华，气息中蕴含着风霜雨露，就算是美食佳肴也无法相比。人生到底需要什么东西来改变贪欲呢？于是作诗道：'秋来霜露满东园，芦菔生儿芥有孙。我与何曾同一饱，不知何苦食鸡豚。'"

苏文忠公谪惠州[1]，以少子过[2]自随，瘴疠[3]所侵，蛮蛋[4]所侮，胸中泊然无芥蒂[5]，惠人爱敬之。四年，安置昌化，昌化非人所居，食饮不具，药石无有，僦[6]官屋以庇风雨，有司[7]犹谓不可，则买地筑室三间，人不堪其忧，公食芋饮水，著书以为乐，时从其父老游，亦无间也。

【注释】

1. 惠州：今广东惠州。2. 过：苏过，苏东坡之子。3. 瘴疠：瘴气。4. 蛮蜑：粗蛮之人。5. 芥蒂：梗塞的东西，心中的嫌隙。6. 僦：租赁。7. 有司：官吏。

【译文】

苏东坡被贬惠州，他的小儿子苏过跟随身边，瘴气侵入身体，蛮人欺负他，东坡都恬淡安然也不会心生嫌隙，惠州百姓因此爱戴尊敬他。绍圣四年，东坡再被贬到昌化安置，昌化不是人居住的地方，吃的喝的都没有，药物也没有，租赁官屋来挡风避雨，官吏还说不允许，于是就买地修了三间房，一般人都忍受不了这种忧愁，东坡吃芋头喝凉水，以著书为乐，偶尔跟从昌化父老们游玩，彼此间也没有隔阂。

刘伯伦[1]常以锸自随，曰："死即埋我。"苏子曰："伯伦非达者也，棺椁衣衾，不害为达。苟为不然，死则已矣，何必更埋。"

【注释】

1. 刘伯伦：刘伶（221—300），字伯伦，沛国（今安徽濉溪）人，魏晋时期名士，与阮籍、嵇康、山涛、向秀、王戎和阮咸并称为"竹林七贤"。

【译文】

刘伶经常随身拿着锸，说："我死了就马上把我埋掉。"苏东坡说："刘伶并非旷达之人，棺材、套棺、衣服和被子并不妨碍真旷达。如果不是这样，死就死了，又何必再埋呢？"

余尝寓居惠州嘉祐寺，纵步松风亭下，足力疲乏，思欲就亭止息。望亭宇尚在木末，意谓是如何得到？良久，忽曰："此间有甚么歇不得处？"由是如挂钩之鱼，忽得解脱。若人悟此，虽兵阵相接，鼓声如雷霆，进则死敌[1]，退则死法[2]，当恁么时也不妨熟歇。

【注释】

1. 死敌：死于敌人之手。2. 死法：死于军法处置。

【译文】

我曾经寄居在惠州的嘉祐寺，漫步在松风亭下，腿脚疲乏，想到亭子里休息，抬头看见亭子和屋宇还在高处，心想如何爬上去休息呢？很久之后，忽然说："这地方为什么就不能休息呢？”这样一想，就好像已经吞钩的鱼儿一下子得到了解脱。如果人们能领悟这个道理，即便两军列阵交战，战鼓声如同雷霆一般，前进死于敌人之手，后退则死于军法处置，在这样的时刻也不妨好好歇息一下。

公答王敏仲[1]云：“某垂老投荒[2]，无复生还之望，昨与长子迈[3]诀，已处置后事矣。今到海南，首当作棺，次便作墓，乃留手疏与诸子，死则葬于海外，庶几延陵季子[4]嬴博之义[5]，父既可施于子，子独不可施于父乎？生不挈棺，死不扶柩，此亦东坡之家风也。”（卓吾[6]曰：“东坡家风犹是字，卓吾家风真如此。”）

【注释】

1. 王敏仲：王古（？—1106），字敏仲，大名莘县（今山东莘县）人。2. 投荒：贬谪、流放蛮荒之地。3. 迈：苏迈，苏东坡长子。4. 延陵季子：季札（前576—前484），姬姓，吴氏，名札，春秋时期吴国人，因封地延陵而得名延陵季子。5. 嬴博之义：嬴与博，春秋时齐国二邑名。吴公子季札葬子于其间。后用为死后葬在他乡。6. 卓吾：李贽（1527—1602），字宏甫，号卓吾，别号温陵居士、百泉居士等，福建泉州人。

【译文】

苏东坡给王敏仲的信中说：“我人到老年被流放至蛮荒之地，没有生还的希望，昨日与长子苏迈诀别，已经安排好后事。如今到了海南，首先要做好棺材，其次便是做好坟墓，又留下手信给各个儿子，死了就葬在海南，近似吴国的延陵季子葬子于齐国的嬴、博二邑一样，父亲既然可以这样处理儿子后事，儿子就不能这样处理父亲后事吗？活着时不带着棺材前行，死后不扶灵柩回原籍，这也是东坡的家风。”（李贽说：东坡的家风尚且是这样的话，我的家风当真如此。）

东坡云：“阮生[1]言：‘未知一生当著几两屐？’吾有佳墨七十丸，而犹求不已，不近愚邪？是可嗤也。石昌言[2]蓄廷珪[3]墨，不许人磨，或戏之云：‘子不磨墨，墨将磨子。’今昌言墓木拱矣，而墨故无恙，可以为好事者之戒。李公择[4]见墨辄夺，相知间抄取殆遍，近有人从梁、许[5]来云：‘悬墨满堂。’此亦通人[6]之一蔽也。余尝有诗曰：‘非人磨墨墨磨人。’此语殆可凄然云。”

【注释】

1. 阮生：指阮籍（210—263），字嗣宗，陈留尉氏（今河南开封）人，三国时期魏国人，竹林七贤之一。2. 石昌言：石扬休（995—1057），字昌言，眉州眉山（今属四川眉山）人。3. 廷珪：李廷珪（？—967），五代南唐造墨家。4. 李公择：李常（1027—1090），字公择，南康建昌（今江西永修）人。5. 梁、许：梁州和许州。6. 通人：学识渊博通达的人。

【译文】

东坡说："阮籍说过：'不知道人一辈子能穿几双木屐？'我有七十丸上等好墨，却仍然不停寻求，不是太愚痴了吗？这真可笑。石昌言储藏李廷珪的墨，不允许别人磨，有的人开玩笑说：'你不去磨墨，墨就要磨你。'如今石昌言墓前的树木已成拱抱，而墨仍安然无恙，这件事可以作为好物之人的鉴戒。李公择看见好墨就强行夺取，好友之间都被他强取殆尽，有从梁州和许州来的人说李公择家现在已经是'悬墨满堂'。这也是学识渊博之人的一种蒙蔽。我曾经写诗说：'非人磨墨墨磨人。'这句话大概太凄凉了。"

专人远来，辱手书，并示近诗，如获一笑之乐，数日慰喜忘味也。某到贬所半年，凡百粗遣，更不能细说，大略只似灵隐[1]、天竺[2]和尚退院后，却住一个小村院子，折足铛[3]中，罨[4]糙米饭便吃，便过一生也得，其余瘴疠病人，北方何尝不病，是病皆死得人，何必瘴气。但苦无医药，京师国医手里死汉之尤多。参寥闻此一笑，当不复忧我也。故人相知者，即以此语之，余人不足与道也。

【注释】

1. 灵隐：灵隐寺。2. 天竺：天竺寺。3. 折足铛：断脚锅。4. 罨：本指捕鱼或捕鸟的网，引申为捕取、拿取。罨，音 yǎn。

【译文】

你专门派人远来送信，并且出示近日的诗作，我好像得到开怀一笑的快乐，数日喜慰都忘掉了饮食的味道了。我来到贬所有半年了，好歹过得去，就不再细说了，大致就像灵隐寺、天竺寺的僧人退休脱离了寺院，住到了一个小村落中过活，在断腿锅里捞糙米饭吃，这样也过一辈子了，其他的就是瘴疠之气让人生病，北方何尝没有人生病呢，得了病就会死人，并不单单是因为瘴气，只是苦于缺少医药，不过京城里名医手里医死的人也尤其多。参寥听到这句话可以笑一下，想必不再担忧我，相知的朋友，我才把这些话语相告，其他的人也就不值得说了。

东坡自惠移儋耳，秦少游[1]亦自郴阳[2]移海康[3]，渡海相遇。二公共语，恐下石者[4]更启后命，少游因出自作挽词[5]呈公，公抚其背曰："某常忧少游未尽此理，今复何言。某亦尝自为志墓文，封付从者，不使过[6]子知也。"遂相与啸咏[7]而别。

【注释】

1. 秦少游：秦观（1049—1100），字少游，一字太虚，号淮海居士，别号邗沟居士，高邮（今江苏高邮）人。2. 郴阳：在今湖南郴州市。郴，音 chēn。3. 海康：今广东雷州。4. 下石者：指落井下石的人。5. 挽词：哀悼死者的辞章。6. 过：苏过，苏东坡之子。7. 啸咏：歌咏。

【译文】

东坡从惠州再贬到儋耳，秦少游也从郴阳再贬到海康，渡海途中相遇。两人在一起交谈，恐怕那些落井下石的加害者再次发布迫害的命令，少游于是将写给自己的挽词拿给东坡看，东坡拍着少游的背说："我时常担忧少游没有完全明白生死的道理，现在没什么可说的了。我曾经也为自己作了墓志，封好后交给随从，不要让我的儿子苏过知道。"随后两人相互歌咏而别。

爱 才

苏东坡谪黄州，邻家一女子甚贤，每夕只在窗下听东坡念书。后其家欲议亲，女子云："须得念书如东坡者乃可。"竟无所谐[1]而死，故东坡作《卜算子》以记之。黄太史[2]谓语意高深，盖以东坡是词为冠绝也。独不知，其别有一词名《江神子》者，东坡倅[3]钱塘日，忽刘贡父相访，因拉与同游西湖，时刘方在服制中，至湖心，有小舟翩然至前，一妇人甚佳，见东坡自叙："少年景慕高名，以在室无由得见，今已嫁为民妻，闻公游湖，不避罪而来，善弹筝，愿献一曲，辄求一小词，以为终身之荣，可乎？"东坡不能却，援笔而成，与之，其词云："凤凰山下雨初晴，水风清，晚霞明。一朵芙蕖，开过尚盈盈。何处飞来双白鹭，如有意，慕娉婷。忽闻江上弄哀筝，苦含情，遣谁听。烟敛云收，依约是湘灵。欲待曲终寻问取，人不见，数峰青。"此词岂不更奇于《卜算子》耶？

【注释】

1. 谐：谐好，指男女结合匹配。2. 黄太史：黄庭坚曾以秘书丞兼国史编修官，所以后人称呼他为太史。3. 倅：充任州郡的副职官员。

【译文】

苏东坡被贬黄州，邻家有一位女子很是贤惠，每天黄昏都在窗下听东坡读书，后来她的家人想要给女子说亲，女子说："需要像东坡那样读书的人才可以。"最后该女子竟然没有婚配而死。因此东坡作《卜算子》记载这件事。黄庭坚说这首词语意高深，大概是东坡词中最为奇绝的。殊不知，他另外还有一首叫《江神子》的词，东坡充任钱塘的副职官员时，忽逢刘攽来拜访，因此拉着一起游玩西湖，当时刘攽还在服丧中，到了湖的中央，有一个小船翩然来到眼前，有一妇人容貌甚好，看见东坡自己叙述道："年少时久慕先生大名，因为未婚没有理由得以相见，如今已嫁为人妻，听闻先生来西湖游玩，不逃避责怪前来，我擅长弹筝，希望弹筝一曲，向先生求一首小词，把它作为终身的荣誉，可以吗？"东坡不能推辞，提笔写成，给了妇人，其词写道："凤凰山下雨初晴，水风清，晚霞明。一朵芙蕖，开过尚盈盈。何处飞来双白鹭，如有意，慕娉婷。忽闻江上弄哀筝，苦含情，遣谁听。烟敛云收，依约是湘灵。欲待曲终寻问取，人不见，数峰青。”这首词岂不是比《卜算子》更为奇绝吗？

范蜀公镇[1]每对客，尊严静重，言有条理，客亦不敢慢易[2]，惟苏子瞻则掀髯鼓掌，旁若无人，然蜀公甚敬之。

【注释】

1. 范蜀公镇：范镇（1007—1088），字景仁，华阳（今四川成都）人，封蜀郡公。2. 慢易：怠忽，轻慢。

【译文】

范蜀公每次招待客人，都是庄重肃穆沉静端庄，言谈有条不紊，客人也不敢轻慢放肆，唯独苏东坡有时拨开胡须，欢快鼓掌，旁若无人，然而范蜀公却非常敬重他。

宋朝引试[1]，率在八月中，韩魏公[2]当国日，二苏将就试，黄门[3]忽卧病。魏公辄奏上曰：“今岁召制科[4]之士，惟苏东坡、苏辙最有声望。今闻苏辙偶病，如此人不得就试，甚非众望，欲展[5]限以待之。”上许之。黄门病时，魏公数使人问安否，既闻全安，方引试，比常例展二十日，自后试科并在九月。吕微仲[6]不知其故，因问试科何以在秋末，东坡乃为言之，吕曰：“韩忠献其贤如此哉！”

【注释】

1. 引试：引保就试，引保，宋时选举制度的一种规定。凡士子应举，须什伍相保，不许有大逆的亲属及不孝、不悌与僧道归俗事。将临试期，知举官先引问联保，核对明白后，方得就试。2. 韩魏公：韩琦，封爵魏国公。3. 黄门：指苏辙，苏辙曾担任门下侍郎，门下侍郎又称黄门侍郎，故后人常称苏辙为苏黄门。4. 制科：制举，科举时代为选拔“非常之才”而举行的不定期非常规考试，又称大科、特科。5. 展：推迟。6. 吕微仲：吕大防（1027—1097），字微仲，京兆府蓝田（今陕西蓝田）人。

【译文】

宋朝引保就试，惯例是在八月中旬，韩魏公主持国政时，苏东坡和苏辙将要参加考试，苏辙忽然生病。韩魏公就上奏皇帝说：“今年征召参加制科的人，唯有苏东坡、苏辙最有声望，如今听说苏辙生病，如果此人不能就试，这不是众人所希望的，想要推迟日期等待他。”皇帝同意了。苏辙生病时，韩魏公屡次派人问候苏辙是否痊愈，听说苏辙痊愈，才举行考试，比往常推迟了二十天，从此试科也就在九月。吕微仲不知其中缘由，就问试科为什么定在秋末，东坡就对他说了其中缘故，吕微仲说：“韩忠献公真是贤良啊！”

二苏赴试，是时同召试者甚多。相国[1]韩公[2]偶与客言曰："二苏在此，而诸人亦敢与之较试，何也？"于是不试而去者十八九。

【注释】

1. 相国：宰相的尊称。2. 韩公：韩琦。

【译文】

二苏参加制科考试，这时一起来参加考试的人很多。相国韩琦偶尔与客人说道："二苏在这里，但是那些人也敢与他们同场考试，这是为什么呢？"于是不参加考试而离开的考生十之八九。

元祐中，东坡知贡举[1]，李方叔[2]就试，将锁院[3]，坡缄封一简，令叔党持与方叔，值方叔出，其仆受简置几上。有顷，章子厚[4]二子曰持、曰援者来，取简窃观，乃《扬雄优于刘向论》一篇，二章惊喜，携之以去，方叔归，求简不得，知为二章所窃，怅惋不敢言，已而果出此题，二章皆模仿坡作，方叔几于搁笔。及拆号，坡意魁必方叔也，乃章援，第十名文意与魁相似，乃章持，坡失色，二十名间，一卷颇奇，坡谓同列曰："此必李方叔。"视之，乃葛敏修[5]，时山谷亦预校文，曰："可贺内翰得人，此乃仆宰太和[6]时，一学子相从者也。"而方叔竟下第[7]。坡出院，闻其故，大叹恨，作诗送其归，所谓"平生漫说古战场，过眼空迷日五色"者也，其母叹曰："苏学士知举，而汝不成名，复何望哉！"抑郁而卒。

【注释】

1. 知贡举：主持进士考试。2. 李方叔：李廌。3. 锁院：按照宋朝制度，科举考试前数日，考官进入贡院，关闭院门后，进行拟题、收领试纸等考务工作，直到考试结束，成绩公布后，考官才得出院。在此期间，考官在院内住宿，不得与外界有所联系。4. 章子厚：章惇，字子厚。5. 葛敏修：葛敏修（？—1107），字圣功，庐陵（今江西吉安）人。6. 太和：地名，今安徽省太和县。7. 下第：落榜。

【译文】

元祐年中，苏东坡主持进士科试，李方叔参加考试，将要锁院时，东坡写了一封书简，让苏过拿给李方叔，正值李方叔外出，他的侍从接过信简放在矮桌上。过了一会儿，章子厚的两个儿子章持、章援来了，拿来书简偷偷观看，是一篇《扬雄优于刘向论》，两人又惊又喜，带着信简离开了，李方叔回来后，寻找不到信简，知道被二章偷走了，惆怅惋惜又不敢声张，而后考试果然出现这道题，二章都模仿东坡的作品，而李方叔几乎停笔未写。到了拆开试卷的封号，东坡料想第一名一定是李方叔，结果是章援，第十名文章大意与第一名相似，竟然是章持，东坡大惊失色。前二十名中，有一份答卷颇为奇绝，东坡对同僚说：“这一定是李方叔。”打开一看，是葛敏修，当时黄庭坚也参加阅卷工作，就说：“恭贺内翰选得人才，这是我主政太和县时一位跟随我学习的人。”而李方叔最终落榜没考上。东坡出院后，听闻其中缘故，遗憾叹息，写诗饯别李方叔归家，就是“平生漫说古战场，过眼空迷日五色”那首诗，李方叔的母亲叹息道：“苏学士主持科试，而你都落榜没考中，还希望什么呢！”最后抑郁而终。

东坡帅[1]武定[2]，诸馆职[3]饯于惠济宫，坡举白浮[4]欧阳叔弼[5]、陈伯修[6]二校理[7]，常希古[8]少尹[9]，曰：“三君但饮此酒，酒釂[10]当言所罚。”饮竟，东坡曰：“三君为主司而失李方叔，兹可罚也。”三君惭谢而已。张文潜舍人[11]在坐，辄举白浮东坡曰：“先生亦当饮此，先生昔知举而遗之，与三君之罚均。”举坐大笑。

【注释】

1. 帅：镇守和掌管一方的军事和民政。2. 武定：地名，今河北省定州市。3. 馆职：宋代于昭文馆、史馆、集贤院等处担任修纂、编校等工作的官职。4. 浮：罚人饮酒。5. 欧阳叔弼：欧阳棐，字叔弼，欧阳修第三子。6. 陈伯修：陈师锡（1057—1125），字伯修，建州建阳（今福建南平）人。7. 校理：官职名，执掌校勘整理宫廷藏书。8. 常希古：常安民（1049—1118），字希古，邛州临邛（今四川邛崃）人。9. 少尹：官职名，州县辅佐官如县丞、典史、吏目、巡检之类的别称。10. 釂：饮酒干杯。釂，音 jiào。11. 舍人：起居舍人，掌记皇帝言行。

【译文】

苏东坡将镇守定州，众人在慧济宫为他饯行，东坡举杯罚欧阳叔弼、陈伯修、常希古饮酒，东坡说：“你们三个只管喝了这杯酒，喝完告诉你们为什么罚酒。”喝完酒，东坡说：“你们作为科举的主试官错失李方叔，应该罚酒。”三人惭愧致歉。时任起居舍人的张文潜也在座，于是举杯罚东坡酒说：“先生也应该喝这杯酒，先生以前主持科试也错过了李方叔，应该与三人一起罚酒。”满座的人都大笑起来。

元祐间，东坡出帅钱塘，视事[1]初，都商税务[2]押到匿税人南剑州[3]乡贡进士[4]吴味道，以二巨卷作公名衔[5]，封至京师苏侍郎[6]宅。公呼讯问其卷中何物，味道恐蹙[7]而前曰：“味道今秋忝冒乡荐[8]，乡人集钱为赴省之赆，以百千[9]就置建阳小纱，得二百端[10]，因计道路所经场务[11]尽行抽税，则至都下不存其半，心窃计之当今负天下重名而爱奖士类，唯内翰与侍郎耳，纵有败露，必能情贷[12]，味道遂伪假先生台衔[13]，缄封而来，不探知先生已临镇此邦，罪实难逃，幸先生恕之！”公熟视，笑呼掌笺吏[14]，令去旧封，换题新衔：“附至东京竹竿巷苏侍郎宅”，并手书子由书一纸，付之，谓味道曰："先辈这回将上天去也无妨。"明年，味道及第来谢，公甚喜，为延款数日而去。

【注释】

1. 视事：处理政务，办公。2. 都商税务：官署名，掌征收京城商旅的税收，巡查漏税。3. 南剑州：地名，今福建南平市延平区一带。4. 乡贡进士：被地方州县官吏推荐参加进士科考试而尚未考中者。5. 名衔：姓名和官衔。6. 苏侍郎：指苏辙。7. 恐蹙：忧愁恐惧。8. 乡荐：唐宋应试进士由州县荐举。9. 百千：百贯。10. 端：量词，帛类的长度单位。11. 场务：五代、宋时盐铁等专卖管理机构。生产和专卖盐铁的机构为场，税收机构为务。12. 贷：赦免宽恕。13. 台衔：对他人姓名与官衔的尊称。14. 掌笺吏：处理文笺的官员。

【译文】

元祐年间，苏东坡主政杭州，刚上任不久，都商税务押来了一个偷税人，是南剑州的乡贡进士吴味道，他把两大卷的货物打着苏东坡名衔，密封后送到京师苏侍郎府第。东坡讯问他卷里装什么东西，吴味道惶恐地向前回答说："我今秋有幸被推荐为应试考生，同乡人凑钱作参加礼部的考试，用十万钱购置了建阳薄丝，一共是两百端，因为想到沿路所经过的税务官署都要抽税，到京城时就剩下不到一半数，所以私下盘算当今天下最有名望、且爱提携奖掖读书人的，只有先生您和苏侍郎而已，纵然事情败露，也一定能得到宽恕。我于是假借先生的名衔把丝封好后来到此地，却不知道先生已经主政此地，罪责难逃，只愿先生宽恕！"苏东坡仔细看了下，笑着呼唤管文书的官员把旧封条除去，换题上新的名衔："附至东京竹竿巷苏侍郎宅"，又亲手写了一封给子由的信，交给吴味道，说："前辈这回即使拿到上天去也无妨了。"第二年，吴味道考中进士，特地前来答谢，苏东坡很是欣喜，设宴款待几天后离开。

张安道[1]与欧阳文忠[2]素不相能，安道守成都日，文忠为翰林。苏明允[3]父子自眉州走成都，将求知[4]于安道，安道曰："吾何足以为重？其欧阳永叔乎！"不以其隙为嫌也，乃为作书办装[5]，使人送之京师谒文忠。文忠得明允父子所著书，亦不以安道荐之非其类，大喜曰："后来文章当在此。"即极力推誉。天下于是高此两人。

【注释】

1. 张安道：张方平（1007—1091），字安道，应天府南京（今河南商丘）人。2. 欧阳文忠：欧阳修谥号"文忠"，故世称欧阳文忠公。3. 苏明允：苏洵字明允。4. 求知：指希求被人了解。5. 办装：置办行装。

【译文】

张安道与欧阳修平时一直不能好好相处，张安道在成都任职时，欧阳修在翰林院供职。苏洵父子三人从眉州来到成都，希望能得到张安道的引荐，张安道说：“我有什么分量呢？应该要找欧阳修！”张安道不因个人关系而心生嫌隙，给他们写了封推荐信并且置办行装，派人跟苏洵父子一道来到京城交给欧阳修。欧阳修看了苏洵父子所写的著作，也不因他们是张安道所荐而不认可他们，非常高兴地说：“后来的文章都在这里！”便极力推荐。天下人由这件事更加敬重张安道、欧阳修二人。

坡诗文，落笔辄为人所传诵，每一篇到，欧阳公为终日喜，前后类如此。一日与棐[1]论文及坡，公叹曰：“汝记吾言，三十年后，世上人更不道著我也！”崇宁、大观[2]间，海外诗[3]盛行，后生不复有言欧公者。

【注释】

1. 棐：欧阳棐。2. 崇宁、大观：宋徽宗年号。3. 海外诗：指苏东坡贬谪海南所作诗篇。

【译文】

东坡写的诗文，刚一写完就被人们传诵，每当有一篇东坡文章送来，欧阳修为此一天都会高兴，前后都像这样。有一天与儿子欧阳棐谈论文章时说到了东坡，欧阳修感叹道：“你记住我的话，三十年后，世上的人们更不会谈及我了！”崇宁、大观年间，苏东坡在海南作的诗很流行，年轻的学者中已经没有再谈论欧阳修的人了。

黄鲁直晚年悬东坡像于室中，每蚤[1]作，衣冠荐香，肃揖甚敬。或以同时声[2]实相上下为问，则离席惊避曰：“庭坚望[3]东坡，门弟子耳，安敢失其序哉？”

【注释】

1. 蚤：通“早”。2. 声：声望。3. 望：比量，比拟。

【译文】

黄庭坚晚年悬挂苏东坡画像在家中，每天早晨起来，穿好衣服戴正帽子焚香，作揖施礼异常恭敬。有人问起同时代里苏东坡和黄庭坚的声望到底谁高谁低的问题，黄庭坚惊慌地离开座位说：“我和东坡先生比起来，只是他的门生弟子罢了，怎么敢搞错师生的次序呢？”

宣和[1]间中禁东坡文字甚严，有士人窃携坡集，为阍者[2]所获，执送有司[3]，见集后有一诗云：“文星已落天地泣，此老已亡吾道穷。才力漫超生仲达[4]，功名犹忌死姚崇[5]。人间便觉无清气，海内何由识古风。平日万篇谁爱惜，六丁[6]收拾上瑶宫[7]。”京尹义其人，乃阴纵之。

【注释】

1. 宣和：宣和（1119—1125）是北宋时期宋徽宗的第六个年号。2. 阍者：守门人。3. 有司：主管官员。4. 仲达：司马懿（179—251），字仲达，河内郡温县（今河南温县）人。5. 姚崇：姚崇（650—721），字元之，陕西硖石（今河南陕州）人。6. 六丁：道教神名，为天帝所役使的阴神。7. 瑶宫：传说中的仙宫，用美玉砌成。

【译文】

宣和年间朝廷宣布禁止苏东坡诗文很严格，有一士人私自携带苏东坡诗集，被守门人抓获，押送到主管官员那里，主管官员看见诗集后有一首诗写道："文星已落天地泣，此老已亡吾道穷。才力漫超生仲达，功名犹忌死姚崇。人间便觉无清气，海内何由识古风。平日万篇谁爱惜，六丁收拾上瑶宫。"京尹认为此人很有道义，于是私下里放了他。

东坡初登第[1]，以书谢梅圣俞[2]，圣俞以示欧文忠公[3]，公答圣俞书，略云："不意后生能达斯理也，吾老矣，当放此子出人头地。"故东坡《送晁美叔诗》云："翁醉遣我从子游，翁如退之蹈轲丘[4]。尚欲放子出一头，酒醒梦断四十秋。"盖叙书语也。

【注释】

1. 登第：科举及第。2. 梅圣俞：梅尧臣（1002—1060），字圣俞，宣州宣城（今安徽宣城）人。3. 欧文忠公：欧阳修。4. 轲丘：孟子（孟轲）和孔子（孔丘）的并称。

【译文】

苏东坡刚科举及第，写信答谢梅尧臣，梅尧臣将书信拿给欧阳修看，欧阳修写信回复梅尧臣，大略说："没有想到这个后生能如此通达事理，我也老了，应当放此后生出人头地。"因此东坡在《送晁美叔诗》中写道："翁醉遣我从子游，翁如退之蹈轲丘。尚欲放子出一头，酒醒梦断四十秋。"记叙的就是信中话。

东坡自海外归，与米元章[1]书云："岭海[2]八年，亲友旷绝，亦未尝关念，独念吾元章迈往凌云之气，清雄绝俗之文，超妙入神之字，何时见之，以洗我积年瘴毒[3]耶！两月来，疾又增无减，虽迁闸外[4]，风气稍清，但虚乏不能食，口殆不能言也。儿子于何处得《宝月观赋》，琅然诵之，老夫卧听之未半，跃然而起，恨二十年相从，知元章不尽。若此赋当过古人，不论今世也，天下岂常如我辈愦愦[5]耶？公不久当有大名，不劳我辈说也。"元章答云："更有知不尽处，修杨、许之业[6]，为帝宸[7]碧落[8]之游，异时相见乃知也。"其高自标置如此。

【注释】

1. 米元章：米芾。2. 岭海：指两广地区。3. 瘴毒：瘴气毒雾。4. 闸外：水门。5. 愦愦：昏乱。6. 杨、许之业：求仙问道之业。杨，指杨羲。许，指许谧、许逊，俱属道教上清派。7. 帝宸：帝王宫殿。8. 碧落：天空，青天。

【译文】

苏东坡从海南回来，给米芾写信说："在岭海八年，亲戚朋友来往很少甚至断绝，我也没有过多的挂念，只想念我的朋友米芾那超迈凌云的神采，清雄绝俗的文章，超妙入神的书法，什么时候还能再见到，以清洗我累积数年的瘴毒呀！两月以来，疾病只增不减，虽然搬到水门外，空气稍微清新，但还是虚弱乏力吃不下饭，嘴里也说不出话。我的儿子不知道从哪里得到《宝月观赋》，琅琅诵读，我卧在床听了还不到一半，就从床上猛然起来，遗憾我们来往二十年，了解元章还不够彻底。像这样的赋想必超越了古人，更何况当世的人呢，天下怎会常像我一样头脑昏乱呢？你不久之后就会大名鼎鼎，不用劳烦我辈人来说。"米芾回复说："还有你不了解的地方，我修行求仙问道之业，为的是在帝王宫殿和青天遨游，到时见面就会知道这些了。"米芾于高处标榜自己历来如此。

黄山谷[1]云："东坡先生道义文章名满天下，所谓青天白日，奴隶亦知其清明[2]者也。心悦而诚服者，岂但中分鲁国[3]哉？士之不游苏氏之门，与尝升其堂而畔[4]之者，非愚则傲也。当先生之弃海濒[5]，其平生交游多讳之矣，而王周彦[6]万里致医药，以文字乞品目[7]，此岂流俗人炙手求热，救溺取名者耶？"

【注释】

1. 黄山谷：黄庭坚号山谷道人、山谷老人。2. 清明：清白明澈。3. 中分鲁国：平分鲁国人，出自《庄子·德充符》："王骀，兀者也，从之游者与夫子中分鲁。"此典故借指跟从学习的人众多。4. 畔：通"叛"。5. 海濒：岭南。6. 王周彦：王庠（1071—1136），字周彦，荣州（今四川荣县）人。7. 品目：品评。

【译文】

黄庭坚说："东坡先生的道义文章天下闻名，就像所说的青天白日一样，最卑贱的奴隶也知道它的清白明澈。心悦诚服的人，何止才'中分鲁国'那么多？不游学于苏东坡门下的士子，与那些曾经拜师门下却又背叛的人，不是愚蠢就是孤傲。当时东坡先生被贬岭南的时候，他平时交好的朋友大多避讳不已，但是王周彦不远万里送来医药，写文章请求东坡品评，这难道是世俗庸人烤手取暖，救助溺水的人来博取功名吗？"

东坡云："昔刘原父[1]酒酣，诵陈季弼[2]告陈元龙[3]语，因自仰天太息，此自原父舒其胸中磊块之气。吾尝作诗云：'平生我亦轻余子，晚岁人谁念此翁。'记原父语也。原父没，尚有贡父[4]在，每与语，强人意，今复死矣，何时复见俊杰人乎？"

【注释】

1. 刘原父：刘敞（1019—1068），字原父，临江新喻（今江西新余）人。2. 陈季弼：陈矫（？—237），字季弼，广陵郡东阳县（今安徽天长）人。3. 陈元龙：陈登（163—201）字元龙，下邳淮浦（今江苏涟水）人。4. 贡父：刘攽，字贡父，刘敞的弟弟。

【译文】

苏东坡说："昔日刘原父喝醉酒，诵读陈季弼告诉陈元龙的话，因而自己仰望天空叹息，这是原父纾解内心中郁积不平之气。我曾经作诗写道：'平生我亦轻余子，晚岁人谁念此翁。'这是记录原父的话。原父死去了，还有贡父在世，我经常与他畅谈，很是满意，如今贡父也死去了，何时才能再见到如此杰出的人物呢？"

晁伯宇[1]少作《闵吾庐赋》，黄鲁直以示苏长公曰："此晁家十郎作，年未二十也。"长公答曰："此赋甚奇丽，信是晁家多异材耶！凡人至足之余，自溢为奇怪乃可。今晁伤奇[2]太早，可作鲁直微意[3]谕之，勿伤其迈往[4]之气。"鲁直以语晁。晁自是文章大进。

【注释】

1. 晁伯宇：晁载之（1066—？），字伯宇，济州钜野（今山东巨野）人。2. 伤奇：过于追求奇怪。3. 微意：含蓄的话意。4. 迈往：超凡脱俗。

【译文】

晁伯宇年少时作《闵吾庐赋》，黄庭坚拿给苏东坡看说："这是晁家十郎文章，年纪还不到二十。"苏东坡回答说："这首赋很是奇绝瑰丽，果然晁家多异才啊！一般来说，人达到最大限度后，自然就会沦为奇怪。如今晁伯宇过于追求奇怪太早了，可以让鲁直用含蓄的话语开导他，不要伤害他超凡脱俗的气魄。"黄庭坚把这句话告诉了晁伯宇，晁伯宇从此之后文章大有长进。

元祐[1]四年八月，苏子由为贺辽生辰国信使[2]，子瞻有诗送之，既至辽，辽人每问大苏学士安否，子由经涿州[3]寄诗曰："谁将家谱到燕都[4]，识底人人问大苏。莫把声名动蛮貊[5]，恐妨他日卧江湖。"子瞻得诗次韵云："毡毳年来亦甚都[6]，时闻鴃舌[7]问三苏。哪知老病浑无用，欲向君王乞镜湖[8]。”

【注释】

1. 元祐（1086—1094）：宋哲宗第一个年号。2. 贺辽生辰国信使：贺生辰国信使，官名，宋、辽及宋、金之间祝贺对方皇帝、皇太后或皇后生辰的使臣。3. 涿州：今河北省涿州市。4. 燕都：燕京，今北京市。5. 蛮貊：古代称南方和北方落后部族。貊，音 mò。6. 都：好。7. 鴃舌：言语难懂，若鴃舌之人。鴃，音 jué。8. 镜湖：鉴湖，今浙江省绍兴市。

【译文】

元祐四年八月，苏辙担任贺辽生辰国信使，苏东坡写了首诗来送别他，苏辙到了辽国之后，辽国人经常问起苏东坡是否安好，苏辙途径涿州时写诗给东坡说：“谁将家谱到燕都，识底人人问大苏。莫把声名动蛮貊，恐妨他日卧江湖。”苏东坡得到诗之后，次韵写道说：“毡毳年来亦甚都，时闻鴃舌问三苏。哪知老病浑无用，欲向君王乞镜湖。”

惠州有温都监[1]女，颇有色，年十六不肯嫁人，闻坡至，甚喜，每夜闻坡讽咏，则徘徊窗下，坡觉而推窗，则其女逾墙而去，坡从而物色之，温具言其然。坡曰：“吾当呼王郎，与之子为姻。”未几，子瞻过海，此议不谐[2]，其女遂卒，故子瞻悬念之，为泣下，《卜算子》词中有云：“拣尽寒枝不肯栖。”谓其择偶也。

【注释】

1. 都监：官名，宋代于诸路州府等地方置兵马都监，简称都监。2. 谐：办成，办妥。

【译文】

惠州有个温都监的女儿，长得很漂亮，到了十六还不肯出嫁，听说东坡来了，很高兴，每天晚上都去听东坡讽诵吟咏，在窗下徘徊不走，东坡觉察后推窗寻找，而温都监的女儿就翻墙离开，东坡因而到处访求此事，温都监全盘说出了其中的缘由。东坡说：“我一定选出贵族好少年，与你的女儿成姻缘。”不久，苏东坡离开惠州前往海南，这件事也没有办成，温都监的女儿最后抑郁而终，所以苏东坡一直挂念着这件事，为此事伤心流泪，《卜算子》词中写道：“拣尽寒枝不肯栖。”说的就是她择偶这件事。

子瞻守杭时，毛泽民[1]为法曹[2]，公以众人遇[3]之。泽民与营妓琼芳善，届秩满[4]去官，作《惜分飞》词以志别云：“泪湿阑干花著露，愁到眉峰碧聚，此恨平分取，更无言语空相觑。断雨零云无意绪，寂寞朝朝暮暮，今夜山深处，断魂分付潮归去。”子瞻宴客，琼芳辄歌此词，子瞻询为谁作，以泽民对，子瞻叹曰：“郡僚中有词人而不知，是吾过也。”折简[5]追回，款洽[6]数月。

【注释】

1. 毛泽民：毛滂（1056—1124），字泽民，衢州江山（今浙江江山）人。2. 法曹：官名，掌管司法。3. 遇：对待。4. 秩满：官吏任期届满。5. 折简：裁纸写信。6. 款洽：亲切交往。

【译文】

苏东坡主政杭州时，毛泽民为法曹，苏东坡把他当作一般人来对待。毛泽民与营妓琼芳向来交好，任期届满离职，写下《惜分飞》一词来记录离别："泪湿阑干花著露，愁到眉峰碧聚，此恨平分取，更无言语空相觑。断雨零云无意绪，寂寞朝朝暮暮，今夜山深处，断魂分付潮归去。"苏东坡宴请宾客，琼芳就唱了这首词，苏东坡询问是谁作的，琼芳说是毛泽民，苏东坡就感叹说："郡僚中有作词之人我却不知道，这是我的过错啊。"于是苏东坡写信将毛泽民追回，亲切交往了数月。

王荆公极佩服长公，见尖叉[1]《雪诗》，诧曰："东坡使事乃能如此神妙耶？"指"冻合玉楼寒起粟，光摇银海眩生花"二句，以示其婿蔡卞[2]。卞曰："此句不过形容雪色耳。"公曰："尔何知？玉楼，肩名；银海，眼名，并见道书，故佳也。"又荆公在蒋山，有人传东坡《表忠观碑》草稿至，公熟读数遍，谓座客："此文系何体？"叶致远[3]曰："不知其体，要是奇作。"蔡元度曰："直是奏录[4]状耳，何名奇作？"荆公笑曰："诸公未知，此太史公[5]《三王世家》体也。"盖于文字[6]之间沆瀣[7]如此。

【注释】

1. 尖叉："尖""叉"均为旧体诗中的险僻难押韵，所以后世以"尖叉"作为险韵诗的代称。2. 蔡卞：蔡卞（1048—1117），字元度，福建路兴化军仙游县（今福建仙游）人。3. 叶致远：叶涛（1050—1110），字致远，处州龙泉（今浙江龙泉）人。4. 奏录：文书，奏章。5. 太史公：司马迁。6. 文字：文章。7. 沆瀣：彼此契合。

【译文】

王安石极其佩服苏东坡，看见苏东坡的险韵诗《雪诗》，惊诧说："东坡诗文引用典故竟能如此神妙？"指着"冻合玉楼寒起粟，光摇银海眩生花"这两句，给女婿蔡卞看。蔡卞说："这句不过是在形容雪的颜色罢了。"王安石说："你知道什么？玉楼，是肩名；银海，是眼睛的名字，都记载在道教书籍中，因此神妙。"又有一次王安石在蒋山时，有人传送苏东坡《表忠观碑》的草稿到了，王安石细细读了数遍，对座客说："这篇文章是什么体例？"叶致远说："不知道是什么体例，应该是一篇奇作。"蔡元度说："只不过是奏章的样子罢了，怎么说是奇作？"王安石笑着说："你们不知道，这是司马迁《史记》中《三王世家》的体例。"苏东坡、王安石二人在文章中契合程度竟然到了如此地步。

东坡喜奖与[1]后进[2]，有一言之善则极口褒赏，使其有闻于后世而后已，故受其奖者亦踊跃自勉，乐于修进，而终为令器[3]，若东坡者，其有功于斯文[4]哉！其有功于斯人哉！

【注释】

1. 奖与：奖掖扶助。2. 后进：辈分较晚的人。3. 器：优秀的人才。4. 斯文：儒家所谓的礼乐教化之事。

【译文】

苏东坡喜欢奖掖扶助晚辈后生，后生有一句好言语，苏东坡就会极力褒扬称赞，使他在后世出名以后才停止，因此受到褒奖的人也都积极自我勉励，乐于修身精进，最终成为优秀的人才，像东坡这样的人，他是有功于儒家事业啊！也有功于这些人啊！

文同字与可，与子瞻为中表兄[1]。瞻数上书论事，退而与宾客言，亦多以时事为讥诮，与可极以为不然，每苦心力戒之，子瞻不能听也。出判余杭[2]，与可送行诗有："北客若来休问事，西湖虽好莫吟诗。"及黄州之谪，正坐[3]杭州诗语。

【注释】

1. 中表兄：父亲的姐妹之子与母亲的兄弟姐妹之子统称为中表兄弟。2. 余杭：今浙江杭州市。3. 坐：犯罪判罚。

【译文】

文同字与可，与苏东坡是中表兄弟。苏东坡屡次上书评论天下事，退朝之后与宾客的谈话，也经常把时事拿来讥讽取笑。文与可认为这样是不对的，经常费尽心思来劝诫苏东坡，但是苏东坡不听他的话。等苏东坡离开朝廷去做杭州通判时，文与可送行诗里写道："北客若来休问事，西湖虽好莫吟诗。"等到苏东坡遭受黄州之贬，正是因为在杭州期间的诗歌而犯罪。

先生临钱塘郡日，先君[1]以武学博士[2]出为徐州学官[3]，待次姑苏[4]，公遣舟邀取至郡，留款数日，约同刘景文[5]泛舟西湖，酒酣，顾视湖山，意颇欢适，且语及先君被遇[6]裕陵[7]之初，而叹今日之除[8]似是左迁，久之，复谓景文曰："如某今日余生，亦皆裕陵之赐也。"景文请其说。云："某初逮系御史狱，狱具[9]奏上，是夕昏鼓[10]既毕，某方就寝，忽见一人排闼而入，投箧于地，即枕卧之，至四鼓，某睡中觉有撼体而连语云'学士贺喜'者，某徐转仄问之，即曰'安心熟寝'，乃挈箧而出。盖初奏上，舒亶[11]之徒力诋上前，必欲置之死地，而裕陵初无深罪之意，密遣小黄门[12]至狱中视某起居状，适某昼寝，鼻息如雷，即驰以闻，裕陵顾谓左右曰：'朕知苏东坡胸中无事者。'于是即有黄州之命，则裕陵之恕，念臣子之心，何以补报万一！"后先君尝以前事语张嘉父[13]，嘉父云："公自黄移汝州，谢表既上，裕陵览之，顾谓侍臣曰：'苏东坡真奇才！'时有憾[14]公者，复前奏曰：'观轼表中，犹有怨望[15]之语。'裕陵愕然，曰：'何谓也？'对曰：'其言"兄弟并列于贤科"与"惊魂未定，梦游缧绁[16]之中"之语，盖言轼、辙皆前应直言极谏[17]之诏，今乃以诗词被谴，诚非其罪也。'裕陵徐谓之曰：'朕已灼知[18]苏东坡衷心，实无他肠。'于是语塞。"

【注释】

1. 先君：已故父亲，此处指何远的父亲何去非。何去非，生卒年不详，字正通，建州浦城（今福建浦城）人。2. 武学博士：官名，北宋熙宁中建立武学，设教授。元丰改制后，改为武学博士，掌教兵书、弓马技艺。3. 学官：官名，主管一地学务。4. 姑苏：今江苏省苏州市。5. 刘景文：刘季孙（1033—1092），字景文，祥符（今河南开封）人。6. 被遇：蒙受恩惠。7. 裕陵：指宋神宗赵顼（1048—1085），北宋第六位皇帝，死后葬于永裕陵。8. 除：授官。9. 狱具：罪案已定。10. 昏鼓：黄昏击鼓，用以计时。11. 舒亶：舒亶（1041—1103），字信道，慈溪（今浙江余姚）人。12. 小黄门：皇帝身边奴仆，一般指宦官。13. 张嘉父：张大亨，生卒年不详，字嘉父，吴兴（今浙江湖州）人。14. 憾：怨恨。15. 怨望：心怀不满。16. 缧绁：捆绑犯人的绳索，引申为牢狱。17. 直言极谏：直言极谏科的简称。嘉祐六年，苏东坡、苏辙参加制科考试，科目为"贤良方正能直言极谏"。18. 灼知：明白了解。

【译文】

苏东坡主政杭州的日子里，我的父亲以武学博士的身份出任徐州学官，在苏州等待候补时，苏东坡派船邀请家父到杭州，留下款待几天，并约上刘景文一起泛舟西湖，喝得尽兴时，回看湖边山景，内心欢快惬意，跟家父提到了被神宗赏识的时候，又感叹现在授官却似乎像被贬官，过了许久，又对刘景文说："像我的今日余生，都是神宗所赐。"刘景文请他详细说说。苏东坡说道："我一开始被逮捕进御史台的监狱，罪案已定且已奏上朝廷。这天夜里昏鼓敲完，我刚要就寝，忽然看见一个人推门而入，把箱子扔在地上，然后枕着便睡，等到深夜四更的时候，我在睡梦中感觉有一个推我并不断说'贺喜学士'的人，我慢慢向侧面转身询问，那个人当即回答道：'安心睡觉吧。'说完就拿着箱子出门。罪状刚上奏朝廷的时候，舒亶等人在皇帝面前极力毁谤我，一定要把我置于死地，但神宗一开始没有深深怪罪的意思，秘密派遣小黄门来到狱中看我的起居状况，恰逢我白天睡觉时，鼾声如雷，马上回去禀报所见，神宗对身边大臣们说：'朕就知道苏东坡是心中不藏事的人。'于是就有了贬谪黄州的诏令，神宗的宽恕，关爱臣子的心意，如何能报答其万分之一呢。"后来家父曾经把以前这些事告诉了张嘉父，嘉父说："苏东坡从黄州转任汝州，谢表献上之后，神宗看了，对侍臣说：'苏东坡真是奇才。'当时有怨恨苏东坡的人，又上前上奏说：'看苏东坡的表中，还有心中不满的话。'神宗惊讶道：'哪里有说？'那人答道：'里面说"兄弟俩一起高中科举"和"惊魂未定，仿佛在监狱中梦游"这些话，大概说苏东坡、苏辙都是在前朝因中贤良方正能直言极谏科被诏用，如今却因诗词被贬谪，确实并非他的罪。'神宗慢慢对他说道：'朕已深知苏东坡忠心耿耿，没有别的想法。'于是那个人说不出话来。"

公在黄州，都下[1]忽盛传公病殁，裕陵以问蒲宗孟[2]，宗孟奏曰："日来外间似有此语，然亦未知的实。"裕陵将进食，因叹息再三曰："才难！"遂辍饭而起。

【注释】

1. 都下：京都。2. 蒲宗孟：蒲宗孟（1028—1093），字传正，阆州新井（今四川南部）人。

【译文】

苏东坡在黄州时，京都忽然盛传苏东坡病死了，宋神宗拿这件事问蒲宗孟，蒲宗孟上奏说："近日来外面似乎有这样的言论，然而也不知道真实情况。"宋神宗将要用膳时，因此再三叹息说："人才难得！"于是放下饭食起身。

东坡既就逮，下御史府[1]，一日，慈圣曹太后[2]语上曰："官家何事数日不怿？"对曰："更张数事未就绪，有苏东坡者，辄加谤讪[3]，至形于文字。"太皇曰："得非轼、辙乎？"上惊曰："娘娘[4]何自闻之？"曰："吾尝记仁宗皇帝策试制举人[5]，罢归，喜而言曰：'今日得二文士，谓轼、辙也，然吾老矣，虑不能用，将以遗后人。'"因泣问二人安在，上对以轼方系狱，则又泣下，上又感动，始有贷[6]轼意。

【注释】

1. 御史府：官署名，即御史台，专司弹劾之职。2. 慈圣曹太后：慈圣光献皇后（1016—1079），曹氏，宋仁宗赵祯第二位皇后，真定府灵寿县（今河北省灵寿县）人。3. 谤讪：毁谤讥刺。4. 娘娘：祖母。5. 策试制举人：以策问试参加制举的人。6. 贷：宽恕。

【译文】

东坡被逮捕后，押在御史台监狱，一天，太皇太后曹氏对神宗说："皇帝为何数日不高兴？"答道："改革几件事情尚未完成，有个叫苏东坡的人就横加毁谤，甚至用文字写出来。"太皇太后说："莫非是苏东坡、苏辙吗？"神宗惊问："祖母是从哪里知道的？"太皇太后说："我曾经记得仁宗皇帝以策问来考试参加制举的人，回来后，兴奋地说：'今天得到两个文士，叫苏东坡、苏辙，然而我老了，心想用不得了，将他们留给后人用吧。’”曹太后哭泣问二人如今在哪，皇帝回答说苏东坡刚被囚禁在牢狱，曹太后又泪流不止，神宗再次感慨触动，开始有了宽恕苏东坡的想法。

仁宗朝登进士科[1]，复应制科[2]，擢居异等[3]。英宗朝，自凤翔[4]签判[5]履任，欲以唐故事召入翰林，宰相限以近例，且召试秘阁，上曰："未知其能否，故试之。如轼岂不能耶？"宰相犹难之，及试，又入优等，遂直史馆[6]。神宗朝，以义变更[7]科举法，上得其议[8]，喜之，遂欲进用，以与王安石论新法不合，补外。王党李定[9]之徒，媒蘖[10]浸润[11]不止，遂坐[12]诗文有讥讽，赴诏狱，欲置之死，赖上独庇之，得出，止置齐安[13]。

【注释】

1. 进士科：科举考试科目之一。2. 制科：科举时代为选拔非常之才而举行的不定期非常规考试。3. 异等：特等。4. 凤翔：地名，今陕西宝鸡市区。5. 签判：宋代各州府选派京官充当判官，时称签书判官厅公事，简称签判，掌请案移文事务。6. 直史馆：官名。宋朝初年置，任职一至二年，然后委以重任，并可超迁官阶。后亦作为特恩加授外任官。7. 变更：改变。8. 其议：指苏东坡《议学校贡举状》。9. 李定：李定（1028—1087），字资深，扬州（今江苏扬州）人。10. 媒蘖：借故诬陷。11. 浸润：阴诈。12. 坐：犯罪。13. 齐安：黄州。

【译文】

宋仁宗在位时苏东坡考中进士，又参加制科考试，获得特等。宋英宗在位时，苏东坡在凤翔就任签判，宋英宗想按照唐朝先例召苏东坡入翰林院，宰相用近来例子来限制这件事情，权且先在秘阁里召试，英宗说："不知道此人能否胜任？所以先试一下，像苏东坡这样的人难道不能吗？"宰相仍然为难这事，等到考试时，苏东坡又进入优等，于是得到了直史馆的职位。宋神宗时，想要变革科举考试制度，宋神宗看了苏东坡的《议学校贡举状》，很是高兴，就想进一步任用苏东坡，因为与王安石变法政见不合，调外地任职。王安石党派的李定等人，借故诬陷阴诈诽谤不止，说苏东坡诗文犯有讥讽朝廷之罪，请求皇帝下令将苏东坡投入监狱，想要置苏东坡于死地，幸亏皇帝庇护，苏东坡才从监狱出来，只被贬往黄州。

方其坐狱时，宰相有谮於上曰："轼有不臣意。"上[1]改容曰："轼虽有罪，不应至此。"时相举轼《桧[2]》诗云："'根到九泉无曲处，世间唯有蛰龙知。'陛下飞龙在天，轼以为不知己，而求地下蛰龙，非不臣而何？"上曰："诗人之词，安可如此论？彼自咏桧，何预朕事。"时相语塞。

【注释】

1. 上：指宋神宗。2. 桧：木名，柏科，常绿乔木。桧，音guì。

【译文】

苏东坡入狱时，宰相向皇帝上奏诬陷说：“苏东坡有不为臣子的意思。”皇帝变了脸色说道：“苏东坡虽然有罪，但罪不至此。”当时宰相就拿苏东坡的《桧》说：“‘根到九泉无曲处，世间唯有蛰龙知。’陛下是飞龙在天，他却认为陛下不是知己，而求知己于地下的蛰龙，这不是不臣之意又是什么呢？”神宗说：“诗人之词，怎么可以如此评论，他自己咏桧，关我什么事！”当时宰相语塞说不出话来。

上[1]一日与近臣论人材，因曰：“轼方古人孰比？”近臣曰：“唐李白文才颇同。”上曰：“不然，白有轼之才，无轼之学。”上累有意复用，而言者力沮之[2]。上一日特出手札[3]曰：“苏东坡默居思咎，阅岁滋深，人才实难，不忍终弃。”因量移临汝。

【注释】

1. 上：指宋神宗。2. 沮之：竭力阻止。3. 手札：手书，指亲笔信。

【译文】

宋神宗一日与身边大臣讨论人才，于是说：“苏东坡与古代哪一位人可以相比？”近臣说：“唐代李白与苏东坡的文章和才气很相似。”宋神宗说：“并非如此，李白有苏东坡的才气，但没有苏东坡的学识。”宋神宗多次有意想再次任用苏东坡，但是谏官们竭力阻止。宋神宗一天特意出示亲笔信说：“苏东坡贬谪居住期间反思自己的过错，经过一年更加深刻，人才确实难得，不忍心一直弃而不用。”因此酌情迁往汝州。

哲宗朝起知登州[1]，召为南宫舍人[2]，不数月，迁西掖[3]，遂登翰苑[4]。绍圣[5]以后，熙丰[6]诸臣当国，元祐诸臣例迁谪。崇观间，蔡京[7]、蔡卞等用事，拘以党籍，禁其文辞墨迹而毁之。政和间，忽弛其禁，求轼墨迹甚锐，人莫知其由。或传：徽宗[8]皇帝宝箓宫醮筵[9]，常亲临之。一日启醮[10]，其主醮道流[11]拜章[12]伏地，久之方起，上诘其故，答曰：“适至上帝所，值奎宿[13]奏事，良久方毕，始能达其章故也。”上叹讶之，问曰：“奎宿，何神为之，所奏何事？”对曰：“所奏不可得知，然为此宿者，乃本朝之臣苏东坡也。”上大惊，不惟弛其禁，且欲玩其文辞墨迹，一时士大夫从风而靡。

【注释】

1. 登州：今山东省文登区。2. 南宫舍人：指礼部郎中，职位仅次于礼部侍郎的官职。3. 西掖：中书省的别称。4. 翰苑：翰林院。5. 绍圣：绍圣（1094—1098）是宋哲宗赵煦的第二个年号。6. 熙丰：熙宁和元丰，皆为宋神宗年号。7. 蔡京：蔡京（1047—1126），字元长，兴化仙游（今福建仙游）人。8. 徽宗：宋徽宗赵佶（1082—1135），宋朝第八位皇帝。9. 醮筵：醮坛道士祭神的坛场。醮，音 jiào。10. 启醮：开始祭神。11. 道流：道士。12. 拜章：给天帝上奏章。13. 奎宿：奎星，主司文章之神。

【译文】

哲宗即位，苏东坡被授登州知州，召他做礼部郎中，不出数月，升迁到中书省，随后又被升到翰林院。绍圣年后，熙宁和元丰年间大臣主持国事，元祐年间的大臣依次被贬谪。崇宁、大观年间，蔡京、蔡卞等执政，因为党籍的原因，查禁苏东坡的文章书画并一律毁掉。政和年间，忽然解除禁令，而且非常急切寻求苏东坡书画真迹，百姓不知道其中缘由。有人传言：徽宗皇帝主持营建上清宝箓宫坛场，常亲临监工。一天开始祭神时，主持祭神仪式的道士给天帝上奏章俯伏在地，过了很久才起身，皇帝就责问他原因，道士回答说："刚刚到天帝处所时，正碰上奎宿给天帝上奏，很久才结束，所以我才可以献上奏章。"徽宗惊讶感叹问道："奎星，是什么神担任，上奏什么事？"道士回答说："上奏的什么事不知道，但是担任奎星的神，是本朝大臣苏东坡。"皇帝大惊，不仅解除禁令，而且还想观赏苏东坡的文章书画，一时士大夫纷纷跟从而风靡。

光尧太上皇帝[1]朝，尽复轼官职，擢其孙符[2]，自小官至尚书[3]。今上[4]皇帝尤爱其文，梁丞相叔子[5]，乾道[6]初任掖垣兼讲席。一日，内中宿直召对[7]，上因论文，问曰："近有赵夔[8]等注轼诗甚详，卿见之否？"梁奏曰："臣未之见。"上曰："朕有之。"命内侍取以示之。至乾道末，上遂为轼御制文集叙赞[9]，命有司与集同刊之，因赠太师[10]，谥文忠，又赐其曾孙峤[11]出身[12]，擢为台谏[13]侍从。呜呼！昔扬雄之文，当时人忽之，且欲覆酱瓿[14]，雄亦自谓："后世复有扬子云，当好之。"今东坡诗文，乃蒙当代累朝神圣之主知遇如此。

【注释】

1. 光尧太上皇帝：宋高宗赵构（1107—1187），字德基，南宋开国皇帝。2. 符：苏符（1086—1156），字仲虎，晚号白鹤翁，苏迈之子，苏东坡之孙。3. 尚书：礼部尚书，主管朝廷礼仪祭祀以及外事等活动的大臣。4. 上：宋孝宗赵昚。5. 梁丞相叔子：梁克家（1127—1187），字叔子。泉州晋江（今福建泉州）人。6. 乾道：乾道（1165—1173）是宋孝宗赵昚第二个年号。7. 召对：皇帝召见臣子令其回答有关政事问题。8. 赵夔：生卒年不详，字尧卿。9. 叙赞：序言和赞文。10. 太师：官名，古时以太师、太傅、太保为三公，多为大官的加衔，无实际职权。11. 峤：苏峤，生卒年不详，字季真，苏过长子苏籥之子，苏东坡曾孙。12. 出身：科举考试中选者的身份资格。13. 台谏：唐宋时以专司纠弹的御史为台官，以职掌建言的给事中、谏议大夫等为谏官。两者虽各有所司，而职责往往相混，故多以台谏泛称之。14. 酱瓿：盛酱的器物。瓿，音bù。

【译文】

宋高宗赵构在位时，恢复苏东坡所有官职，提拔苏东坡的孙子苏符，从小官到礼部尚书。如今皇帝特别喜爱苏东坡的文章，丞相梁叔子在乾道年间担任掖垣兼讲席。一天，梁叔子在皇宫夜间值班时，受皇帝召见，皇帝因此和他谈论诗文，皇帝问："近来赵夔等人很详细地注释了苏东坡的诗，你看见过吗？"梁叔子奏上说："臣还未见过。"皇帝说："我这有。"下令让侍从取来给他看。到了乾道末年，宋孝宗又为苏东坡文集写了序言和赞文，下令让官员把序言和赞文与文集一起刊刻，追赠苏东坡为太师，谥号"文忠"，又赏赐苏东坡曾孙苏峤进士出身，提拔他为台谏侍从。唉！昔日扬雄的文章，当时人不重视，还想用它来盖酱坛，扬雄自己说道："后世还会有扬子云，当好自为之。"如今东坡的诗文，有幸蒙受当朝历代君王的赏识才能如此。

王定国[1]《甲申杂记》云："天下之公论，虽仇怨不能夺也。李承之奉世[2]知南京[3]，尝谓余曰：'昨在从班[4]，李定资深鞫[5]子瞻狱，虽同列不敢辄启问。一日，资深于崇政殿[6]门，忽谓诸人曰：'苏东坡奇才也。'众莫敢对，已而曰：'虽三十年所作文字诗句，引证经传，随问即答，无一字差舛，诚天下之奇才也。'叹息不已。"

【注释】

1. 王定国：王巩（1048—1117），字定国，大名府莘县（今山东莘县）人。2. 李承之奉世：李承之（？—1091），字奉世，濮州鄄城（今山东鄄城）人。3. 南京：指北宋应天府，今河南商丘。4. 从班：从班列，列于朝班。朝臣上朝，各依班次就位，所谓鹓行有序。5. 鞫：同"鞫"，审问。6. 崇政殿：北宋宫殿名称，又称大庆殿，是举行大典的地方。

【译文】

王定国在《甲申杂记》中说："天下的公理，即使是仇怨也不能改变。李承之在应天府任职时，曾经对我说：昨天从班时，李定审问苏东坡的案件，即使同朝官员也不敢询问。一天，李定在崇政殿门前，忽然对众人说：'苏东坡真是奇才。'众人都不敢搭话，过了一会儿又自言自语说：'这二三十年间写的文章诗句，引经据典，我问到什么他立刻就答得出来，而且没有一个字的差错，真是天下奇才啊。'叹息不已。"

元祐文章，世称苏黄，然二公争名，互相讥诮，东坡谓鲁直诗文：“如蝤蛑[1]、江瑶柱[2]，格韵高绝，盘餐尽废，然不可多食，多食则发风动气[3]。”山谷亦曰：“盖有文章妙一世，而诗句不逮古人者。”此指东坡而言也。殊不知苏黄二公，同时相引重，黄推苏尤谨，而苏亦奖成之甚力，黄云：“东坡文章妙一世，乃谓效庭坚体，正如退之效孟郊[4]诗。”苏云：“读鲁直诗，如见鲁仲连[5]、李太白，不敢复论鄙事。”其互相推许如此，岂争名者哉？诗文比之蝤蛑、江瑶柱，岂不谓佳乎？

【注释】

1. 蝤蛑：海产青蟹。2. 江瑶柱：一种海产蚌类，因形如牛耳，又称牛耳螺。3. 发风动气：痛风。4. 孟郊：孟郊（751—815），字东野，汝州（今河南汝州）人。5. 鲁仲连：鲁连，战国齐人。

【译文】

元祐年间的文章，世人都推崇苏东坡和黄庭坚，然而二公互争名誉，彼此讥笑戏谑，东坡说黄庭坚的诗：“像蝤蛑、江瑶柱，格高调远，盘餐尽废，但是不能吃太多，吃多了就会痛风。”黄庭坚也说：“虽然苏东坡文章高妙，但诗句中也有不如古人。”这是对苏东坡而言。殊不知苏东坡和黄庭坚两人，同时又互相敬重，黄庭坚推崇苏东坡尤其谨慎，而苏东坡也极力称赞黄庭坚，黄庭坚说：“东坡文章高妙一世，说仿效庭坚体，正如说韩愈仿效孟郊的诗。”苏东坡说：“读黄庭坚的诗，就好像看见鲁连、李白，不敢谈论鄙俗琐细之事。”他们互相推许如此，怎么会是争名夺利的人？诗文比作蝤蛑、江瑶柱，难道不是说诗文美妙吗？

李廌少时有好名急进之弊，献书公车[1]者三，多触闻罢[2]，然其志不已，复多游巨公之门。自丙寅年，东坡尝诲之，曰：“如子之才，自当不没，要当循分，不可躁求，王公之门，何必时曳裾[3]也。”

【注释】

1. 公车：官署名，汉代天下上事及征召等事宜经由此处理。2. 多触闻罢：多次触犯忌讳而被通知罢而不用。3. 曳裾：拖着衣襟，比喻寄食权贵门下。

【译文】

李廌年少时有喜好功名、急于求进的缺点，屡次上书公车，又因多次触犯忌讳而被通知罢而不用，然而他的志向从没有停止，又多次游历王公大人门前。从丙寅年开始，东坡就曾经教诲他，说：“像你这样的才子，自然不会被埋没，应当依循分寸，不能急躁求成，王公大人的门前，何必时不时地谄媚乞食呢？”

黄寔[1]自言平生有二事：“元丰甲子，为淮东提举常平[2]，除夜泊汴口[3]，见苏子瞻植杖立对岸，若有所俟，归舟中以扬州厨酿[4]二尊[5]、雍酥[6]一奁遗之。后十五年为发运使[7]，大暑泊秦淮楼下，见米芾衣犊鼻[8]自涤研于淮口，索箧中一无所有，独得小龙团[9]二饼，函遣人送入，我平生稍慰者，此二事也。”

【注释】

1. 黄寔：黄寔（？—1105），字师是，陈州（今河南淮阳）人。2. 提举常平：北宋熙宁初年设置，负责管理常平仓救济、农田水利等，简称“仓臣”。3. 汴口：汴河在临淮城东面入淮河处。4. 扬州厨酿：酒名。5. 尊：通“樽”。6. 雍酥：陕西所产的乳制品奶油。7. 发运使：官名，掌管漕运米粟、财贷运输等。8. 犊鼻：古代服饰。即犊鼻裈，短裤的一种。裈，音kūn。9. 小龙团：宋代一种茶饼。

【译文】

黄寔说自己平生有两件事：“元丰甲子年，担任淮东任职提举常平，除夕之夜在汴口停船靠岸，看见苏东坡倚杖站在对岸，好像有所等待，回到船舱里取来两樽扬州私酿美酒、一盒雍酥送给苏东坡。往后十五年担任发运使，大暑天时，停船靠在秦淮楼下，看到米芾穿着犊鼻裈，亲自在淮口里洗砚台，搜寻箱子结果什么也没找到，只找到两块小龙团茶饼，装好后派人送给了米芾。我平生最为快慰的事情，就是这两件事情。”

东坡初未识秦少游[1]，少游知其将复过维扬[2]，作坡笔语[3]，题壁于一山中寺，东坡果不能辨，大惊，及见孙莘老[4]出少游诗词数百篇，读之，乃叹曰：“向书壁者，岂此郎邪？”

【注释】

1. 秦少游：秦观。2. 维扬：今江苏扬州市。3. 笔语：文字著述。4. 孙莘老：孙觉（1028—1090），字莘老，高邮（今江苏高邮）人。

【译文】

东坡起初并不认识秦少游，秦少游知道东坡将再次路过扬州，于是模仿苏东坡的文字著述，在一个山中寺庙墙壁上题诗，东坡果然不能辨认出来，大为吃惊，等见到孙觉拿出秦少游诗词数百篇，东坡读后，赞叹说：“先前在寺壁中题诗的人，莫非就是此人？”

《元城[1]先生语录》云："子弟固欲其佳，然不佳者，亦未必无用处也。元丰二年，秋冬之交，东坡下御史狱，天下之士痛之，环视而不敢救。时张安道致政[2]在南京[3]，乃愤然上疏，欲附南京递，府官不敢受，乃令其子恕[4]持至登闻鼓院[5]投进。恕素愚懦，徘徊不敢投。其后东坡出狱，见其副本，因吐舌色动，人问其故，东坡不答，后子由亦见之，云：'宜吾兄之吐舌也，此事正得张恕力。'或问其故，子由曰：'独不见郑昌[6]之救盖宽饶[7]乎？其疏有云：上无许、史之属，下无金、张之托。此语正是激宣帝怒尔。且宽饶正以犯许、史辈有此祸，今乃再讦之，是益其怒也。且东坡何罪，独以名太高，与朝廷争胜耳；今安道之疏乃云：其文学实天下之奇才也。独不激人主之怒乎？但一时急欲救之，故为此言耳。'仆曰：'然则是时救东坡，宜为何说？'先生曰：'但言本朝未尝杀士大夫，今乃开端，则是杀士大夫自陛下始，而后世子孙因而杀贤士大夫，必援陛下以为例。神宗好名而畏议，疑可以止之。'"

【注释】

1. 元城：刘安世（1048—1125），字器之，号元城，魏州元城县（今河北大名）人。2. 致政：致仕，官员退休。3. 南京：北宋应天府，今河南商丘市。4. 恕：张安道之子张恕。5. 登闻鼓院：官署名，接受文武官员及士民奏章表疏的地方，简称鼓院。6. 郑昌：生卒年不详，字次卿，泰山刚县（今山东宁阳）人。7. 盖宽饶：盖宽饶（前105—前60），字次公，魏郡（今河南安阳）人。

【译文】

《元城先生语录》中说："对于子孙后辈，固然希望他们优秀，然而不优秀的后辈，也未必没有用处。元丰二年，秋冬之际，苏东坡被御史弹劾下狱以后，天下的士人都很痛心，但一直在观望却不敢施救。此时张安道已在应天府退休，愤然而起上奏章，本来想要在应天府呈递奏折，可是应天府官府不敢受理，于是就让儿子张恕拿到登闻鼓院递奏本。张恕平时愚钝懦弱，在院门口徘徊了很久仍然不敢投递。过了一段时间，苏东坡出狱，当他看到张安道为他求情的奏章副本时，不禁吐着舌头脸色大变，众人问他原因，他没有回答，后来苏辙也看了副本才说：'难怪哥哥要吐舌头了，他能够平安出狱，这事正是靠了张恕的力量。'有人问他原因，苏辙说：'你难道没有见过郑昌营救盖宽饶的事吗？郑昌在给汉宣帝上奏本中说：盖宽饶在朝堂上没有许姓、史姓的皇戚，在民间也没有金、张等有力权贵。这些话正激怒了宣帝，盖宽饶正是因为冒犯了许、史等人，才有此祸。现在郑昌再次讥讽许、史等人，这只会增加宣帝的怒气！况且东坡获了什么罪呢？只因为名气太大了，与朝廷争高下罢了！而张安道奏章里却说：东坡的文学水平确实是天下奇才！这怎么能不再次激怒皇上呢？但其只是一时心急营救，所以才会这样说吧。'我说：'那当时要救东坡先生，应该如何说呢？'苏辙说：'只能说大宋自从立朝以来，从来没有杀过士大夫，而今杀苏东坡开了端口，那么杀士大夫的事情就从陛下开始了，日后子孙后代杀贤良士大夫必会援引神宗前例。神宗看重好名声而且怕议论，估计会因此而改变心意。’”

先生于人有尺寸之长，虽非其徒，骤加奖借[1]，如昙秀“吹将草木作天香”、妙聪“知有人家住翠微”之句，仲殊之曲、惠聪之琴，皆咨嗟[2]叹美，如恐不及。夫马一骖骥坂[3]，则价十倍；士一登龙门，则声烜赫。呜呼！惜公逝矣，而吾[4]不及见也。

【注释】

1. 奖借：称赞推许。2. 咨嗟：赞叹。3. 骥坂：千里马拉盐车被伯乐发现的坡，比喻贤才被发现之所或屈才之所。4. 吾：此处指《珊瑚钩诗话》作者张表臣，生卒年不详，字正民，单父（今山东单县）人。

【译文】

东坡先生对于他人的优点，即使不是他的学生，也会加以称赞推许，比如昙秀“吹将草木作天香”、妙聪“知有人家住翠微”之句，仲殊之曲、惠聪之琴，东坡都称赞叹美，唯恐夸不完。马一旦遇到了伯乐，便会涨价十倍；士人一旦被苏东坡夸奖，便会声名显赫。唉！可惜先生已逝，而我还没来得及见。

闲　适

东坡言："岭南气候不常，吾谓菊花开时乃重阳，凉天佳月即中秋，不须以日月为断。十月菊始开，与客作重九，因次韵[1]渊明《九月诗》，登游尽醉而返。"

【注释】

1. 次韵：古体诗写作的一种方式，按照原诗的韵和用韵次序和诗。

【译文】

东坡说："岭南的气候不正常，我曾经说菊花开时是重阳，凉天好月亮就是中秋节，不需要以实际时间做判断。十月菊花才开放，我与客人便当作是重阳，并次韵陶渊明《九月诗》，登山游玩酒醉才返回。"

苏长公元丰六年十月十二日夜，解衣欲睡，月色入户，欣然起行。念无与为乐者，遂至承天寺寻张怀民[1]，怀民亦未寝，相与步于中庭。庭下如积水空明[2]，水中藻荇交横，盖竹柏影也，何夜无月？何处无竹柏？但少闲人如吾两人者耳。

【注释】

1. 张怀民：张梦得，生卒年不详，字怀民，清河（今河北清河）人。2. 空明：形容月色如水般澄静明亮。

【译文】

苏东坡在元丰六年十月十二日夜晚，脱下衣服准备睡觉，月光照进门里，高兴地起床出门，想到没有一起游乐的人，于是前往承天寺寻找张怀民，怀民也没有睡，我们便一同在庭院中散步。庭中的月光像积水一样澄澈透明，水里面的藻类、荇菜纵横交错，原来是竹子和柏树的影子，哪一个夜晚没有月光？哪个地方没有竹子和柏树呢？只是缺少像我们两个这样清闲的人罢了。

子瞻云："岁行尽矣，风雨凄然。纸窗竹屋，灯火青荧[1]。时于此间，得少佳趣。"一日举以示刘贡父[2]，贡父曰："前数句是夜行迷路，误入田螺精家中来。"

【注释】

1. 青荧：青光闪映貌。2. 刘贡父：刘攽，字贡父。

【译文】

苏东坡说："岁行尽矣，风雨凄然。纸窗竹屋，灯火青荧。时于此间，得少佳趣。"一天苏东坡将它拿给刘攽看，刘攽说："前面几句是夜间行路迷了方向，误入田螺精家里了。"

东坡与客论食次，取纸一幅以示客，云："烂蒸同州[1]羊羔，灌以杏酪，食之以匕不以箸；南郡[2]麦心面，作槐芽温淘[3]，渗以襄邑[4]抹猪；炊共城[5]香粳，荐以蒸子鹅，吴兴[6]庖人斫松江脍[7]，既饱，以庐山康王谷水，烹曾坑[8]斗品[9]。少焉，解衣仰卧，诵东坡先生赤壁前后赋，亦一大快。"

【注释】

1. 同州：西魏置同州治武乡，今陕西省大荔县。2. 南郡：南都，今河南商丘一带。3. 温淘：煮熟后再用凉井水过一到两遍的捞面叫冷淘，用热水过的面叫温淘。4. 襄邑：今河南睢县。5. 共城：今河南辉县。6. 吴兴：今浙江湖州市。7. 松江脍：松江鲈鱼。8. 曾坑：地名，在宋时福建建安北苑苏氏园。9. 斗品：茶叶之精品。

【译文】

苏东坡与客人讨论食物，拿出一张食单给客人看，说："烂蒸同州羊羔，用杏酪填灌，用勺子吃不能用筷子吃；南郡麦心面，槐芽煮熟后过一遍热水，让襄邑抹猪渗透进去；炊蒸共城香粳米，用蒸子鹅搭配吃，吴兴的厨师做松江鲈鱼片，吃饱之后，用庐山康王谷水，煮曾坑的精品茶来喝。不一会儿，解开衣扣仰卧，吟诵东坡先生《赤壁赋》《后赤壁赋》，也是人生一大快事。"

东坡与佛印[1]善而苦其饕[2]，一日约山谷游湖，载酒食以往，不令佛印知，佛印侦知之，遂先潜伏舟底，坡谷荡舟湖中至乐，相约行令，以四字句有"哉"字者作结。坡首曰："浮云拨开，明月出来，天何言哉？天何言哉？"山谷曰："莲萍拨开，游鱼出来，得其所哉！得其所哉！"时佛印备闻，不能久伏，兀自[3]底舢出，大声唱曰："船板拨开，佛印出来，人焉廋[4]哉！人焉廋哉！"

【注释】

1. 佛印：佛印禅师。2. 饕：贪食。饕，音tāo。3. 兀自：径自。4. 廋：隐藏。廋，音sōu。

【译文】

东坡和佛印向来交好但苦于佛印贪吃，有一天苏东坡邀请黄庭坚去游西湖，备了许多酒菜前往，不让佛印知道，佛印提前知道了，就预先躲在舱板底下藏了起来，东坡和黄庭坚摇船到湖中，非常快乐，于是两人相约作行酒令，四个字一句以“哉”字结尾。苏东坡先说：“浮云拨开，明月出来，天何言哉？天何言哉？”黄庭坚说道：“莲萍拨开，游鱼出来，得其所哉！得其所哉！”此时佛印全听到了，知道不能躲太久，于是径自从船舱地板出来，大声唱道：“船板拨开，佛印出来，人焉廋哉！人焉廋哉！”

苏子瞻云：“惠州市井寥落，日杀一羊，不敢与仕者争，买时，嘱屠者买其脊骨耳，骨间亦有微肉，熟煮热漉出，不乘热出，则抱水不干，渍酒中，点薄盐，炙微燋食之，终日抉剔，得铢两于肯綮[1]之间，如食蟹螯，率数日辄一食，甚觉有补。子由三年食堂庖，所食刍豢[2]，没齿[3]而不得骨，岂复知此味乎？戏书此纸遗之，虽戏语，实可施用也，然此说行，则众狗不悦矣。”

【注释】

1. 肯綮：筋骨结合的地方。綮，音qìng。2. 刍豢：指牛羊猪狗等牲畜。3. 没齿：没过牙齿。

【译文】

苏东坡说：“惠州这地方街头冷清荒凉，一天杀一只羊，我不敢与当官的人争，买的时候，就嘱咐屠夫只买羊的脊骨，羊骨头间还有点肉，煮熟趁热拿出来，不趁热拿出，肉就会沾着水干不了，浸泡在酒中，稍稍加点儿盐，在火上烤到微焦时吃，一整天剔骨头吃肉，从筋骨相连处得到一点点肉，如同吃螃蟹腿。隔几天吃一次，觉得很滋补。子由三年在厅堂里吃饭，吃的牲畜肉，没过牙齿都咬不到骨头，怎么能体会这种滋味呢？开玩笑地写这封信给你，虽说是玩笑话，确实值得一试，不过这样一来，那些狗肯定就不高兴了。”

东坡《与王元直[1]》一帖云：“黄州真在井底，杳不闻乡国信息，不审[2]比日起居何如？郎娘[3]各安否？此中凡百粗遣[4]，江上弄水挑菜，便过一日。每见一邸报[5]，须数人下狱得罪，方朝廷综核名实[6]，虽才者犹不堪其任，况仆顽钝如此，其废弃固宜。但有少望，或圣恩许归田里，得款段[7]一仆，与子众丈[8]、杨文宗[9]之流，往来瑞草桥，夜还何村，与君对坐庄门，吃瓜子、炒豆，不知当复有此日否？”

【注释】

1. 王元直：王箴（1049—1101），字元直，眉州眉山（今四川眉山）人。2. 不审：不知。

3. 郎娘：男性晚辈为郎，女性长辈为娘。4. 凡百粗遣：一切事务都勉强打发。5. 邸报：政府官报。6. 综核名实：综查考核名与实是否相符。7. 款段：马行迟缓貌。8. 子众丈：苏东坡的叔丈人王群，字子众。9. 杨文宗：字君素，苏东坡长辈。

【译文】

东坡在《与王元直》里说："黄州真是在井底啊，在这里完全听不到家乡一点消息，不知近来过得可好？侄子们和婶婶们是否安好？这里一切事务都勉强打发，到江边弄点水、挑点菜，就过了一天。每次见到邸报，总是有几人获罪入狱，现在朝廷正在对官员们的名声和实际工作作综合性的考核，即使是有才能的人尚且不能胜任其职，何况我这样愚昧鲁钝，被朝廷废弃不用原本是应该的。但我有一个小小的愿望，或许承蒙圣主之恩，让我回到故乡，我就找一位行事稳重的仆人，与子众老人以及杨文宗一类人，往来于瑞草桥，夜归何村，和你在村庄门口面对面坐着，吃瓜子、炒豆，不知将来还会不会再有这样的日子？"

苏子瞻在儋耳，闻城南黎子云"载酒堂"颇佳，一日访之，午后回遇雨，从农家借笠着屐，路旁小儿相随争笑，邑犬群吠以为异人。竹坡周少隐[1]诗云："持节休夸海上苏，前身便是牧羊奴。应嫌朱绂[2]当年梦，故作黄冠一笑娱。遗迹与公归物外，清风为我袭庭隅。凭谁唤起王摩诘[3]，画作东坡戴笠图。"

【注释】

1. 竹坡周少隐：周紫芝（1082—1155），字少隐，号竹坡居士，宣城（今安徽宣城）人。2. 朱绂：古代礼服上的红色蔽膝，借指官服。3. 王摩诘：王维（701—761），字摩诘，号摩诘居士，河东蒲州（今山西永济）人。

【译文】

苏东坡在儋耳时，听说城南黎子云"载酒堂"很好，一天去拜访，午后回家路上突然下雨，苏东坡就从农民家里借来斗笠，穿着木屐，路旁的小孩子一路跟随欢笑，村里的狗群狂吠以为是陌生人。周紫芝写诗道："持节休夸海上苏，前身便是牧羊奴。应嫌朱绂当年梦，故作黄冠一笑娱。遗迹与公归物外，清风为我袭庭隅。凭谁唤起王摩诘，画作东坡戴笠图。"

苏长公爱玉女洞水，洞在盩厔[1]县西门，洞门崇四尺，旁有飞泉，味甚甘洌，饮之能愈疾，长公至其处，爱此水，自致两瓶欲后取，恐为使者见给[2]，乃破竹为契，使寺僧藏其一，以为信，号"调水符"。如取水往来，更换执之，以为验耳。沈石田[3]诗："未传卢氏[4]煎茶法，先执苏公调水符。"谓此。

【注释】

1. 盩厔：今陕西省周至县。盩厔，音zhōu zhì。2. 绐：欺骗。绐，音dài。3. 沈石田：沈周（1427—1509），字启南，号石田，长洲（今江苏苏州）人。4. 卢氏：卢仝（约795—835），号玉川子，范阳（今河北涿州）人。

【译文】

苏东坡很喜欢玉女洞的泉水，玉女洞在周至县西门，洞门高四尺，旁边有飞流直下的泉水，味道很是甘甜，喝了能够治病，苏东坡到了这个地方，爱喝这水，就自己制备了两瓶泉水想以后来取，又害怕被来取水的仆人欺骗，于是破竹为二作为契符，让玉女洞的僧人拿着其中一个，作为信物，叫作“调水符”。如果往来取水，两人就调换拿着，以此作为取水的凭证。沈石田写诗道：“未传卢氏煎茶法，先执苏公调水符。”说的就是这个。

东坡云：“司空图有‘棋声花院静，幡影石坛高’之句，吾尝独游五老人峰，入白鹤观，观中人皆阖户昼寝，独闻棋声于古松流水之间，意欣然喜之，自尔欲学，然终不解也。儿子过乃粗能者，儋守张中从之戏，予亦偶坐竟日，不以为厌也。诗曰：五老峰前，白鹤遗址。长松荫庭，风日清美。我时独游，不逢一士。谁与棋者，户外屦二。不闻人声，时闻落子。纹枰[1]坐对，谁究此味。空钩意钓，岂在鲂鲤。小儿近道，剥啄[2]信指[3]。胜固欣然，败亦可喜。优哉游哉，聊复尔耳。”

【注释】

1. 纹枰：围棋棋盘。2. 剥啄：下棋声。3. 信指：指头随意动作。

【译文】

东坡说：“司空图有‘棋声花院静，幡影石坛高’的诗句，我曾独自游玩五老人峰，进入白鹤观，观中的人都关着门白天睡觉，只听见古松流水之间有下棋声，内心欢愉高兴，从那时起便想学下棋，然而最终还是没学会。儿子苏过勉强学会，儋守张中就和他一起下棋，我也时常终日坐在棋盘旁边，不会感到厌烦。我写诗道：五老峰前，白鹤遗址。长松荫庭，风日清美。我时独游，不逢一士。谁与棋者，户外屦二。不闻人声，时闻落子。纹枰坐对，谁究此味。空钩意钓，岂在鲂鲤。小儿近道，剥啄信指。胜固欣然，败亦可喜。优哉游哉，聊复尔耳。”

东坡云：“陶潜[1]诗：‘但恐多谬误，君当恕醉人。’此未醉时说也，若已醉，何暇忧误哉？然世人言：‘醉时是醒时语。’此最名言。张安道饮酒，初不言盏，数与刘潜[2]、石曼卿[3]饮，但言当饮几日而已。欧公[4]盛年时能饮百盏，然常为安道所困。圣俞[5]亦能百许盏，然醉后高叉手而语弥温谨，此亦知所不足而勉之，非善饮者。善饮者，淡然与平时无少异。若仆者，又何其不能饮，饮一盏而醉，味与数君何异，亦无所羡耳。”

【注释】

1. 陶潜：陶渊明（约365—427），名潜，字元亮，浔阳紫桑（今江西九江）人。2. 刘潜：生卒年不详，字仲方，曹州定陶（今山东定陶）人。3. 石曼卿：石延年（994—1041），字曼卿，宋州宋城（今河南商丘）人。4. 欧公：欧阳修。5. 圣俞：梅尧臣。

【译文】

东坡说：“陶渊明有诗：‘但恐多谬误，君当恕醉人。’这句话是没有喝醉时说的，如果已经喝醉，怎么会有时间担忧做错事呢？然而世上之人说：‘喝醉时的话都是清醒时要说的话。’这句话是至理名言。张安道喝酒，开始时不说喝多少杯，多次与刘潜、石曼卿饮酒，只说要喝上几天才停下来。欧阳修年轻时候能喝百杯，然而常常被张安道灌醉。梅圣俞也能喝百余杯，喝醉之后高叉手行礼而说话更加温和谨慎，这便知道他酒量不足而勉强喝这么多，并非能喝的人。能喝酒的人，喝多了之后与平时没太大差别。像我这样的人，又是何其不能饮酒，喝一杯就会醉，酒醉滋味跟他们没有区别，因此也不会羡慕他们。”

孔文举[1]云：“坐上客常满，樽中酒不空，吾无事矣。”此语甚得酒中趣。及见渊明云：“偶有佳酒，无夕不倾，顾影独尽，悠然复醉。”便觉文举多事矣。

【注释】

1. 孔文举：孔融（153—208），字文举，鲁国（今山东曲阜）人。

【译文】

孔融曾说过：“酒宴上客人常满座，樽中的酒不会空，我就没有事了。”这句很好地诠释了酒中的乐趣。直到看见陶渊明说：“偶尔有好酒，没一天晚上不喝酒，边看着自己的影子边独自喝完，悠然又醉一场。”就觉得孔融实在是多事。

王荆公平生不喜坐，非睡即行，居钟山[1]，每饭已，必跨一驴至山中，或之西庵，或之定林[2]，或中道舍驴遍过野人家，亦或未至山复还，然要必须出，未尝辍也。作《字说》时，用意良苦，尝置石莲[3]百许枚几案上，咀嚼以运其思，遇尽未及益，即啮其指至流血不觉。世传公初生，家人见有獾入其室，有顷生公，故小字獾郎，尝以问蔡元度[4]，曰：“有之。”

【注释】

1. 钟山：今南京市东北紫金山。2. 定林：定林寺。3. 石莲：石莲子，即莲子。4. 蔡元度：蔡卞，王安石女婿。

【译文】

王安石一生不喜欢闲坐，不是睡觉就是在走路，居住在钟山时，每天吃完饭后，必定骑着毛驴到山中，有时到西庵，有时到定林寺，有时半途下驴走遍农夫家，也有时没到山中就回来了，但是每天必须出门，不曾放弃。创作《字说》时，用心良苦，曾经放了百来枚莲子在案几上，慢慢咀嚼以此来构思，遇到莲子已经嚼完，还未及添加时，咬到手指头直到流血也不曾发觉。世人传说王安石出生时，家人看见有獾进入产房，不一会儿就生下王安石，因此他的小名叫獾郎，我曾经拿这件事问蔡元度，回答说："确实如此。"

东坡至儋耳，见野花夹道，如芍药而小，红鲜可爱，朴蔌丛生，土人云："倒黏子花也。"结子如马乳[1]，烂紫可食，殊甘美，中有细核，并嚼之，瑟瑟有声，亦颇涩，童儿食之，或大便难通，叶皆白，如石韦[2]状，野人秋夏病痢，食其叶辄已。海南无柿，人取其皮，剥浸烂杵之得胶，以代柿漆，盖愈于柿也。吾久苦小便白浊，近又大腑滑[3]，百药不差，取倒黏子嫩叶蒸之，焙燥为末，以酒糊丸，日吞二百余，腑皆平复，然后知其奇药也，因名海漆，而私记之，贻好事君子，明年子熟，当取子，研滤晒煮为膏以剂之，不复用糊矣。

【注释】

1. 马乳：一种野果，又叫马奶子。2. 石韦：植物名。一种中型附生蕨类。3. 大腑滑：即大腑寒谓，脾胃虚弱的一种表现。

【译文】

东坡到了儋耳，看见路两边有野花，就像芍药花一样娇小，红艳可爱，茂密丛生，当地人说："这是倒黏子花。"结的果实像马乳，变成紫色就可以食用，甘甜美味，中间有细核，一起咀嚼，能发出瑟瑟的声音，也有点苦涩，小孩食用后，有时会便秘。叶子都是白色，像是石韦的样子，村民夏秋季节生痢疾，食用它的叶子就可痊愈。海南没有柿子，人们剥下它的皮，浸泡杵烂后就得到了胶，用此代替柿漆，甚至胜过柿子。我很长时间苦于小便色白，近来又脾胃虚弱，吃了很多药不见好转，就取倒黏子嫩叶蒸熟，烘干研磨成粉，用酒和成药丸，一天吃两百多丸。脾胃好转恢复，然后知道它是一种奇药，于是叫它海漆，私下记载下来，送给好事的君子。明年果实成熟，就收取果实，研磨过滤晾晒煮成膏体来做成方剂，不再做成糊了。

东坡在海外，于元符[1]二年春且尽，因试潘道人墨，取纸一幅，书曰："松之有利于世者甚博，松花、脂、茯苓[2]服之皆长生，其节煮之以酿酒，愈风痹、强腰足；其根、皮食之，肤革香，久则香闻下风数十步外；其实食之滋血髓，研为膏，入醴酒中，则醇酽[3]可饮；其明为烛；其烟为墨；其皮上藓为艾纳[4]，聚诸香烟。其材产西北者至良，名黄松，坚韧冠百木，略数其用于世，凡十有一，不是闲居，不能究物理之精如此也。"

【注释】

1. 元符：元符（1098—1100）是宋哲宗赵煦的第三个年号。2. 茯苓：寄生在松树根上的一种苗类。3. 醇酽：酒味浓厚。4. 艾纳：松树皮上生出的一种莓苔。

【译文】

东坡在海外时，在元符二年晚春，因试用潘道人的墨，拿出一张纸，书写道："松树有利于世人的地方很多，松花、松脂、松茯苓服用则可以长生，松树节煮了可以酿酒，可治风痹症、增强腰足间力量；松树的根、皮可食用，食用后皮肤散发清香，久了顺十步外也能闻见香味；松树的果实食用可滋养血髓，研磨成膏，加入醴酒中，酒味就很浓厚；松明可作为蜡烛；松烟可以做墨汁；松皮上的藓是艾纳，聚在一起就是香烟。出产在西北的松树最优良，名叫黄松，坚韧程度远超很多树木，大致清点了松树在世间的用途，总共十分之一吧。如果不是闲居在此，就不能探究万物之理的精妙到如此地步。"

东坡在儋耳时，年六十四，时久旱无雨，至上元夜，老书生数人相过曰："良月佳夜，先生能一出乎？"先生欣然从之，步城西，入僧舍，历小巷，民夷杂糅，屠沽[1]纷然，归舍已三鼓矣，归录其事，为己卯夜书。

【注释】

1. 屠沽：宰牲和卖酒。

【译文】

东坡在儋耳时，已经六十四岁，当时久旱无雨，到了上元晚上，有几个老书生来拜访苏东坡说："今晚月亮正美夜色很好，先生能一起出去吗？"东坡高兴地跟随一起出发，步行到城西，进入僧舍，经过小巷，汉人少数民族相互混杂，宰牲的人和卖酒的人都很多，回到家已经三更了，归来记录下这件事，是己卯年晚上写的。

东坡云："明年予谪居黄州，辩才[1]、参寥[2]遣人致问，且以题名[3]相示。时去中秋不十日，秋潦方涨，水面千里，月出房、心间，风露浩然，所居去江无十步，独与儿子迈[4]棹小舟至赤壁，西望武昌山谷，乔木苍然，云涛际天，因录以寄参寥，使以示辩才，有便至高邮，亦可录以寄太虚[5]也。”

【注释】

1. 辩才：辩才（1011—1091），法名元净，於潜县（今浙江杭州）人。2. 参寥：道潜（1043—1106），本姓何，字参寥，赐号妙总大师，於潜县（今浙江杭州）人。3. 题名：指秦观创作的《龙井题名记》。4. 迈：苏迈。5. 太虚：秦观，字太虚，号淮海居士。

【译文】

东坡说：“第二年我被贬定居黄州，辩才、参寥派人问候，并且把秦观写的题名拿给我看，时间距离中秋不到十日，秋季大水刚涨，水面辽阔，月亮从房宿、心宿间露出，风露浩然无际。居住地离江不到十步远，独自与儿苏迈划小船到赤壁，向西遥望武昌山谷，树木苍翠，云奔潮涌接天。于是记录下寄给参寥，让他拿给辩才看，方便的话去高邮，还可以记录下寄给秦观。”

东坡在儋耳，谓子过[1]曰：“吾尝告汝，我决不为海外人。近日颇觉有还中州[2]气象。”乃涤砚索纸笔，焚香曰：“果如吾言，写吾平生所作八赋，当不脱误一字。”既写毕，读之大喜，曰：“吾归无疑矣。”后数日，而廉州[3]之命至。

【注释】

1. 过：苏过。2. 中州：中原地区。3. 廉州：今广西合浦。

【译文】

东坡在儋耳时，对儿子苏过说：“我对你说过我决不做海外人，近来颇觉得有回中原的感觉。”于是洗砚拿来纸笔，焚香说：“如果我的话应验，现在写平生所作八赋，必不脱误一字。”写完之后，读完大喜，说：“我回去无疑了。”几天后，朝廷让苏东坡转移廉州的命令到来了。

东坡云：“或为予言：草木之长，常在昧明间，早起伺之，乃见其拔起数寸，竹笋尤甚，夏秋之交，稻方含秀，黄昏月出，露珠起于其根，累累[1]然忽自腾上，若推之者，或缀于茎心，或缀于叶端，稻乃秀实，验之信然，二事与子由养生之说契，故以此为寄。”

【注释】

1. 累累：连续不断的样子。

【译文】

东坡说："有人对我说：草木生长，常常是在拂晓时，早晨起来暗暗观察，就会发现它拔地而起数寸高，竹笋尤其是这样，夏秋交接时，稻子裹着粒苞，黄昏时月亮出来，露珠出现在它们的根，连续不断忽然向上腾升，好像有人在推着，有的点缀在茎心，有的垂在叶尖，稻子便颗粒饱满，验证后确实如此。这两件事符合子由养生的说法，所以写下来寄给你。"

隽语

王定国寄诗于东坡，坡答书云："新诗篇篇皆奇，老拙[1]此回真不及矣。穷人之具[2]，辄欲交割与公。"魏道辅[3]见而笑曰："定国亦难作交代，只是且权摄耳[4]。"

【注释】

1. 老拙：旧时老年人自谦词。2. 穷人之具：指诗歌。3. 魏道辅：魏泰，生卒年不详，字道辅，襄阳（今湖北襄阳）人。4. 且权摄耳：暂时代理。

【译文】

王定国寄诗给苏东坡，苏东坡回信说："新诗篇篇都写得很新奇，老拙这回真的赶不上了。诗歌，便将要移交给你了。"魏道辅看到后，笑着说："定国也很难办理移交，只是暂且代理罢了。"

苏子由在政府[1]，东坡为翰林苑，有一故人，与子由兄弟有旧者，来干子由，求差遣[2]，久而未遂。一日来见东坡，且云："某有望内翰，以一言为助。"公徐曰："旧闻有人贫甚，无以为生，乃谋伐冢，遂破一墓，见一人裸而坐曰：'尔不闻汉世杨王孙[3]乎？裸葬以矫世，无物以济汝也！'复凿一冢，用力弥艰，既入，见一王者曰：'我汉文帝[4]也，遗制[5]：圹中[6]无纳金玉。器皆陶瓦，何以济汝？'复见有二冢相连，乃穿其在左者，久之方透，见一人曰：'我伯夷[7]也，瘠羸，面有饥色，饿于首阳之下，无以应汝之求。'其人叹曰：'用力之勤无所获，不若更穿西冢，或冀有得也。'瘠羸者谓曰：'劝汝别谋于他所。汝视我形骸如此，舍弟叔齐岂能为人也。'"故人大笑而去。

【注释】

1. 政府：唐宋时称宰相治理政务的处所为政府。2. 差遣：安排职位。3. 杨王孙：西汉武帝时人，家业千金，却要求死后裸葬。4. 汉文帝：刘恒（前203—前157），西汉"文景之治"的开创者，提倡薄葬。5. 遗制：死前留下诏令。6. 圹中：墓穴里。7. 伯夷：伯夷、叔齐，商末孤竹君之子，西周建立后二人不食周粟，最终饿死在首阳山下。

【译文】

苏子由在朝中做宰相，苏东坡任翰林学士，有一个老朋友，是与苏东坡兄弟有旧交情的人，来拜谒苏辙谋求一个官职，很久都未能如愿。有一天来见苏东坡，说："我希望您能为我说一句好话，帮一下忙。"苏东坡慢条斯理地说："以前听说有个人很穷，没有什么可以维持生计的，便想要去盗墓，打开一个坟墓后，看到一个人光着身子坐着说：'你没听说过汉代的杨王孙吗？用裸葬方式来矫正世俗，这里没有什么东西可以接济你！'于是又挖掘一个坟，用力很大，更加费劲，进入墓室后，看到一个帝王说：'我是汉文帝，死前留下诏令：墓穴中不准埋放金石宝玉。陪葬器物都是陶瓦器具，又拿什么救济你呢？'又见有两座坟墓相连，于是开挖左边的坟墓，挖了很久才挖穿，看见一个人说：'我是伯夷，身体羸弱而面有饥色，饿死在首阳山下，没有东西可以满足你的要求。'那个人叹了口气说：'用力这么勤来挖坟却没有任何收获，不如再挖西边的坟墓，或许有希望能得到一些收获。'瘦弱的伯夷对他说：'劝你还是另外图谋别的地方吧。你看我身体都穷饿成这样子了，我弟弟叔齐还能像人吗。'"那个老朋友听完后，大笑着离开了。

东坡云："久在江湖，不见伟人。在金山，见滕元发[1]小舟破巨浪来相访，出船巍然，使人神耸[2]。"

【注释】

1. 滕元发：滕元发（1020—1090），字达道，浙江东阳（今浙江东阳）人。2. 神耸：心惊。

【译文】

苏东坡说："久在四方各地，却看不到伟岸之人。在金山时候，看见滕元发乘坐小船，穿破巨浪前来拜访，他从船上出来的时候高大巍然，让人心惊。"

黄鲁直戏东坡曰："昔王右军字为'换鹅字'，近日韩宗儒性饕餮，每得公一帖，于殿帅[1]姚麟家[2]换羊肉十数斤，可名公书为'换羊书'矣。"公在翰苑，一日以圣节[3]纷冗，宗儒致简相寄，以图报书，来人督率甚急，公笑曰："传语本官今日断屠[4]。"

【注释】

1. 殿帅：宋代统称领禁军的殿前司长官都指挥使或殿前指挥使。2. 姚麟家：姚麟，生卒年不详，字君瑞，京兆三原（今陕西三原）人。3. 圣节：皇帝的生日。4. 断屠：禁止屠宰。

【译文】

黄庭坚和苏东坡开玩笑："以前王羲之的字可以称'换鹅字'，近来韩宗儒食欲很大，每次得到您的字帖，就到殿帅姚麟家换回十几斤羊肉，因此可以叫您的字为'换羊书'。"苏东坡在翰林院的时候，有一天是皇帝的生日，处理琐事异常繁忙，韩宗儒寄来书信，以期待能得到苏东坡的回信，来人向苏东坡催索回信很着急，苏东坡笑着对来人说："请传话给你的主人，今天本官不杀生。"

东坡在岭海间，最喜读陶渊明柳子厚[1]集，谓之"南迁[2]二友"。

【注释】

1. 柳子厚：柳宗元。2. 南迁：贬谪南行。

【译文】

苏东坡在岭海之间，最喜欢读陶渊明和柳宗元的文集，称这两个人为"南迁二友"。

东坡倅[1]杭，不胜杯酌，部使[2]知公颇有才望，朝夕聚首，疲于应接，乃号杭倅为"酒食地狱"[3]。

【注释】

1. 倅：担任副职。2. 部使：掌管地方监察事务的官员。3. 酒食地狱：陷入终日为酒食应酬而奔忙的痛苦境地，比喻朝夕宴饮，使人疲于应接的生活。

【译文】

苏东坡做杭州通判时，不胜酒力，地方官员们都知道苏东坡的才气和名望，早晚邀请苏东坡聚会宴饮，苏东坡因此疲于奔命，应接不暇，便称通判杭州是"酒食地狱"。

涪翁[1]尝和东坡《春菜诗》云："公如端为苦笋归，明日青衫[2]诚可脱。"苏得诗，戏语曰："吾固不爱做官，鲁直欲以苦笋硬差致仕。"闻者绝倒。

【注释】

1. 涪翁：黄庭坚字鲁直，号涪翁。2. 青衫：官服。

【译文】

黄庭坚曾唱和苏东坡《春菜诗》说："公如端为苦笋归，明日青衫诚可脱。"苏东坡看到这首诗后，开玩笑说："我本来就不爱做官，黄鲁直想用苦笋来逼迫我退休。"听说的人都大笑不已。

东坡一日退朝，食罢，扪腹徐行，顾谓侍儿曰：“汝辈且道是中何物？”一婢遽曰：“都是文章。”坡不以为然，又一婢曰：“满腹都是机械[1]。”坡亦未以为当，至朝云乃曰：“学士一肚皮不合时宜[2]。”坡捧腹大笑。

【注释】

1. 机械：巧诈，机巧。2. 一肚皮不合时宜：既指沉迷风花雪月，也指不懂趋炎附势。

【译文】

苏东坡一天退朝，吃完饭，摸着肚子慢慢散步，对婢女们说：“你们说说我肚子里是什么东西？”一个婢女急忙说：“都是文章。”苏东坡不以为然，又有一个婢女说：“满肚子都是机巧。”苏东坡认为也不恰当，等到朝云说：“学士一肚皮的不合时宜。”苏东坡捧着肚子大笑。

昙秀[1]来惠州见东坡，将去，坡曰：“山中人见公还，必求土物，何以予之？”秀曰：“鹅城[2]清风，鹤岭[3]明月。人人送与，只恐他无着处。”坡云：“不如将几纸字去，每人与一纸，但向道此是法华书，里头有灾福。”

【注释】

1. 昙秀：北宋禅师，生卒履历不详，1065年前后在世。2. 鹅城：惠州的别称。3. 鹤岭：指惠州东北白鹤峰。

【译文】

昙秀来惠州见苏东坡，将要离开，苏东坡说：“寺里的和尚见到你回去，一定会要惠州的土特产，拿什么给他们呢？”昙秀说：“鹅城的清风，鹤岭的明月。每个人都送，只恐怕他们没有放的地方。”苏东坡说：“那不如拿几张字回去，每个人给一张，只是向他们说这是《法华经》，里面有消灾得福的东西。”

东坡尝约刘器之[1]同参玉版，器之每倦山行，闻玉版，欣然从之。至帘泉寺，烧笋而食，器之觉笋味胜，问：“此何名？”东坡曰：“玉版，此老师善说法，令人得禅悦[2]之味。”器之方悟其戏。

【注释】

1. 刘器之：刘安世。2. 禅悦：指禅定时刻心神怡悦。

【译文】

苏东坡曾邀请刘器之一同去参拜玉版禅师，刘器之每次都厌倦走山路，但听说是玉版禅师，便很高兴地跟着一起走，到达帘泉寺，二人烧竹笋来吃，刘器之觉得烧笋的味道很好，就问："这叫什么名字？"苏东坡说："玉版，这个老先生最擅长说佛法，能让人得到禅悦之味。"刘器之这才明白苏东坡的把戏。

元祐[1]六年八月十五日，与柳展如[2]饮酒，一杯便醉，作字数纸，书太白诗云："遗我鸟迹书，飘然落岩间。其字乃上古，读之了不闲。"李白尚气，乃自招不识字，可一大笑，不如韩愈倔强，云"我宁屈曲自世间，安能随汝巢神仙"也。

【注释】

1. 元祐：元祐（1086—1094）是宋哲宗赵煦的第一个年号。2. 柳展如：柳闳，生卒年不详，字展如，苏东坡的外甥。

【译文】

元祐六年八月十五日，苏东坡与柳展如喝酒，一杯便醉，写了几张纸的书法，书写李白的诗："遗我鸟迹书，飘然落岩间。其字乃上古，读之了不闲。"李白平时意气纵横，不肯屈居人下，竟然自己招认说不识字，值得大笑，不像韩愈那般的倔强，说："我宁屈曲自世间，安能随汝巢神仙。"

东坡示参寥云："桃符仰视艾人而骂曰：'汝何等草芥，辄居我上！'艾人俯而应曰：'汝已半截入土，犹争高下乎？'桃符怒，往复纷争不已，门神解之曰：'我辈不肖，傍人门户，何暇争闲气耶！'请妙总大士[1]看此一转语[2]。"

【注释】

1. 妙总大士：指参寥，人称妙总大士。2. 一转语：佛家禅宗参禅时一语转机锋，称一转语。

【译文】

苏东坡给参寥说："桃符抬头看艾人骂道：'你是何等草芥之物，居然在我之上！'艾人低头对着它说：'你已经半截身子入土了，还要与我争高下吗？'桃符发怒，于是争吵不已，门神调解道：'我们这些人没有出息，寄居在别人门下存活，哪里还有工夫争闲气呢！'请妙总大士看这一转语。"

东坡云："杜几先[1]以此纸求书，云：'大小不得过此。'且先于卷首自写数字，其意不问工拙，但恐字大费纸不能多耳。严子陵[2]若见，当复有买菜之语[3]，无以惩其失言，当干没此纸也。”

【注释】

1. 杜几先：杜介，生卒年不详，字几先，扬州人，善草书。2. 严子陵：严光，生卒年不详，字子陵，会稽余姚（今浙江省余姚）人，东汉隐士。3. 买菜之语：买菜求益的典故，比喻争多嫌少。

【译文】

苏东坡说："杜几先用这张纸来求我书法，说：'大小不能超过这个。'并且先在卷首自己写几个字，他的意思是不在乎我书法的好坏，只是怕字写大了，浪费纸而且字写不多。严子陵如果看见了，肯定又说'你当这是买菜吗？还要多加一点'之类的话，无法惩罚杜几先的失言行为，必须没收这张纸。"

宗人镕[1]，贫甚，吾无以济之，昔年尝见李驸马玮[2]以五百千购王夷甫[3]帖，吾书不下夷甫，而其人则吾之所耻也，书此以遗生，不得五百千，勿以予人，然事在五百年外，价值如是，不亦钝乎？然吾佛一坐六十小劫[4]，五百年何足道哉！

【注释】

1. 镕：苏镕，苏东坡同族人。2. 李驸马玮：李玮（1035—1093），字公炤，杭州钱塘县（今浙江杭州）人，尚宋仁宗之女兖国公主（即福康公主）。3. 王夷甫：王衍（256—311），字夷甫，琅琊郡临沂县（今山东临沂）人。4. 小劫：佛教语，人的寿命从十岁增至八万，又从八万还至十岁，经过二十返为一小劫。

【译文】

宗族人苏镕，很贫穷，我也没有东西来接济他，以前曾经看到驸马李玮以五百贯的价钱购买王衍的书法字帖，我的书法不比王衍的差，但王衍这个人一直是我所瞧不起的，写下这些话交给你，卖不到五百贯的钱，就不要把它给别人，然而这件事情在五百年之后，价值还是这样，想法岂不是很迟钝？然而我佛一坐便是六十个小劫，五百年又有什么可以说的呢！

苏长公奉祠[1]西太乙[2]，见王介甫旧题六言诗曰："杨柳鸣蜩绿暗，荷花落日红酣。三十六陂春水，白头相见江南。"注目久之，曰："此老野狐精也。"

【注释】

1. 奉祠：祭祀。2. 西太乙：指西太乙宫。

【译文】

苏东坡奉祠西太乙宫，看见王安石旧题六言诗句："杨柳鸣蜩绿暗，荷花落日红酣。三十六陂春水，白头相见江南。"看了很久，说："这真是老野狐精啊。"

东坡在惠州，与参寥书："自揣省事[1]以来，亦粗为知道[2]者。但道心[3]屡起，数为世乐所移夺，恐是诸佛知其难化，故以万里之行相调伏[4]尔。"

【注释】

1. 省事：明事，懂事。2. 知道：知晓佛法。3. 道心：悟道之心。4. 调伏：佛教语，指调和身口意三业，以制伏诸恶。

【译文】

东坡在惠州，写信跟参寥说："自从我懂事以来，也大致是知道佛法的人。但悟道之心屡屡生起，便又多次被世俗的享乐所夺去，恐怕这次贬谪惠州是诸位佛陀知道我难以度化，所以用万里之行来调伏我内心吧。"

"客心如萌芽，忽与春风动。又随落花飞，去作西江梦。我家无梧桐，安可久留凤。凤栖在桂林，乌哺不得共。无忘桂枝荣，举酒一以送。"右[1]宛陵先生梅圣俞诗。先君[2]与圣俞游时，余与子由年甚少，世未有知音者，圣俞极称之。家有老人泉，公作诗曰："泉上有老人，隐见不可常。苏子居其间，饮水乐未央。渊中必有鱼，与子自徜徉。渊中苟无鱼，子特翫[3]沧浪。日月不知老，家有雏凤凰。百鸟戢[4]羽翼，不敢言文章。去为仲尼叹，出为盛时祥。方今天子圣，无滞彼泉傍。"圣俞没今四十年矣。南迁过合浦，见其门人欧阳晦夫，出所为送行诗，晦夫年六十六，予尚少一岁，然须鬓皆浩然，困穷亦相似，于是执手大笑，曰："圣俞之所谓凤者，例皆如是哉！天下皆言圣俞以诗穷，吾二人又穷于圣俞，可不大笑乎？"

【注释】

1. 右：古代书写从右往左，所以上面的话在原书中应该在右面，因此说"右"。2. 先君：苏东坡的父亲，苏洵。3. 翫：同"玩"。翫，音wán。4. 戢：收敛。戢，音jí。

【译文】

"客心如萌芽，忽与春风动。又随落花飞，去作西江梦。我家无梧桐，安可久留凤。凤栖在桂林，乌哺不得共。无忘桂枝荣，举酒一以送。"右宛陵先生梅圣俞诗。家父与圣俞交往时，我和子由年纪还小，世上还没有家父的知音，而圣俞极力称赞他。家里有一个老人泉，圣俞作诗说："泉上有老人，隐见不可常。苏子居其间，饮水乐未央。渊中必有鱼，与子自徜徉。渊中苟无鱼，子特翫沧浪。日月不知老，家有雏凤凰。百鸟戢羽翼，不敢言文章。去为仲尼叹，出为盛时祥。方今天子圣，无滞彼泉傍。"圣俞死去已经四十年了。我贬谪南行，路过合浦，看见他的门人欧阳晦夫，为我作了一首送别诗，晦夫年龄六十六，我比他年轻一岁，但两个人胡子鬓毛都白了，穷困生活也相似，于是执手大笑，说："圣俞所说的凤，按例都像这样吧！天下人都说圣俞因诗而穷困，我们两个人又比圣俞更穷，能不大笑吗？"

坡尝言："人言卢杞[1]是奸邪，我觉魏公[2]真妩媚。请诸人将去，作一篇诗。"

【注释】

1. 卢杞：卢杞（？—约785），字子良，滑州灵昌（今河南滑县）人。2. 魏公：指韩琦。

【译文】

苏东坡曾经说："别人都说卢杞是奸邪之徒，而我觉得韩琦真是姿容美好啊，请诸位把这句话拿去，写一篇诗。"

子瞻问欧公曰："《五代史》可传后乎？"公曰："修于此窃有善善恶恶[1]之志焉。"曰："韩通[2]无传，岂得为善善恶恶？"公默然。然通周臣也，陈桥兵变，归戴[3]永昌[4]，通擐甲誓师，出抗而死。

【注释】

1. 善善恶恶：表彰合乎道义的人和事，贬低不合乎道义的人和事。2. 韩通：韩通（？—960），后周将领，并州太原（今山西太原）人。3. 归戴：归心拥戴。4. 永昌：指赵匡胤（927—976），字元朗，宋朝开国皇帝，庙号太祖，葬于永昌陵。

【译文】

苏东坡问欧阳修说："《五代史》可以流传后世吗？"欧阳修说："我在这部书里寄寓了善善恶恶的理念。"苏东坡说："韩通没有立传，怎么能说是善善恶恶呢？"欧阳修沉默不语。然而韩通是后周大臣，陈桥驿兵变的时候，后周群臣都归心拥戴赵匡胤，而韩通却穿上盔甲组织军队，出城抵抗赵匡胤而被杀。

东坡言："秋色佳哉，想有以为乐，人生惟寒食[1]、重九[2]慎不可虚掷，四时之美，无如此节者。"

【注释】

1. 寒食：古代在清明节前两天的节日，禁火三天，只吃冷食。2. 重九：九月初九，二九相重，称为重九，即重阳节。

【译文】

苏东坡说："秋色太美丽了，希望以此为乐，人生只有寒食节、重阳节千万不可虚度，四季的美丽，没有比得上这俩时节的了。"

坡尝言："与单秀才步田至其黄土村，主人以酒饷曰：'此红友[1]也。'东坡曰：'此人知有红友，而不知有黄封[2]，真快活人也。"

【注释】

1. 红友：酒的别称。2. 黄封：酒名，宋代官酿，因用黄罗帕或黄纸封口，故名。

【译文】

苏东坡曾说："和单秀才在田间散步，走到了黄土村，主人用酒款待说：'这是红友。'我说：'这人知道有红友，却不知道有黄封，真是快活人啊。'"

佛　学

予过济南龙山镇，监税[1]宋保国出其所集王荆公《华严经解》相示，曰：“公之于道[2]，可谓至矣。”予问保国曰：“《华严》有八十卷，今独解其一，何也？”保国曰：“公谓我此佛语深妙[3]，他皆菩萨语耳。”予曰：“予于藏经[4]中取佛语数句杂菩萨语中，复取菩萨语数句杂佛语中，子能识其非是乎？”曰：“不能也。”“非独子不能，荆公亦不能也。予昔在岐下[5]，闻汧阳[6]猪肉至美，使人置[7]之，使者醉，猪夜逸，买他猪以偿，吾不知也，而与客皆大诧，以为非他产所及，已而事败，客皆大惭，今荆公之‘猪’未败耳。屠者买肉[8]，娼者唱歌[9]，或[10]因以悟，若一念[11]清净[12]，墙壁瓦砾[13]皆说无上妙法[14]，而云佛语深妙、菩萨不及，岂非梦中语乎？”保国曰：“唯唯[15]。”

【注释】

1. 监税：官名，掌管征收商税。2. 道：佛法。3. 深妙：精深奥妙。4. 藏经：《大藏经》的简称。5. 岐下：今陕西岐山县。6. 汧阳：今陕西省千阳县。汧，音 qiān。7. 置：置办，购买。8. 屠者买肉：禅宗典故，宝积禅师通过市场买肉而开悟佛法大义。9. 娼者唱歌：禅宗典故，楼子和尚听到酒楼唱歌声而开悟佛法大义。10. 或：有时。11. 一念：佛家语，指极短促的时间。12. 清净：佛教语，远离人世间烦恼。13. 瓦砾：破碎的砖头瓦片。14. 无上妙法：至高无上的精妙佛法。15. 唯唯：恭敬的应答声。

【译文】

我经过济南龙山镇，监税官宋保国拿出他所收集的王安石《华严经解》给我看，说：“王荆公对佛法的理解，可以说是到了极点。”我问宋保国说：“《华严经》有八十卷，现在唯独注解其中一卷，为什么呢？”宋保国说：“王荆公告诉我这一卷是佛说的话精深奥妙，其他的都是菩萨说的话。”我说：“我从《大藏经》当中选取几句佛说的话夹杂在菩萨说的话中，又择取几句菩萨说的话夹杂在佛说的话之中，你能识别它是与不是吗？”说：“不能。”“不是只有你不能，王荆公也不能。我当初在岐下，听闻汧阳的猪肉很美味，派人去购买。派去的人喝醉了，猪夜里逃跑了，于是派去的人买其他猪来冒充，我还不知道，和客人们都夸耀猪肉味道好，认为并非其他地方的猪肉能比得上，不久后此事败露了，客人们都很惭愧。现在王荆公的‘猪’没有败露罢了。宝积禅师到市场买肉而领悟佛法，楼子和尚听酒楼唱歌声而领悟佛法，有时候因平常事情就能开悟，如果极短时间内想到清净自身，那么墙壁与破碎的砖头碎片都可以说至高无上的精妙佛法，那你说佛语精深奥妙、菩萨语比不上，岂不是梦话吗？”宋保国说：“的确！的确！”

东坡在惠州，佛印居江浙，以地远，无人致书为忧。有道人卓契顺[1]者，慨然叹曰：“惠州不在天上，行即矣。”因请书以行，印即致书云：“尝读退之[2]《送李愿归盘谷序》，愿不遇知[3]于主上[4]者，犹能坐茂树以终日，子瞻中大科[5]，登金门，上玉堂[6]，远于寂寞之滨，权臣[7]忌子瞻为宰相耳。人生一世间，如白驹之过隙[8]。二三十年功名富贵，转盼[9]成空，何不一笔勾断[10]，寻取自家本来面目[11]，万劫[12]常住，永无堕落。纵未得到如来地[13]，亦可以骖驾[14]鸾鹤，翱翔三岛[15]，为不死人，何乃胶柱[16]守株[17]，待入恶趣[18]？昔有问师，佛法在甚么处？师云在行、住、坐、卧处，着衣吃饭处，屙屎刺撒[19]处，没理没会处，死活不得处，子瞻胸中有万卷书，笔下无一点尘[20]，到这地位，不知性命所在，一生聪明，要作甚么？三世诸佛[21]，则是一个有血性[22]的汉子。子瞻若能脚下承当[23]，把一二十年富贵功名贱如泥土，努力向前，珍重、珍重。”

【注释】

1. 卓契顺：僧名，苏州定慧寺长老守钦的徒弟。2. 退之：指韩愈。3. 遇知：受到赏识。4. 主上：古代臣子对君主的称呼。5. 中大科：科举考试中选。6. 登金门，上玉堂：玉堂原本的意思是由美玉装饰的宫殿，后来有“历金门，上玉堂”的说法，意思为金榜题名，成为朝中重臣，而在汉代，朝中大臣都在玉堂署办公，宋代以后玉堂署改名为翰林院，于是玉堂便指的是翰林院。7. 权臣：掌权而专横的臣子。8. 白驹之过隙：形容时间过得飞快，像白马在细小的缝隙前一闪而过。9. 转盼：目光流转，犹转眼，比喻时间极短。10. 一笔勾断：比喻把一切全部抹去。11. 本来面目：佛教用语，指人的本性。12. 万劫：佛经称世界从生成到毁灭的过程为一劫，万劫犹万世，形容时间极长。13. 如来地：菩萨修行过程中次第所经诸地之一。14. 骖驾：驾御。骖，音cān。15. 三岛：指传说中的蓬莱、方丈、瀛洲三座海上仙山。亦泛指仙境。16. 胶柱：胶住瑟上的弦柱，以至不能调节音的高低。比喻固执拘泥，不知变通。17. 守株：守株待兔的简称。18. 恶趣：又作恶道。佛教以地狱、饿鬼、畜生三趣为三恶趣。19. 屙屎刺撒：即拉屎撒尿。20. 尘：指尘世间世俗的观念。21. 三世诸佛：过去、现在、未来的一切诸佛。22. 血性：热情有正义感。23. 脚下承当：现在承受、担当。

【译文】

苏东坡在惠州，佛印居住在江浙，正为地区偏远，没有人送书信而忧虑。有一个叫卓契顺的和尚叹息说："惠州没有在天上，出发就可以到。"于是请求带书信出发，佛印于是马上写信给苏东坡说："我曾经读韩愈《送李愿归盘谷序》，李愿是不被君主赏识的人，也能坐在茂盛大树下度日，子瞻科举高中，金榜题名进入翰林院，现被远远流放到孤独的海滨之处，掌权而专横的臣子忌惮子瞻做宰相而已。人生在世，如白驹过隙，二三十年的功业名声与富贵，转眼成为一场空，为什么不把一切全部抹去，寻求自己的本性，这样就会万年常在，永远不会堕落。纵使没有得到如来地，也可以驾御鸾鸟和仙鹤，遨游飞翔在蓬莱、方丈、瀛洲三座海上仙山，成为不会死的神人。为什么要固执拘泥，等着进入恶道呢？曾经有人问禅师，佛法在什么地方？禅师说在走路、休息、坐着、躺着的地方，在穿衣吃饭的地方，在拉屎撒尿的地方，在不理不睬的地方，在求生不得求死不能的地方。子瞻的心胸中有读过万卷书的学识，笔下没有一点尘世间世俗的观念，到这样的程度，不知道本性在哪里，一辈子的聪明，还想要做什么？过去、现在、未来的一切诸佛，却是一个热情有正义感的汉子。子瞻如果现在坚强承受，把一二十年的富贵与功业名声看轻如泥土，努力奋斗向上，保重，保重。"

东坡云："范景仁[1]不好佛，晚年清谨[2]无欲，无一物芥蒂[3]于心，真却是学佛作家！然至死常不肯取[4]佛法，某谓景仁虽不学佛而达佛理[5]，即毁佛骂祖亦可也。"

【注释】

1. 范景仁：范镇（1007—1088），字景仁，华阳（今四川成都）人。2. 清谨：清净谨慎。3. 芥蒂：微小的梗塞物。比喻积在心里使人不快的嫌隙。4. 取：求取。5. 佛理：佛的真理。

【译文】

苏东坡说："范镇不喜好佛教，晚年时清净谨慎没有欲求，没有任何东西芥蒂于心，真是个学佛的人啊！然而他到死也不肯求取佛法，我认为范镇虽然不学佛法却达到了佛的真理，即使是损坏佛像、辱骂佛祖也是可以的。"

东坡夜宿曹溪[1]，读《传灯录》，灯花[2]堕卷上，烧一僧字，即以笔记于窗间曰："山堂夜岑寂，灯下读《传灯》。不觉灯花落，荼毗[3]一个僧。"

【注释】

1. 曹溪：水名，在广东省曲江区。2. 灯花：灯芯燃烧形成的花状物。3. 荼毗：梵语，焚烧的意思。

【译文】

苏东坡晚上住宿在曹溪，读《传灯录》，灯花掉落在书卷上，烧掉了一个“僧”字，于是就用笔写在窗户上说：“山堂夜岑寂，灯下读《传灯》。不觉灯花落，荼毗一个僧。”

东坡参玉泉皓[1]禅师，师问：“尊官[2]高姓？”坡曰：“姓秤，秤天下长老轻重。”师喝曰：“且道这一‘喝’，重多少？”坡无对，于是尊礼[3]之。后过金山，坡题己照容偈曰：“心似已灰之木，身如不系之舟。问汝平生功业，黄州惠州儋州。”

【注释】

1. 玉泉皓：承皓（1011—1091），北宋禅僧，眉州丹棱（今四川丹棱）人，也称为荆门军玉泉承皓禅师。2. 尊官：对官员的敬称。3. 尊礼：敬重且以礼相待。

【译文】

苏东坡参拜玉泉皓禅师，禅师问：“贵客尊姓大名？”苏东坡说：“我姓秤，称量天下长老的轻和重。”禅师喝令说：“暂且说一说这一‘喝’，重多少？”苏东坡没有话回答，因此更加敬重礼待禅师。后来经过金山，苏东坡在《题己照容偈》说：“心似已灰之木，身如不系之舟。问汝平生功业，黄州惠州儋州。”

东坡云：“往时陈述古[1]好论禅[2]，自以为至矣，而鄙[3]仆所言为浅陋。仆尝语述古：‘公之所谈，譬[4]之饮食，龙肉也；而仆之所学，猪肉也。猪之与龙，则有间[5]矣，然公终日说龙肉，不如仆之食猪肉，实美而真饱也，不知君之所得者果[6]何也？’”

【注释】

1. 陈述古：陈襄（1017—1080），字述古，福建侯官（今福建闽侯）人。2. 论禅：谈论禅学。3. 鄙：轻视，轻贱。4. 譬：指打比方。譬，音pì。5. 间：距离，差别。6. 果：结果，结局。

【译文】

苏东坡说：“从前陈襄喜好谈论禅法，自认为到了极点，而轻视我所说的是浅薄鄙陋的话。我曾经对陈襄说：‘你所谈论的，比喻成饮食，是龙肉；而我所学习的，是猪肉，猪和龙，这是有差距的啊，然而你每天说龙肉，比不上我吃猪肉，实在美味而且真能管饱，不知道你所得到的龙肉味道如何啊？’”

范蜀公[1]素不饮酒，又诋佛教，在许下[2]与韩持国[3]兄弟往还，而诸韩皆崇此二事，每宴集[4]，蜀公未尝[5]不与极饮尽欢。少间[6]，则必以谈禅[7]相勉，蜀公颇病[8]之，苏子瞻时在黄州，乃以书问，救之当以何术，曰："曲蘖[9]有毒，平地生出醉乡[10]。土偶[11]作祟[12]，眼前妄见[13]佛国[14]。"子瞻报之曰："请公试观，能惑之性，何自[15]而生？欲救之心，作何形相[16]？此犹不立，彼复何依？正恐黄面瞿昙[17]，亦须敛衽[18]，况学之者耶？"意亦将有以晓[19]蜀公，公终不领。

【注释】

1. 范蜀公：指范镇。2. 许下：今河南省许昌市。3. 韩持国：韩维，字持国。4. 宴集：宴饮集会。5. 未尝：未曾，没有。6. 少间：过一会儿。7. 谈禅：谈说佛教教义。8. 病：苦恼，忧虑。9. 曲蘖：酒曲。蘖，音niè。10. 醉乡：酒醉后精神所进入的昏沉、迷糊境界。11. 土偶：泥塑的神像。12. 作祟：指鬼怪妖物害人；人或某种因素作怪、捣乱。13. 妄见：佛教语言，指一切皆非实有，肯定存在都是妄见。14. 佛国：佛所生之地，指天竺，即古印度。也指寺院。15. 何自：何以，因何。16. 形相：形状。17. 黄面瞿昙：黄面老禅师。18. 敛衽：整理衣襟，表示恭敬。衽，音rèn。19. 晓：开导。

【译文】

范镇平时一向不喝酒，又诋毁佛教，在许下的时候常与韩维兄弟相来往，而韩家兄弟都推崇这两件事，每次宴饮集会，范镇没有不和他们痛快饮酒作乐。过一会儿，韩家兄弟就必然谈禅相勉，范镇对此很苦恼。苏东坡当时在黄州，范镇于是写信相问，当用什么方法来解脱，信中说："酒曲有毒性，在平坦的地面上变化醉酒后的迷糊境界。泥塑的神像作怪，在跟前虚假地幻化佛国景象。"苏东坡回复说："请你尝试观察，能迷惑人的性情，因何而产生？想要解脱的心灵，是什么形状？这些问题尚且不能明确，那么苦恼又将依附在哪里呢？恐怕那些修行很高的黄面老禅师，也必须整理衣襟恭敬地对待这些问题，何况普通学佛之人呢？"苏东坡想要以此来开导范镇，可范镇终究没有领悟。

东坡尝作《女骷髅赞》云："黄沙枯骷髅，本是桃李面。而今不忍看，当时恨不见。业风[1]相鼓转，巧色美倩盼。无师无眼禅，看便成一片[2]。"殆[3]已参破[4]色空之旨[5]。

【注释】

1. 业风：佛教认为善恶之业能使人转而轮回三界，所以用风来打比方。2. 无师无眼禅，看便成一片：指若以无师之智、无眼之识观之骷髅与美女无差别。3. 殆：表推测，大概。4. 参破：领悟，识破。5. 色空之旨：佛教指一切事物因缘而生虚幻不实的主旨。

【译文】

苏东坡曾经创作《女骷髅赞》说："黄沙枯骷髅，本是桃李面。而今不忍看，当时恨不见。业风相鼓转，巧色美倩盼。无师无眼禅，看便成一片。"大概已经领悟了佛教所谓的色空之旨。

东坡赴杭过润[1]，佛印[2]正挂牌[3]与弟子入室，公便服[4]入方丈[5]见之，师云："内翰[6]何来？此间[7]无坐处。"公戏云："暂借和尚四大用作禅床[8]。"师云："山僧[9]有一转语[10]，内翰言下[11]即答，当从所请[12]，如稍涉拟议[13]，所系玉带[14]，愿留以镇山门[15]。"公许之，便解置几上。师曰："山僧四大本无，五蕴非有[16]，内翰欲于何处坐？"公未即答，师急呼侍者[17]云："收此玉带，永镇山门。"公笑而与之，遂取衲裙[18]相报。公有绝句云："病骨难堪玉带围，钝根[19]仍落箭锋机[20]。欲教乞食歌姬院，故与云山旧衲衣。"

【注释】

1. 润：润州，今江苏镇江市。2. 佛印：僧人的名字。3. 挂牌：指寺庙开门。4. 便服：日常服装。5. 方丈：住持所居住的地方。6. 内翰：唐宋称翰林为内翰。7. 此间：此地。8. 禅床：用来坐禅的床。9. 山僧：住在山寺的僧人。僧人自称的谦辞。10. 一转语：佛教禅宗参禅时一语转机锋，称"一转语"。11. 言下：一言之下，马上。12. 从所请：满足要求。13. 拟议：事前的考虑。14. 玉带：玉饰带子。15. 山门：佛寺的大门。16. 四大本无，五蕴非有：佛教所讲四大是指"地、水、火、风"的四大物质因素，"四大"都无常变易的事物，终究是不可常存的，谓之空。五蕴，即色蕴、受蕴、想蕴、行蕴、识蕴。蕴是蕴藏、积聚的意思，是佛家对世间一切生灭现象的归纳和说明，都是空的存在。17. 侍者：佛门中侍候长老的随从僧徒。18. 衲裙：僧人的衣裳。19. 钝根：佛教指语言迟钝的禀性。20. 箭锋机：比喻机智锋利、深刻迅捷的语句。

【译文】

苏东坡赴任杭州经过润州，佛印正开寺门与弟子一起进入室内，苏东坡穿着便服进入了方丈室，佛印问："翰林从哪里来？此地没有可以坐下的地方。"苏东坡开玩笑说："暂且借用和尚'四大'来作为禅床。"佛印说："我有一转语，你能马上答出，就满足你的要求，如果稍微迟钝，你所系用的玉饰带子，就永远留下来镇守山门。"苏东坡同意了，于是解下玉带放在案几上，佛印说："我的'四大'本来就是空的，'五蕴'也并非存在，翰林想要在哪里坐下？"苏东坡没有立即回答，佛印急忙呼唤随从僧徒说："收下这条玉带，永镇山门。"苏东坡笑着给了他，佛印于是取来僧人的衣裳作为回报。苏东坡有绝句说："病骨难堪玉带围，钝根仍落箭锋机。欲教乞食歌姬院，故与云山旧衲衣。"

东坡云："元丰七年十二月浴泗州[1]雍熙塔下。戏作《如梦令》两阕，云：

水垢何曾相受，细看两俱无有。寄语揩背人，尽日劳君挥肘，轻手、轻手，居士本来无垢。

自净方能净彼，我自汗流呀气[2]。寄语澡浴人，且共肉身游戏，但洗、但洗，俯为世间一切。

此曲本唐庄宗[3]制，一名《忆仙姿》，嫌[4]其不雅驯[5]，后改云《如梦令》，庄宗作此词，卒章[6]云：'如梦、如梦，和泪出门相送。'因取以为名。"

【注释】

1. 泗州：今安徽省泗县。2. 呀气：张大口出气。3. 唐庄宗：李存勖（885—926），小字亚子，代北沙陀人，生于晋阳（今山西太原）。勖，音xù。4. 嫌：嫌弃。5. 雅驯：指文辞优美，典雅不俗然。6. 卒章：文章结尾的段落。

【译文】

苏东坡说："元丰七年十二月在泗州雍熙塔的下面沐浴。戏作《如梦令》两首，说：

水垢何曾相受，细看两俱无有。寄语揩背人，尽日劳君挥肘，轻手、轻手，居士本来无垢。

自净方能净彼，我自汗流呀气。寄语澡浴人，且共肉身游戏，但洗、但洗，俯为世间一切。

这曲牌名本来是唐庄宗所制，有一个名字叫《忆仙姿》，嫌弃此名字不典雅，后来改说《如梦令》。唐庄宗创作这首词，在词结尾说：'如梦、如梦，和泪出门相送。'取'如梦'二字作为词牌名。"

近读《六祖坛经》，指[1]说[2]法、报、化三身[3]，使人心开目明，然尚少一喻，试以眼喻："见是法身，能见是报身，所见是化身。"何谓"见是法身"？眼之见性[4]，非有非无，无眼之人，不免见黑，眼枯[5]睛亡，见性不灭，则是见性，不缘眼有无，无来无去，无起无灭，故云"见是法身"。何谓"能见是报身"？见性虽存，眼根[6]不具，则不能见，若能安养[7]其根，不为物障，常使光明洞彻[8]，见性乃全，故云"能见是报身"。何谓"所见是化身"？根性既全，一弹指顷[9]，所见千万，纵横[10]变化，俱是妙用，故云"所见是化身"。此喻既立，三身愈明。如此是否[11]？

【注释】

1. 指：意旨，意图。2. 说：谈说，讲说。3. 法、报、化三身：三身，佛教术语。法身：代表佛法、绝对真理，存于每人心中，法身不现。报身：经过艰苦修行，证得真理成佛，报身时隐时现。化身：佛的变化身，佛为了教化众生，以各种生命形式显现。4. 见性：佛教语言，谓彻悟清净的佛性。5. 眼枯：泪水流尽。6. 眼根：佛教语言，六根之一。指眼睛因接触客观事物而产生的视觉和认识。7. 安养：佛教语言，即极乐世界，谓众生生此世界，可以安心养身，闻法修道，故名。8. 洞彻：透彻地了解。9. 一弹指顷：手指一弹的时间，比喻时间极短暂。10. 纵横：奔放自如。11. 是否：对不对，是不是。

【译文】

近来阅读《六祖坛经》，意旨谈说法、报、化三身，让人心胸开阔眼神清明，然而尚且少了一个比喻，尝试用眼睛比喻："见是法身，能见是报身，所见是化身。"什么是"见是法身"？眼睛的佛性，不是有也不是没有，没有眼睛的人，不能避免看见黑暗，泪水流尽眼睛消亡，佛性不泯灭，不是因为眼睛的有和无，没有来没有去，没有产生没有泯灭，所以说"见是法身"。什么是"能见是报身"？佛性虽然存在，但视觉没有，就不能看见，如果能安心修养其眼根，不因为事物有所障碍，常常使光明透彻，佛性于是圆满，所以说"能见是报身"。什么是"所见是化身"？六根、佛性既然圆满，在极短的时间里，所看见的千万种事物，奔放自如地变化，都是奇妙的用处，所以说"所见是化身"。这个比喻已经成立，三身越来越明晰。如此对不对？

东坡思想之超妙，实得力于[1]内典[2]，尝作《弥陀[3]颂》曰："佛以大圆觉[4]，充满河沙[5]界。我以颠倒想，出没生死中。云何以一念，得往生净土。我造无始业，本从一念生。既从一念生，还从一念灭。生灭灭尽处，则我与佛同。如投水海中，如风中鼓橐。虽有大圣智，亦不能分别。"其佛学之湛深如此，无愧慧业[6]文人也。

【注释】

1. 得力于：受益于。2. 内典：佛教经典著作。3. 弥陀：阿弥陀佛的简称。4. 大圆觉：广大圆满的觉悟。5. 河沙：恒河沙，佛教用此比喻极多之数。6. 慧业：佛教语，指智慧的业缘。

【译文】

苏东坡思想的超然奇妙，实际受益于佛教经典著作，曾经创作《弥陀颂》说："佛以大圆觉，充满河沙界。我以颠倒想，出没生死中。云何以一念，得往生净土。我造无始业，本从一念生。既从一念生，还从一念灭。生灭灭尽处，则我与佛同。如投水海中，如风中鼓橐。虽有大圣智，亦不能分别。"他的佛学精湛深厚得像这样，不愧是有智慧业缘的读书人啊。

哲宗[1]问左右："苏东坡衬朝章[2]者何衣？"对曰："是道衣[3]。"南行时带一轴弥陀佛像，曰："此轼往生[4]西方公据[5]也。"

【注释】

1. 哲宗：赵煦（1077—1100），宋朝第七位皇帝。2. 朝章：朝服。3. 道衣：僧徒所穿之服。4. 往生：投生。5. 公据：凭据。

【译文】

宋哲宗问左右侍从："苏东坡内衬朝服的是什么衣服？"回答说："是僧徒所穿的衣服。"苏东坡被贬南行的时候，带着一幅弥勒佛的佛像，说："这是我投生西方极乐世界的凭据。"

皎然[1]禅师《赠吴凭处士》诗云"世人不知心是道，只言道在西方妙。还如瞽者[2]望长安，长安在东向西笑。"东坡居士代答云："寒时便具热时风，饥汉哪知食药功。莫怪禅师向西笑，缘师身在长安东。"

【注释】

1. 皎然：皎然（约720—803），字清昼，湖州长城（长兴）人。2. 瞽者：失明的人。

【译文】

皎然禅师在《赠吴凭处士》一诗中说："世人不知心是道，只言道在西方妙。还如瞽者望长安，长安在东向西笑。"苏东坡代为回答说："寒时便具热时风，饥汉哪知食药功。莫怪禅师向西笑，缘师身在长安东。"

苏子瞻尝谓予[1]曰："释氏[2]之徒，诸佛教法所系，不可以庶俗待之。或有事至庭[3]下，则吾徒当以付嘱[4]流通[5]为念，与之阔略[6]可也。"

【注释】

1. 予：指张商英（1043—1121），字天觉，蜀州新津县（今四川新津）人。2. 释氏：佛姓释迦的略称。亦指佛或佛教。3. 庭：官衙厅堂。4. 付嘱：叮嘱。5. 流通：开导。6. 阔略：宽恕，宽容。

【译文】

苏东坡曾经对张商英说："佛教信徒，被很多佛教佛法所维系，不能以世俗方式对待他们。有时候他们有事情来到官衙，那么我们应当多想着叮嘱开导他们，对他们宽容一点是可以的。"

文　章

东坡奉敕[1]撰《上清储祥宫记》，后朝廷磨[2]之，别命蔡元度作，故东坡有诗云：“淮西功业冠吾唐，吏部文章日月光。千载断碑人脍炙，不知世有段文昌[3]。”退之《淮西碑》亦是磨后复使文昌再作，此二事大相类也，东坡遂托为此诗。绍圣间，有人于沿流馆[4]中得之，盖亦有少不平故耳，而苕溪渔隐[5]不知有此，乃谓东坡窜海外时作，欲以自况，非也。

【注释】

1. 敕：皇帝的诏令。2. 磨：磨除。3. 段文昌：段文昌（773—835），字墨卿，西河（今山西汾阳）人。4. 沿流馆：馆驿名。5. 苕溪渔隐：胡仔（1110—1170），字元任，绩溪（今安徽绩溪）人，自号苕溪渔隐。

【译文】

苏东坡奉诏撰写《上清储祥宫记》，后来朝廷磨除了苏东坡的作品，又命令蔡元度写，因此苏东坡有诗写道：“淮西功业冠吾唐，吏部文章日月光。千载断碑人脍炙，不知世有段文昌。”韩愈的《淮西碑》也是被磨除以后让段文昌再写的，这两件事大抵相似，苏东坡于是以此为假托写成了此诗。绍圣年间，有人在沿流馆中得到了这首诗，大概也有一些心中不满的原因罢了，但是胡仔不知道有这件事，竟然说这首诗是苏东坡贬谪海外时写的，想要以此来自比，这是不对的。

王荆公在钟山，有客自黄州来，公曰：“东坡近日有何妙语？”客曰：“东坡宿于临皋亭[1]，醉梦而起，作《成都圣像藏记》千余言，点定[2]才一两字，有写本适留船中。”公立遣人取而至。时月东南，林影在地，公展读于风檐[3]，喜见眉发，曰：“子瞻，人中龙也，然有一字未稳。”客请之，公曰：“‘日胜日负’，不若曰‘如人善博，日胜日贫’耳。”东坡闻之，拊手大笑，亦以公为知言。

【注释】

1. 临皋亭：亭名，在今湖北省黄冈市。2. 点定：修改。3. 风檐：风中的屋檐。

【译文】

王安石在钟山的时候，有客人从黄州来，王安石说：“苏东坡这段时间有什么精妙言语吗？”客人说：“苏东坡晚上住在临皋亭，糊里糊涂地从睡梦中起来，写了《成都圣像藏记》，有一千多个字，才修改了其中一两个字，有写本刚好留在船中。”王安石立即派人去取回来。当时月在东南，林影在地，王安石在风檐下打开阅读，喜悦之色显现在眉发间，说：“子瞻，真是人中之龙啊，但是有一个字处理不太妥当。”客人请教是哪一个字，王安石说：“‘日胜日负’，比不上说‘如人善博，日胜日贫’啊。”苏东坡听闻这件事后，拍掌大笑，且认为王安石是他文章知音。

东坡尝语少子过曰：“秦少游、张文潜才识学问，为当世第一，无能优劣二人者。少游下笔精悍，心所默识而口不能传者，能以笔传之，然而气韵雄拔，疏通秀朗，当推文潜。二人皆辱与予游，同升而并黜，有自雷州[1]来者，递至少游所惠书诗累幅[2]。近居蛮夷，得此如在齐闻韶也，汝可记之，勿忘吾言。”

【注释】

1. 雷州：今广东雷州市。2. 累幅：很多幅。

【译文】

苏东坡曾经对小儿子苏过说：“秦少游、张文潜的才识学问，都是当今天下第一，不能评定两人水平的高低。少游写文章的时候文笔精炼锋利，心中暗暗记住的但不能通过言语表达的东西，能够用笔写出来。但是文章的意境韵味雄伟挺拔，顺畅秀美俊朗，应当推崇张文潜。二人都屈尊和我交游，同时升迁也同时被贬谪，有从雷州来的人，交给我很多幅少游所赠的诗文。近来居住在蛮夷之地，得到了这些诗书，就像在齐地听见韶乐一样，你可要记住这件事，不要忘了我说的。”

东坡曰：“意尽而言止者，天下之至言[1]也，然言止而意不尽，尤为极致。”又曰：“某平生无快意[2]事，惟作文章，意之所到，则笔力曲折，无不尽意，自谓世间乐事，无逾此者。”

【注释】

1. 至言：极高明的言论。2. 快意：心情爽快舒适。

【译文】

苏东坡说道："文意表达完毕同时语言也说完了的，是天下极高明的文章，但是语言已经说完了而文意仍然含蓄不尽，又尤其是达到了极致地步。"又说："我平生没有太多快意的事，只有写文章这件事，心中意念达到的地方，则笔下功力曲折表达，都会把意思表达清楚，我自认为这是世间上乐事，没有比这更快乐的了。"

米元章[1]与李端叔曰："老夫懒作文，但传得东坡岭外文，时一微吟，清风飒然，顾[2]同味者难得耳！"

【注释】

1. 米元章：米芾，祖居太原，后迁居湖北襄阳，长期居润州（今江苏镇江）。2. 顾：回头看。

【译文】

米芾跟李端叔说："我倦怠于写文章，只是传得了苏东坡在岭南写的文章，当时只要略微地吟咏一下，就好像如沐清风般畅然飒爽，回头细看来同样品位的人实在难得啊！"

东坡镇维扬，幕下皆奇豪。一日，石塔长老[1]遣侍者投牒[2]求解院[3]，东坡问："长老欲何往？"对曰："归西湖旧庐。"即令出，别候旨挥[4]，东坡于是将僚佐，同至石塔，令击鼓，大众聚观，袖中出疏，使晁无咎[5]读之，其词曰："大士未曾说法，谁作金毛[6]之声？众生各自开堂[7]，何关石塔之事？去无作相，住亦随缘。长老戒公，开不二门，施无尽藏，念西湖之久别，本是偶然，为东坡而少留，无不可者。一时作礼，重听白椎[8]，渡口船回，依旧云山之色。秋来雨过，一新钟鼓之音。谨疏。"以文为戏，一时咸慕其风。

【注释】

1. 石塔长老：石塔寺的住持戒弼和尚。2. 投牒：呈递诉状。3. 解院：退院，僧人脱离寺院。4. 旨挥：命令。5. 晁无咎：晁补之（1053—1110），字无咎。6. 金毛：佛教所谓文殊世尊坐骑金毛狮子。7. 开堂：佛教仪式，宗门长老主持演法。8. 白椎：佛教仪式活动中由长老持白杖以宣示佛事始终。

【译文】

苏东坡主政扬州，幕僚全是奇人豪杰。有一天，石塔寺住持戒弼派遣使者呈递诉状以求脱离寺院，苏东坡问道："长老想要去往何处？"戒弼回答说："回到西湖旧房子去。"苏东坡立即发布号令，让他另行等候命令安排，于是就带领属吏，一起到石塔寺去，命令击鼓，老百姓聚集过来观看，苏东坡从衣袖中拿出疏文，让晁补之读出来，上面写道："大长老还未曾讲授佛法，谁能作金毛之声呢？天下众人各由本宗门长老主持演法，还关戒弼和尚什么事呢？离开寺院就弃绝众相，不事造作，留下来也顺应机缘。戒弼长老，开示了佛教的不二法门，传授无尽法藏，考虑到西湖这一次长久分别，本来就是偶然的，戒弼长老因为东坡而稍作停留，本来没有什么不可以。当时作礼，再听一下戒弼长老主持仪式的声音。渡口船只返回，依旧是白山的颜色，秋来雨过，一下子洗新了钟鼓的声音。恭谨地写下这篇疏文。"用诙谐的笔法写作文章，当时的人都仰慕这种风气。

东坡为李伯时[1]作《洗玉池铭》，曰："世忽不践[2]，以用为急。秦汉以还，龟玉道[3]熄。六器[4]仅存，五瑞[5]莫辑，赵璧[6]妇玩，鲁璜盗窃[7]，鼠乱郑璞[8]，鹊抵晋棘[9]。维伯时父，吊古啜泣，道逢玉人，解骖[10]推食[11]，剑璏[12]珹珌[13]，错落其室，晚获拱宝[14]，遂空四壁。哀此命世，久就沦蛰[15]，时节[16]沐浴，以幸斯石，孰推是心，施及王国，如伯时父，琅然[17]环玦，援手之劳，终睨莫拾，得丧在我，匪玉欣戚，抽翰铭之，维以咏德。"伯时自为跋曰："元祐八年，余时仕京师，居红桥子第，得陈峡州马台石，爱而致之斋中。一日东坡过谓余曰：'斫石为沼，当以所藏玉时出而浴之，且刻其形于四傍。予为子铭其唇，而号为洗玉池。'而所谓玉者凡一十六，双琥璏、三鹿卢带钩、琫、珌、璊瑑杯、水苍佩、螳螂带钩、佩刀柄、珈、瑱、珙璧、珥珠杯、璩等是也。"伯时既下世，池亦堙晦，徽宗尝即其家访之，得于积壤中。其子因避时禁，磨去铭文，以授使者，于是置之宣和殿[18]，其十六种玉，唯鹿环从葬龙眠，余悉归内府。

【注释】

1. 李伯时：李公麟（1049—1106），字伯时。2. 不践：不循行圣人之迹。3. 道：王者之道。4. 六器：祭祀天地四方的六种玉器。5. 五瑞：古时天子颁给五等诸侯的瑞玉。6. 赵璧：和氏璧的典故。7. 鲁璜盗窃：指鲁定公八年，家臣盗夏后氏之璜。8. 鼠乱郑璞：郑玉周鼠的典故。《后汉书·应劭传》注引《尹文子》曰："郑人谓玉未琢者为璞，周人谓鼠未腊者为璞。周人遇郑贾，人曰：'欲买璞乎？'郑贾曰：'欲之。'出璞视之，乃鼠也，因谢不取。"9. 鹊抵晋棘：鹊抵即抵鹊的典故，桓宽《盐铁论·崇礼》："南越以孔雀珥门户，昆山之旁以玉璞抵乌鹊。"本谓中原所贵者，边陲贱之。后因以"抵鹊"比喻大材小用。晋棘，地名，晋棘多产璧，后以此代指美玉。10. 解骖：解脱骖马助人，指以财物济困。11. 推食：把食物给别人，形容对人热情关怀。12. 剑璏：玉制剑鼻。13. 珹珌：斧柄的玉饰。14. 拱宝：两手合围的宝物，此处代指玉器。15. 沦蛰：埋没。16. 时节：四时节日。17. 琅然：声音清朗的样子。18. 宣和殿：宫殿名，北宋皇帝藏书藏画的地方。

【译文】

苏东坡为李公麟写《洗玉池铭》，说："当今之世突然不循行圣人之迹，把财货器物当作急切要办的事。秦汉以来，国家重器龟甲宝玉和王者之道都消失了。祭祀天地四方的六种玉器还留存着，古时天子颁给五等诸侯的瑞玉无法收集齐了，和氏璧被妇人拿来把玩，夏后氏的璜被家臣盗取，用死鼠与郑国璞玉混淆，用乌鹊抵偿晋国美玉。只有李公麟，凭吊古玉黯然流泪，路上遇到玉工，解脱骖马帮助他，把食物分给他，玉制剑鼻斧柄玉饰，散落在家中，晚年为获得玉器宝物而耗尽了家财。悲哀这世间，时间久了就要埋没，四时节日沐浴，为得到这块玉石而高兴，谁能推行这种心理，延仲至整个国家，比如李公麟，声音清朗有玉的气节，本是举手之劳，他人却只斜看而不作为。得到与失去都在我自己，不会因为美玉而喜悦与忧戚，拿出笔为此写铭，以此来歌咏德性。"李公麟自己写跋说："元祐八年时，我正在京都任职，居住在红桥子的官邸，得到一块陈峡州马台玉石，非常喜爱就放在书斋中。有一天苏东坡来访，对我说：'雕刻这块石头来做池子，应当把你收藏的玉器时不时拿出来在里面洗一下，并且把玉石图像刻在池子的四边，我为你在池子边缘写篇铭文，就叫作洗玉池。'而那些玉器一共十六个，双琥璩、三鹿卢带钩、琫、珌、璊瑑杯、水苍佩、螳螂带钩、佩刀柄、珈、瑱、珙璧、珥玤杯、璩。"李公麟死后，洗玉池也随之埋没不见了，宋徽宗曾经到李公麟家去寻找，在堆积的泥土中找到了它，李公麟的儿子因为躲避当时的禁令，磨去了苏东坡写的铭文，把它交给使官，于是玉石就被放在了宣和殿，这十六种玉，只有鹿环跟随李公麟葬于地下，其余的全部收归到内府。

东坡有与李方叔公据，盖恐方叔卖所遗玉鼻骍[1]，为立公据以便之，公据，券也。山谷跋曰："子瞻妙墨作券，或责方叔当成之，安用汲汲[2]索钱？此又不识痒痛者，从旁论砭疽[3]尔。"

【注释】

1. 玉鼻骍：白鼻赤毛的马。骍，音xīng。2. 汲汲：形容心情急切。3. 砭疽：用石针刺毒疮。疽，毒疮，音jū。

【译文】

苏东坡有给予李方叔的借据，大概是担心李方叔卖掉苏东坡所送的骏马玉鼻骍，为此立下凭证以方便李方叔使用，公据，就是契据。山谷题跋中说："苏东坡用精妙文字写成了契据，有人责怪李方叔不应该卖马，应当遵守这份契据，怎么可以这么急切地想要获得钱财呢？这是一些不知道问题实质的人，好比只会在旁边空口讨论如何医治毒疮。"

东坡初为赵清献[1]公作《表忠观碑》，或持示王荆公，公读之，沉吟曰："此何语也？”时有客在傍，遽诋訾[2]之，公不答，读至再三，又携之而起，且行且读，忽叹曰：“此‘三王世家’也。”客大惭。

【注释】

1. 赵清献：赵抃（1008—1084），字阅道，衢州西安（今浙江柯城）人，谥号“清献”。2. 诋訾：诋毁。

【译文】

苏东坡当初为赵抃写了《表忠观碑》，有人拿着去给王安石看，王安石读了后，迟疑地说道：“这是什么语言呢？”当时有客人在旁边，立刻诋毁这篇文章，王安石没有回答，再读了几遍，又拿着《表忠观碑》起身离开座位，边走边读，突然大叹一声说：“这是《史记》中《三王世家》的写法啊。”那个客人很惭愧。

元丰[1]六年十二月二十七日，天欲明，梦数吏人持纸一幅，其上题云“请《祭春牛[2]文》”，予取笔疾书其上，云：“三阳[3]既至，庶草将兴，爰出土牛，以戒农事。衣被丹青之好，本出泥涂；成毁须臾之间，谁为喜愠？”吏微笑曰：“此两句复当有怒者。”旁一吏云：“不妨，此是唤醒他。”

【注释】

1. 元丰：元丰（1078—1085），宋神宗赵顼年号。2. 春牛，劝农春耕的牛，用泥巴和彩纸捏粘而成，也叫土牛。古代立春那一天，有鞭打春牛的习俗。3. 三阳：指正月。

【译文】

元丰六年十二月二十七日，天刚刚要亮的时候，梦见几个吏人拿着一幅纸，上面写道：“请作《祭春牛文》”，我拿来笔很快写在上面，写道：“正月已经到了，百草即将长出来，制作出土牛来，以告诫农事到来。所穿着的丹青色衣服，本来就来自淤泥之中；保全和毁灭就在转瞬之间，谁为其开心和不快乐呢？”吏人笑着说：“对于这两句话，又要有生气的人了。”旁边一个吏人说：“没关系，这就是要叫醒他。”

苏东坡倅杭[1]时，梦神宗召入禁中，宫女围侍，一红衣女童捧红靴一只，命轼铭之，觉而记其一联云：“寒女之丝，铢积寸累，天步所临，云蒸雾起。”既毕，进御，上极叹其敏，使宫女送出，睇视[2]裙带间，有六言诗一首，云：“百叠漪漪水皱，六铢纵纵云轻。植立含风广殿，微闻环佩摇声。”

【注释】

1. 倅杭：杭州通判。2. 睇视：细看，斜视。

【译文】

苏东坡做杭州通判时，梦见宋神宗将他召入宫中，宫女们侍立周围，一位穿红衣的女童捧着一只红靴子，神宗命令苏东坡为靴子写篇铭文，苏东坡醒来后，记着其中一联说："寒女之丝，铢积寸累，天步所临，云蒸雾起。"写完以后，就呈给皇帝看，神宗大力赞叹苏东坡才思敏捷，让宫女送出宫去，苏东坡细看宫女的裙带衣间，有一首六言诗，说："百叠漪漪水皱，六铢纵纵云轻。植立含风广殿，微闻环佩摇声。"

宋初尚《文选》[1]，士子专意此书，为之语曰："《文选》烂，秀才[2]半。"见陆务观[3]《老学庵笔记》，又云："《文选》熟，秀才绿。"谓脱白着绿也。建炎[4]以后，尚苏氏文章而蜀尤甚，亦有语曰："苏文熟，吃羊肉；苏文生，吃采羹。"

【注释】

1.《文选》：中国现存最早的一部诗文总集，由南朝梁武帝的长子萧统组织文人共同编选，因萧统死后谥号"昭明"，所以又叫《昭明文选》。2. 秀才：宋代参加科举考试的士子统称为秀才。3. 陆务观：陆游（1125—1210），字务观，越州山阴（今浙江绍兴）人。4. 建炎：建炎（1127—1130）是南宋高宗的第一个年号。

【译文】

宋朝初年崇尚《文选》，士子们专门留意这部书，为它作谚语说："《文选》烂，秀才半。"说的是把《文选》弄得滚瓜烂熟，就可以当半个秀才，这句话记载在陆游的《老学庵笔记》中，又说："《文选》熟，秀才绿。"说的是熟悉《文选》之后，秀才们就可以脱下平民的白衣服换上绿色官服。建炎年间以后，天下崇尚苏东坡的文章而四川地区风气尤盛，也有谚语说："苏文熟，吃羊肉；苏文生，吃采羹。"（意思是熟悉苏东坡文章的人，可以科举高中吃羊肉；不熟悉苏东坡文章的人，科举考不中便只能吃采羹。）

孔融与曹操书称："武王伐纣，以妲己赐周公。"操不悟，后问出何经典，对曰："以今度之，想当然耳。"苏长公对策，有"皋陶曰'杀之'三，尧曰'宥之'三"。既登第，主司问所出，曰："想当然耳。"盖本孔北海[1]语。

【注释】

1. 孔北海：孔融曾任北海国相等职，时称孔北海。

【译文】

孔融给曹操写信说："周武王攻打纣王后，将俘虏来的妲己赏赐给了周公。"曹操不明白什么意思，后来问孔融这件事出自哪一本书，孔融回答说："以今天的事情来推测，想当然罢了。"苏东坡科举考试时对策中有一句："皋陶三次说应当杀掉，尧却一连三次说应当宽恕。"苏东坡科举及第后，主考官问他这句话出自哪一本书，苏东坡回答说："想当然罢了。"大概是源自孔融的原话。

东坡云："吾文如万斛[1]泉源，不择地而出，在平地滔滔汩汩，虽一日千里无难，及其与山石曲折，随物赋形，而不可知也。所可知者，常行于所当行，常止于不可不止，如是而已矣，其他虽吾亦不能知也。"

【注释】

1. 万斛：形容数量很多，古代以十斗为一斛。

【译文】

苏东坡说："我的文章犹如有丰富的泉源，不选择地势便会涌出来，在平地上连续不断地流，即使一天流上一千里也不难，等它遇到山石的曲折形态，也会随着山石形态改变水流形状，遇到什么东西是不可预知的，所知道的是，文章在应当继续书写的地方继续书写，在不得不停止的地方停止书写，如同这样罢了，其他的事情即使是我也不知道了。"

不易[1]其意而造其语，谓之换骨法；窥摹其意而形容[2]之，谓之夺胎法。白乐天诗云："临风杪秋树，对酒长年身。醉貌如霜叶，虽红不是春。"东坡云："儿童误喜朱颜在，一笑哪知是酒红。"此夺胎法。

【注释】

1. 易：改变。2. 形容：描述。

【译文】

不改变作家文意而另外创作语言，这就是换骨法；暗中临摹作家文意并且把它描述出来，这就是夺胎法。白居易的诗里说："临风杪秋树，对酒长年身。醉貌如霜叶，虽红不是春。"苏东坡说："儿童误喜朱颜在，一笑哪知是酒红。"这就是夺胎法。

欧阳公《醉翁亭记》、东坡公《酒经》，皆以"也"字为绝句。欧阳二十一"也"字，坡用十六"也"字，欧记人人能读，至于《酒经》，知之者盖无几。坡公尝云："欧阳作此记，其词玩易，盖戏云耳，不自以为奇特也。而妄庸者作欧语云：'平生为此文最得意。'又云：'吾不能为退之《画记》，退之不能为吾《醉翁亭记》。'此又大妄也。"坡《酒经》每一"也"字上必押韵，暗寓于赋，而读之者不觉，其激昂渊妙，殊非世间笔墨所能形容。今尽载于此，以示后生辈。其词云：

"南方之氓，以糯与秔[1]杂以卉药[2]而为饼，嗅之香，嚼之辣，揣[3]之枵然[4]而轻，此饼之良者也。吾始取面而起肥之，和之以姜液，烝[5]之使十裂，绳穿而风戾[6]之，愈久而益悍[7]，此曲之精者也。米五斗以为率[8]，而五分之，为三斗者一，为五升者四，三斗者以酿，五升者以投，三投而止，尚有五升之赢[9]也。始酿，以四两之饼，而每投以二两之曲，皆泽以少水，取足以散解而匀停也。酿者必瓮按[10]而井泓[11]之，三日而井溢，此吾酒之萌也。酒之始萌也，甚烈而微苦，盖三投而后平也。凡饼烈而曲和，投者必屡尝而增损之，以舌为权衡也。既溢之，三日乃投，九日三投，通十有五日而后定也，既定乃注以水，凡水必熟而冷者也。凡酿与投，必寒之而后下，此炎州之令[12]也，既水五日乃篘[13]，得二斗有半，此吾酒之正也。先篘半日，取所谓赢者为粥，米一而水三之，揉以饼曲，凡四两，二物并也，投之糟中，熟撋[14]而再酿之，五日压得斗有半，此吾酒之少劲者也。劲正合为四斗，又五日而饮，则和而力严而不猛也。篘绝不旋踵[15]而粥投之，少留，则糟枯中风[16]而酒病[17]也。酿久者酒醇而丰，速者反是，故吾酒三十日而成也。"

此文如太牢[18]八珍[19]，咀嚼不嫌于致力，则真味愈隽永，然未易为俊快者言也。

【注释】

1. 秔：古同"粳"。秔，音jīng。2. 卉药：花药。3. 揣：估量。4. 枵然：空虚的样子。枵，音xiāo。5. 烝：通"蒸"。6. 风戾：风吹干。7. 悍：强劲。8. 率：标准。9. 赢：有余。10. 瓮按：按在瓮里。11. 泓：下深貌。12. 炎州之令：南方地区必须遵循的法令。13. 篘：用竹篘过滤取酒。篘，音chōu。14. 熟撋：充分揉搓。撋，音ruán。15. 旋踵：掉转脚跟，形容时间短。16. 糟枯中风：糟被风吹干。17. 酒病：酒出现毛病。18. 太牢：古代祭祀牛羊豕三牲全备称为太牢。19. 八珍：古代八种珍贵食品。

【译文】

欧阳修的《醉翁亭记》、苏东坡的《酒经》，都是用"也"这个字作为句子收尾。欧阳修用二十一个"也"字，苏东坡用了十六个"也"字，欧阳修的《醉翁亭记》每个人都会读，对于苏东坡的《酒经》，知道的人大概没有几个。苏东坡曾经说："欧阳修写这篇记文，用词是玩赏简单的，大概是戏说罢了，他自己不觉得有什么特别之处。但是凡庸妄为的人写欧阳修的话说：'这是我这一生最为自豪的文章。'又说道：'我不能写韩愈的《画记》，韩愈不能写我的《醉翁亭记》。'这又是大错。"苏东坡的《酒经》每一个"也"字上一定会押韵，暗自使用了赋的手法，但是读者却不会发现，其中的激荡高昂含义深远奥妙，不是世间的笔墨可以表现的。现在全部记录在这里，以展现给后辈看，其文写道：

“南方的百姓，用糯米与粳米掺杂些花药做成饼子，闻着香，嚼着辣，用手估量下，又虚又轻，这就是饼中的优良者。我最初取些面来发起来，用些姜汁和面，用锅蒸到出现很多裂纹，用绳子穿起来让风吹干它，吹得越久，饼就越坚实，这是曲中的优良者。米以五斗量为标准，将其分作五份，其中的三斗合起来算作一份，另外的二斗按每份五升共分为四份，三斗的那一份用来酿酒，五升的那四份米用作投米，三次投完就停止，尚有五升的一份剩余。开始酿酒，用四两的饼子，每次投米时要用二两曲，都用少量水湿润，仅足以把饼或曲泡散开，调均匀就行了。酿酒的人必须把拌有曲饼的米饭按压在瓮里，并在米饭中间掏出竖井，三天过后，井里便有酒水溢出，这是我所酿酒的萌芽状态。酒开始萌动时，酒味浓烈且微微发苦，三次投米之后酒味就平和了。凡是用的饼坚实则曲平和，投米的人必须经常品尝味道来决定增加或减少投米量，用舌头来权衡。井中的酒溢三天再投米，九天投三次，总共十五日发酵就停止了。发酵停止后，就再注入水，凡是加入的水必须是烧开后冷却的凉开水。无论是酿与投，米饭必须放冷了再下，这是在炎热的南方严格遵守的法令，加完水五日后就用竹�过滤取酒，可得二斗半酒，这是我酒的正品。在过滤的前半天，取前面剩余的那一份五升米做成粥，米一份水三份，拿饼曲共四两，与粥合并在一起，投到前面的酒糟中，充分揉搓后重新酿造，过五天后又可以滤得一斗半酒，这是我的酒劲较小的酒。劲小的酒和正品的酒合在一起为四斗，再放五天后饮用，酒就会变得柔和而有劲但不猛烈了。滤酒后马上把粥投入糟中再酿，稍等片刻，酒糟就会被风吹干，酒就不好了。酿造的时间长，酒就醇香而多，酿造时间短的酒正好相反，所以我的酒必须要三十天才能做成。”

此文就像古代的珍贵美食，细细咀嚼却不嫌于太费功夫，其中真味会更加隽永，然而却不能轻易对那些洒脱迅捷的人说。

尝闻东坡作《韩文公庙碑》，不能得一起头[1]，起行百十遭[2]。忽得两句云：“匹夫而为百世师，一言而为天下法。”遂扫将[3]去。

【注释】

1. 起头：文章开头。2. 遭：量词，回，次。3. 扫将：下笔酣畅淋漓书写。

【译文】

曾经听闻苏东坡写《韩文公庙碑》，想不出一个文章开头，写了百十次的开头。突然想到了两句：“匹夫而为百世师，一言而为天下法。”于是灵感兴起，开始酣畅淋漓地下笔书写起来。

坡诗如武库[1]初开，矛戟森然[2]，一一求之，不无利钝，然天才宏放，直与日月争光，凡古人所不到处，发明殆尽，万斛泉源，未为过也，然颇恨似方朔[3]极谏，时杂滑稽[4]，故罕逢蕴藉[5]。卓吾子曰："时维滑稽正是其蕴藉处。"

【注释】

1. 武库：储藏兵器的仓库。2. 森然：众多的样子。3. 方朔：东方朔（约前161—前93），字曼倩，平原郡厌次县（今山东德州）人。4. 滑稽：言语动作令人发笑。5. 蕴藉：含蓄而不显露。

【译文】

苏东坡的诗像兵器库刚打开一样，长矛大戟森然罗列，挨个寻找，没有不锋利无比的，然而具有天然才气，境界宏大外放，可以径直和日月争夺光芒。凡是古人没有说的地方，苏东坡的诗歌都已经阐发完毕，把苏东坡诗歌比作具有一万斛水的泉源，也不为过，然而很遗憾苏东坡的诗歌有点像东方朔的劝谏文章，时不时会掺杂着幽默滑稽的地方，因此很少体会到含蓄而富有韵味的感觉。李卓吾说："幽默滑稽才正是苏东坡诗歌中含蓄而富有韵味的地方。"

诰敕[1]起于六朝，其原肇自舜命九官与命羲仲、和仲之词，后《君奭》《君牙》《蔡仲之命》，皆其遗制[2]也。此即口代天言，唐惟常[3]、杨[4]、元[5]、白[6]，宋陶穀[7]遂有依样画葫芦之诮，厥后王介甫最为得体，而苏子瞻尤号独步，多训饬戒励之言，有训诰[8]之风，非如今之诰敕，所谓一个八寸三头巾，人人可戴者也。

【注释】

1. 诰敕：朝廷封官授爵的敕书。2. 遗制：流传下来的体制。3. 常：常衮（729—783），字夷甫，河内郡温县（今河南温县）人。4. 杨：杨炎（727—781），字公南，风翔府天兴县（今陕西宝鸡）人。5. 元：元稹（779—831），字微之，河南洛阳（今河南洛阳）人。6. 白：白居易（772—846），字乐天，河南新郑（今河南新郑）人。7. 陶穀：陶穀（903—970），字秀实，邠州新平（今陕西彬县）人。8. 训诰：训导告诫。

【译文】

诰敕这种文体最开始兴起于六朝时候，其原本始于舜命令九个大臣与命令羲仲与和仲的的文辞，后来《君奭》《君牙》《蔡仲之命》都是这种流传下来的体制。诰敕就是代表天子说话，唐代只有常衮、杨炎、元稹、白居易写得好，（其他很多人在写诰敕的时候，大多模仿前人的旧作，只是替换几个词语而已），宋代陶穀因此得到了"依样画葫芦"的嘲笑，后来王安石所作诰敕最为恰当合适，而苏东坡所作诰敕号称独步天下，多用教训诫勉的语言，体现着训导告诫的文风，并不像今天的诰敕（人人都可以写），就好比一块八寸三的头巾，每个人都可以戴。

或问："昔人谓东坡不喜《史记》，然乎？"余曰："东坡何尝不喜《史记》，观其《记李氏山房》曰：'余犹见老儒先生[1]，自言少时欲求《史记》，不可得，幸而得之，亲自手抄，日夜诵读，惟恐不及。'夫既称老儒先生爱慕《史记》矣，宁[2]有不自好耶？又观其在海上与友人书曰：'前此抄得《汉书》一部，若再抄得《唐书》，便是贫儿暴富也。'况荆公尝称东坡《表忠观碑》似《史记·诸侯王年表》。"

【注释】

1. 老儒先生：老一辈儒学先生。2. 宁：怎么。

【译文】

有人问："以前有人说苏东坡不喜欢《史记》，是真的吗？"我回答："东坡何曾不喜欢《史记》，看他写的《记李氏山房》文中说：'我还见老一辈的儒学先生，自己说小时候想得到《史记》，却一直得不到，侥幸得到后，便亲自用手抄写，白天夜晚都会诵读，唯恐学不完。'苏东坡既然说老一辈的儒学先生爱慕《史记》，怎么可能他自己不喜爱呢？又看他在海上与友人写的信中说道：'在这之前抄了《汉书》一份，如果再抄写完《唐书》，便是穷人暴富了。'何况王安石曾经说苏东坡的《表忠观碑》像《史记·诸侯王年表》。"

东坡之文，其长处在征引史事，切实精当，又善设譬喻，凡难显之情，他人所不能达者，坡公则以譬喻明之。他人所百思不到者，既读之适为人人意中所有。古今奏议[1]，推贾长沙[2]、陆宣公[3]、苏文忠三人为超前绝后，长沙明于利害，宣公明于义理，文忠明于人情。

【注释】

1. 奏议：古时臣子向皇帝上书言事、条议是非的文字的统称。2. 贾长沙：贾谊（前200—前168），洛阳人，曾被贬为长沙王太傅，故后进称为贾长沙。3. 陆宣公：陆贽（754—805），字敬舆，苏州嘉兴（今浙江嘉兴）人，谥号"宣"，故后世称为陆宣公。

【译文】

苏东坡文章，优点在于引用征引史实，精确恰当，又很擅长于设置比喻，凡是难以显示的情感，别人不能顺利表达出来的，苏东坡都会用比喻来使意思明白。其他人用尽心思都想不到的地方，读了苏东坡的文章以后发现刚好就是每个人想到的所有东西。从古至今的奏议，推崇贾谊、陆贽、苏东坡三人所作超前绝后，贾谊的奏议重在点明好处和坏处，陆贽的奏议重在彰显道义之理，苏东坡的奏议则重在彰显人之常情。

诗 词

苏东坡不甚喜妇人，而诗中每及之者，非有他也，以为戏谑耳。其曰："短长肥瘠各有态，玉环飞燕谁敢憎。"乃评书之作也；其曰："欲把西湖比西子[1]，淡妆浓抹总相宜。"乃咏西湖之作也；其曰："戏作小诗君勿诮[2]，从来佳茗似佳人。"乃谢茶之作也，如此数诗，虽与妇人不相涉，而比拟恰好，且其言妙丽新奇，使人赏玩不已，非善戏谑者能若是乎?

【注释】

1. 西子：西施，春秋时期越国美女。2. 诮：嘲笑讽刺。诮，音qiào。

【译文】

苏东坡不太喜欢女人，但诗中每次涉及妇人，并没有其他的原因，以此为玩笑罢了。他说："短长肥瘠各有态，玉环飞燕谁敢憎。"这是点评书法的作品；他说："欲把西湖比西子，淡妆浓抹总相宜。"这是歌咏西湖的作品；他说："戏作小诗君勿诮，从来佳茗似佳人。"这是谢茶时候的作品。像这样的几首诗，虽然与妇女不相关，但用的比喻恰到好处，而且语言精妙，美丽新奇，让人欣赏把玩停不下，若非喜欢开玩笑的人能像这样写吗？

东坡昔守临安，余曾祖[1]作倅。一日，同往一山寺祈雨，东坡云："吾二人赋诗，以雨速来者为胜，不然罚一饭会[2]。"于是东坡云："一炉香对紫宫[3]起，万点雨随青盖归。"余曾祖则曰："白日晴天沛然下，皂盖青旗犹未归。"东坡视诗云："我不如尔速。"于是罚一饭会。

【注释】

1. 余曾祖：此处指《瓮牖闲评》作者袁文的曾祖父袁穀，字容直，一字公济，明州鄞县（今浙江宁波）人。2. 饭会：宴会。3. 紫宫：神话中天帝的居室。

【译文】

苏东坡以前主政杭州的时候，我曾祖父担任副官。有一天，二人一起去一座山寺祈雨，苏东坡说："我们两人写诗，以诗歌中雨来得快的人为胜者，失败的人要罚一顿宴会。"于是苏东坡说道："一炉香对紫宫起，万点雨随青盖归。"我曾祖父则说："白日晴天沛然下，皂盖青旗犹未归。"苏东坡看诗后说道："我诗中的雨不如你诗中的雨来得快。"于是便罚了一顿宴会。

半山云："退之善为铭，如王适、张彻铭尤奇。"余亦谓《董府君》及《贞曜》[1]二铭尤妙。《董》云："物以久弊，或以轹毁[2]。考[3]致[4]要归[5]，孰有彼此。由我者吾，不我者天。斯而以然，其谁使然？"《贞曜》云："于戏[6]贞曜！维持不猗，维出不訾，维卒不施，以昌其诗。"坡翁尝举此问王定国云："当昌[7]其身耶？昌其诗也？"王来诗不契所问，乃作诗答之曰："昌身如饱腹，饱尽还当饥。昌诗如膏面，为人作容姿。不如昌其气，郁郁老不衰。虽云老不衰，劫坏[8]安所之。不如昌其志，志一气自随。养之塞天地，孟轲不吾欺。"

【注释】

1.《贞曜》：指《贞曜先生墓志铭》，"贞曜"是孟郊的私谥。2. 轹毁：车轮碾毁。3. 考：审察。4. 致：求取。5. 要归：要旨。6. 于戏：於戏，呜呼哀哉，音wū hū。7. 昌：使昌盛。8. 劫坏：古印度传说世界经历若干年毁灭一次重新再开始，这样一个周期叫作一劫。

【译文】

王安石说："韩愈擅长写铭文，比如写王适、张彻的铭文尤其好。"我也认为《董府君》和《贞曜》这两篇铭文尤其精妙。《董府君》中说："万物因为时间久了就会衰败，有时候也会被车轮碾毁，不得正常死亡，仔细审查推求其中的生存要旨，谁会有不一样的区别呢？由我掌握的是我做主，不由我掌握的是天做主，这一切都是这样的，是谁让这样的呢？"《贞曜》说："呜呼孟郊！在仕途中孤立无依，难以升迁，而写作的文章篇数繁多，不可计量。孟郊到死也没有得到朝廷的重用，以这些事情来使其诗歌昌盛。"苏东坡曾拿这个问题问王定国说："应当让自己的身体昌盛呢？还是让自己的诗歌昌盛呢？"王定国回复来的诗歌没有契合苏东坡的问题，苏东坡于是作诗回答说："昌身如饱腹，饱尽还当饥。昌诗如膏面，为人作容姿。不如昌其气，郁郁老不衰。虽云老不衰，劫坏安所之。不如昌其志，志一气自随。养之塞天地，孟轲不吾欺。"

前世皆病坡不当呼李伯时[1]为画师，盖坡尝有诗云："前世画师今姓李，不妨还作辋川诗。"讵[2]知坡乃用王摩诘之语耳。摩诘作《辋川图》，诗云："宿世谬词客，前身应画师。不能舍余习，偶被世人知。"坡盖本于此。

【注释】

1. 李伯时：李公麟，字伯时。2. 讵：文言副词，难道，岂，表示反问；文言连词，如果。

【译文】

前代人都指责苏东坡不应该把李公麟叫作画师，可能是因为苏东坡曾有诗说：“前世画师今姓李，不妨还作辋川诗。”哪能知道苏东坡只是借用了王维的话罢了。王维画《辋川图》，并写诗说：“宿世谬词客，前身应画师。不能舍余习，偶被世人知。”苏东坡大概依据的就是这首诗。

人或疑东坡以“思无邪[1]”三字名斋，此自古有之，不足异[2]也，古有“益延寿”三字名馆，“狮子吼”三字名寺，是也。

【注释】

1. 思无邪：指思想纯正。《论语·为政》载：子曰：“诗三百，一言以蔽之，曰，思无邪。”2. 异：奇特，奇怪。

【译文】

有人疑惑苏东坡以“思无邪”三字来命名房斋，这事自古就有了，不值得奇怪，古代有用“益延寿”三字来作馆名，“狮子吼”三字来作寺名，都是这样的。

子瞻渡江，和介甫[1]《游蒋山》诗，介甫指“峰多巧障日，江远欲浮天”，乃抚几[2]叹曰：“老夫平生作诗，无此二句。”

【注释】

1. 介甫：王安石，字介甫。2. 几：古人坐时凭依或搁置物件的小桌。

【译文】

苏东坡渡江来，唱和王安石《游蒋山》诗，王安石指着“峰多巧障日，江远欲浮天”两句，抚着案几叹息说：“我平生所作的诗歌里，绝无这样的两句。”

陈传道[1]尝于彭门[2]壁间见书一联：“一鸠鸣午寂，双燕话春愁。”后以语东坡：“世谓公作，然否？”坡笑曰：“此唐人得意句，仆安能道此？”

【注释】

1. 陈传道：陈师仲，生卒年不详，字传道，彭城（今江苏徐州）人，北宋诗人陈师道（1053—1102）的哥哥。2. 彭门：徐州。

【译文】

陈传道曾在徐州的城墙间见书写有一联诗："一鸠鸣午寂，双燕话春愁。"后来把这句诗告诉苏东坡说："世人都说是你写的，是这样的吗？"苏东坡笑着说："这是唐代人得意的诗句，我怎么能写出这样的诗句？"

东坡熙宁十年知徐州，李邦直[1]因沂山龙祠祈雨有应，作诗寄东坡，东坡和之，末云："半年不雨坐龙慵，但怨天公不怨龙。今来一雨聊自赎，龙神社鬼[2]各言功。无功日盗太仓[3]粟，嗟我与龙同此责。劝农使者不汝容，因君作诗先自劾。"李邦直来谒东坡，因戏笑言："承见示诗，只是劝农使者不管恁地事。"元丰二年，东坡下御史台狱，尝供此诗云："本因龙神慵惰不行雨，却使人心怨天公，以讥讽大臣不任职，不能燮理阴阳[4]，却使人心怨天子，以天公比天子，以神龙社鬼比执政大臣及百执事也。"

【注释】

1. 李邦直：李清臣（1032—1102），字邦直，魏（今河北大名）人。2. 社鬼：土地神。3. 太仓：京城储粮大仓。4. 燮理阴阳：调和治理国家大事。燮，音 xiè。

【译文】

熙宁十年苏东坡在徐州任知州，李清臣因为沂山龙祠求雨有灵验，写诗寄给苏东坡，苏东坡以诗唱和他，诗末说："半年不雨坐龙慵，但怨天公不怨龙。今来一雨聊自赎，龙神社鬼各言功。无功日盗太仓粟，嗟我与龙同此责。劝农使者不汝容，因君作诗先自劾。"李清臣来拜访苏东坡，因此开玩笑说："看到你给我的诗了，只是劝农使者不管这样小事。"元丰二年，苏东坡被逮捕进了御史台监狱，曾招供此诗说："本是因为龙神懒惰不行雨，却让人心埋怨天公，来讥讽大臣不称职，不能调和治理国家大事，却让人心都怨恨天子，用天公比作天子，以龙神社鬼比执政大臣和文武百官。"

东坡元祐[1]末为礼部尚书，梦人送《喜雪诗》云："是王仲至[2]所与。"觉后惟记一联。仲至因是以成章云："晓雪谁惊最后时，土膏方得助甘滋。岁功已觉三元[3]近，春事何忧一觉迟（此一联乃得于梦中者）。不著[4]寒梅容触冒[5]，半留红杏惜离披[6]。神交彼此无劳辨，更为公题述梦诗。"

【注释】

1. 元祐：元祐（1086—1094）是宋哲宗赵煦的第一个年号。2. 王仲至：王钦臣（约1034—1101），字仲至，应天宋城（今河南商丘）人。3. 三元：农历正月初一，这一天是年、月、日的开始，所以又叫三元。4. 著：显露。5. 触冒：抵触冒犯。6. 离披：分散下垂貌。

【译文】

苏东坡元祐末年任礼部尚书，梦见有人送来《喜雪诗》说："这是王钦臣送来的。"苏东坡醒来后只记得其中一联，王钦臣借着这一联写完了整首诗说："晓雪谁惊最后时，土膏方得助甘滋。岁功已觉三元近，春事何忧一觉迟（这一联就是来自梦中的那一联）。不著寒梅容触冒，半留红杏惜离披。神交彼此无劳辨，更为公题述梦诗。"

东坡守彭城，参寥尝往见之，坡遣官妓马盼盼索诗，参寥作绝句，有"禅心已作沾泥絮，不逐东风上下狂"之语，坡喜曰："予尝见柳絮落泥，私谓可入诗，偶未曾收拾，遂乃为此老所先，可惜也。"参寥于内外[1]典无所不窥，能文章，尤善为诗。秦少游与之友契[2]，尝在临平道中作诗云："风蒲[3]猎猎弄轻柔，欲立蜻蜓不自由。五月临平山下路，藕花无数满汀洲。"东坡一见，为写而刻石。宗妇[4]曹夫人善丹青，作《临平藕花图》，人争传写，盖不独宝其画也。

【注释】

1. 内外：佛教徒称佛书为内典，佛书以外的典籍为外典。2. 友契：情谊相投。3. 蒲：蒲草。4. 宗妇：同姓族人之妇。

【译文】

苏东坡主政徐州时，参寥和尚曾经去见他，苏东坡派官妓马盼盼向他索诗，参寥作一首绝句，有"禅心已作沾泥絮，不逐东风上下狂"的话，苏东坡高兴地说："我曾经见到柳絮落在泥巴里，私下认为这情景可以写进诗歌里，正好还没写完，便被这和尚抢先了，真是可惜啊。"参寥和尚对于佛教书籍以及佛教之外的书籍没有不看的，擅长写文章，尤其善于写诗歌，秦少游和他性情契合。参寥曾经在临平路上作诗说："风蒲猎猎弄轻柔，欲立蜻蜓不自由。五月临平山下路，藕花无数满汀洲。"苏东坡一看见这首诗，便写了下来并刻在石头上。宗妇曹夫人擅长绘画，画成《临平藕花图》，人们争相临摹，大概不仅仅是珍视她的画吧。

东坡云："石介作《三豪诗》，其略云：'曼卿豪于诗，永叔豪于文，而杜默[1]师雄豪于歌也。'永叔亦赠默诗云：'赠之三豪篇，而我滥一名。'默之歌少见于世，初不知之，后闻其一篇云：'学海波中老龙，圣人门前大虫。'皆此等语，甚矣！介之无识也。永叔不欲嘲笑之者，此公恶争名，且为介讳也。吾观杜默豪气，止是东京[2]学究[3]饮私酒，食瘴死[4]牛肉，醉饱后所发者也，作诗狂怪，至卢仝[5]、马异[6]极矣，若更求奇，便作杜默矣。"

【注释】

1. 杜默：杜默（1021—约1089），字师雄，濮州（今山东鄄城）人。2. 东京：指汴州，即今河南省开封市。3. 学究：迂腐浅陋的读书人。4. 瘴死：因瘴病而死。5. 卢仝：卢仝（约795—835），自号玉川子，范阳（今河北涿州）人。6. 马异：马异（约799年前后在世），睦州（今杭州建德）人，一说河南人。

【译文】

苏东坡说：“石介写了《三豪诗》，大致说：‘石曼卿逞豪在诗方面，欧阳修逞豪在文方面，而杜默逞豪在歌方面。’欧阳修也有赠给杜默的诗说：‘赠之三豪篇，而我滥一名。’杜默的歌曲很少流传于世，起初不知道，后来听到其中一篇说；‘学海波中老龙，圣人门前大虫。’都是这类的话，石介真是太没有见识了。欧阳修不想嘲笑他的原因，是因为欧阳修厌恶争浮名，同时为石介避讳。我看杜默所谓的豪气，就是那些京城里的老学究，喝自家酿的土酒，吃病死瘴牛肉，吃饱喝醉后胡乱发出来的，写诗歌又狂又怪，到了卢仝、马异已经到了极点，如果再寻求更奇怪，便是杜默了。”

柳耆卿、苏长公各以填词名，而二家不同，当时士论各有所主。东坡一日问一优人[1]曰：“我词何如柳学士优？”优曰：“学士哪比得相公？”坡惊曰：“如何？”优曰：“公词须用丈二将军[2]、铜琵琶、铁绰板唱相公‘大江东去’；柳学士却着十七八女郎唱‘杨柳外晓风残月’。”坡为之抚掌[3]。

【注释】

1. 优人：伶人，古代以乐舞、戏谑为业的艺人。2. 丈二将军：身材高大的军人。3. 抚掌：拍手，高兴得意。

【译文】

柳永、苏东坡都以填词而著名，但是二人不同，当时人对二人的评论各有侧重点。苏东坡有一天问一个伶人说：“我填的词和柳永填的，哪一个好呢？”伶人回答说：“柳永哪比得上您呢？”苏东坡惊讶地说：“怎么讲呢？”伶人说：“您填的词要用丈二将军、铜琵琶、铁绰板唱您的‘大江东去’；柳学士的却要用十七八岁女孩唱‘杨柳外晓风残月’。”苏东坡为这些话鼓掌大笑。

苏老泉[1]一日家集，举“香”“冷”二字一联为令，倡[2]云：“水向石边流出冷，风从花里过来香。”东坡云：“拂石坐来衣带冷，踏花归去马蹄香。”颍滨[3]云：“□□□□□□冷，梅花弹遍指头香。”小妹云：“叫日杜鹃喉舌冷，宿花蝴蝶梦魂香。”

【注释】

1. 苏老泉：苏洵自号“老泉”。2. 倡：带头，先导。3. 颍滨：苏辙，晚号颍滨遗老。

【译文】

苏洵有一天举办家庭聚会，举出“香”“冷”二字为一联，作酒令，带头说道：“水向石边流出冷，风从花里过来香。”苏东坡说：“拂石坐来衣带冷，踏花归去马蹄香。”苏辙说：“□□□□□□冷，梅花弹遍指头香。”苏小妹说：“叫日杜鹃喉舌冷，宿花蝴蝶梦魂香。”

东坡既召还，除翰林承旨[1]，数月，以弟嫌[2]请郡，复以旧职知颍州。七年正月，州堂前梅花盛开，月色鲜霁，王夫人曰：“春月色胜如秋月色，秋月色令人凄惨，春月色令人和悦，何如召赵德麟[3]辈来饮此花下？”先生大喜，曰：“吾不知子能诗耶？此真诗家语耳。”遂召赵饮，用是语作《减字木兰词》云：“春庭月午，摇荡香醪光欲舞。步转回廊，半落梅花婉娩香。轻烟薄雾，都是少年行乐处。不是秋光，只与离人照断肠。”

【注释】

1. 承旨：官名，宋代继承唐代旧制，翰林院有翰林学士承旨，位在诸学士之上，凡大诰令等重大事项，由其直接为皇帝服务。2. 嫌：避忌。3. 赵德麟：赵令畤（1064—1134），字德麟，赵匡胤次子燕王德昭玄孙。

【译文】

苏东坡被朝廷召回后，任命为翰林学士承旨，过了几个月，因避忌弟弟的职位请求外放任州郡长官，又以原职担任颍州知州。元祐七年正月，府衙堂前的梅花盛开，月光皎洁鲜亮，王夫人说：“春天的月色胜过秋天的月色，秋天的月色令人心情凄惨，春天的月色令人心情愉悦，何不召集赵德麟等人来花下喝酒？”苏东坡很高兴，说：“我竟然不知道你还能写诗？这真是诗人的语言啊。”于是叫来赵德麟喝酒，用这句话填写了《减字木兰花》词：“春庭月午，摇荡香醪光欲舞。步转回廊，半落梅花婉娩香。轻烟薄雾，都是少年行乐处。不是秋光，只与离人照断肠。”

东坡与小妹、黄山谷[1]论诗。小妹云：“‘轻风细柳，淡月梅花’中要加一字作腰[2]，成五言联句。”坡云：“轻风摇细柳，淡月映梅花。”妹云：“未也。”黄曰：“轻风舞细柳，淡月隐梅花。”妹云：“犹未也。”坡云：“然则妹将何说？”云：“轻风扶细柳，淡月失梅花。”二人抚掌称善。

【注释】

1. 黄山谷：黄庭坚（1045—1105），字鲁直，号山谷道人、山谷老人。2. 腰：指的是诗句中间一字。

【译文】

苏东坡和苏小妹、黄庭坚谈论诗句，苏小妹说："'轻风细柳，淡月梅花'中间加入一个字作句腰，形成五言联句。"苏东坡说："轻风摇细柳，淡月映梅花。"妹妹说："不行。"黄庭坚说："轻风舞细柳，淡月隐梅花。"妹妹说："还是不行。"苏东坡说："那妹妹你怎么说？"苏小妹说："轻风扶细柳，淡月失梅花。"两个人都拍手叫好。

东坡与郭生游于寒溪，主簿[1]吴亮置酒，郭生善挽歌[2]，言恨无佳句，因略改乐天《寒食》诗，歌之，坐客有泣者。其词曰："乌啼鹊噪昏乔木，清明寒食谁家哭。风吹旷野纸钱飞，古墓垒垒春草绿。棠梨花映白杨路，尽是死生离别处。冥冥重泉哭不闻，萧萧暮雨人归去。"

【注释】

1. 主簿：官名，主管文书办理事务等。2. 挽歌：挽柩者所唱哀悼死者的歌。

【译文】

苏东坡与郭生到寒溪游玩，主簿吴亮摆下酒宴，郭生善于唱挽歌，说遗憾没有好句子，所以略微改了下白居易《寒食》诗，把它唱出来，在座中有哭泣的人。歌词是："乌啼鹊噪昏乔木，清明寒食谁家哭。风吹旷野纸钱飞，古墓垒垒春草绿。棠梨花映白杨路，尽是死生离别处。冥冥重泉哭不闻，萧萧暮雨人归去。"

东坡夜登燕子楼[1]，梦关盼盼，因作《永遇乐》，词云："明月如霜，好风如水，清景无限。曲港跳鱼，圆荷泻露，寂寞无人见。紞如[2]三鼓，铿然一叶，黯黯梦云惊断。夜茫茫，重寻无处，觉来小园行遍。天涯倦客，山中归路，望断故园心眼。燕子楼空，佳人何在，空锁楼中燕。古今如梦，何曾梦觉，但有旧欢新怨。异时对，黄楼夜景，为余浩叹。"后秦少游自会稽入京，见东坡，坡云："久别当作文甚胜，都下盛唱公'山抹微云'之词。"秦逊谢，坡遽云："不意别后，公却学柳七作词。"秦答曰："某虽无识，亦不至是，先生之言，无乃过乎？"坡云："'销魂当此际'，非柳词句法乎？"秦惭服。又问别作何词，秦举："小楼连苑横空，下窥绣毂雕鞍骤。"坡云："十三个字，只说得一个人骑马楼前过。"秦问先生近著，坡云："亦有一词说楼上事。"乃举'燕子楼空，佳人何在？空锁楼中燕'。晁无咎在座云："三句说尽张建封[3]燕子楼一段事，奇哉！"

【注释】

1. 燕子楼：唐代贞元年间，尚书张建封为爱妾关盼盼在宅邸所建的小楼。2. 紞如：击鼓声。紞，音dǎn。3. 张建封：张建封（735—800），字本立，邓州南阳县（今河南南阳）人。

【译文】

苏东坡在夜里登上燕子楼，梦到了关盼盼，于是写了一首《永遇乐》，词中说："明月如霜，好风如水，清景无限。曲港跳鱼，圆荷泻露，寂寞无人见。紞如三鼓，铿然一叶，黯黯梦云惊断。夜茫茫，重寻无处，觉来小园行遍。天涯倦客，山中归路，望断故园心眼。燕子楼空，佳人何在，空锁楼中燕。古今如梦，何曾梦觉，但有旧欢新怨。异时对，黄楼夜景，为余浩叹。"后来秦观从会稽到京城，拜见了苏东坡，苏东坡说："久别之后，你写文章应该越来越好，现在京城到处都在传唱你作的'山抹微云'一词。"秦观谦虚致谢后，苏东坡马上又说："没想到分别后，你居然学柳永作词。"秦观回答说："我虽然没多少见识，但也不至于去学柳永作词。先生这句话，是不是有点过了？"苏东坡说："'销魂当此际'，莫非不是柳永词的句法吗？"秦观很惭愧地表示信服。苏东坡又问秦观另外作了什么词，秦观举出"小楼连苑横空，下窥绣毂雕鞍骤"。苏东坡说："十三个字，就说了一个人骑着马从楼下过。"秦观问苏东坡近来的词作，苏东坡说："也有一首词说楼上的事。"于是举出"燕子楼空，佳人何在？空锁楼中燕"。晁无咎在座位上说："三句话就说完张建封燕子楼的那段事，真是奇妙呢！"

东坡制《蝶恋花》词云："花褪残红青杏小。燕子飞时，绿水人家绕。枝上柳绵吹又少，天涯何处无芳草。墙里秋千墙外道。墙外行人，墙里佳人笑。笑渐不闻声渐悄，多情却被无情恼。"及谪惠州，命朝云歌之，云唱至"柳绵"句，辄为掩抑[1]惆怅，如不自胜[2]，坡问之，曰："妾所不能竟者，'天涯何处无芳草'句也。"

【注释】

1. 掩抑：指心情抑郁。2. 自胜：克制自己。

【译文】

苏东坡写《蝶恋花》这首词说："花褪残红青杏小。燕子飞时，绿水人家绕。枝上柳绵吹又少，天涯何处无芳草。墙里秋千墙外道。墙外行人，墙里佳人笑。笑渐不闻声渐悄，多情却被无情恼。"等到被贬谪惠州，命令朝云来唱，朝云唱到"枝上柳绵吹又少"时，总会心情抑郁，无法控制自己，苏东坡问她原因，朝云说："我所不能唱完这首词的原因，是因为'天涯何处无芳草'这一句。"

王定国岭外归，出歌者劝东坡酒，坡作《定风波》，序云："王定国歌儿曰柔奴，姓宇文氏，眉目娟丽，善应对，家世住京师[1]。定国南迁归，余问柔：'广南风土应是不好。'柔对曰：'此心安处便是吾乡。'因为缀此词云：'常羡人间琢玉郎，天应乞与[2]点酥娘[3]。自作清歌传皓齿，风起，雪飞炎海变清凉。万里归来年愈少，微笑，笑时犹带岭梅香。试问岭南应不好，却道，此心安处是吾乡。'"

【注释】

1. 京师：指宋都城开封。2. 乞与：给予。3. 点酥娘：肤如凝脂的美女。

【译文】

王巩从岭外回来，叫出歌姬劝苏东坡喝酒，苏东坡创作了一首《定风波》，词序说："王定国的歌姬叫柔奴，姓宇文氏，眉目娟丽，善于待人接物，家本世代居住在京师。王定国从岭南贬谪归来，我问柔奴：'岭南的风土应该是不好的吧。'柔奴回答说：'此心安处便是吾乡。'因为这句话写下了这首词：'常羡人间琢玉郎，天应乞与点酥娘。自作清歌传皓齿，风起，雪飞炎海变清凉。万里归来年愈少，微笑，笑时犹带岭梅香。试问岭南应不好，却道，此心安处是吾乡。'"

苏子瞻倅杭日，府僚高会湖中，群妓毕集，有秀兰者后至。府僚怒其后至，云必有私事，秀兰含泪力辩，子瞻亦为之解，终不释然。适榴花盛开，秀兰以一枝藉手献座中，府僚愈怒，责其不恭，秀兰进退无措。子瞻乃作一曲名《贺新郎》云："乳燕飞华屋，悄无人，桐阴转午，晚凉新浴。手弄生绡[1]白团扇，扇手一时似玉。渐困倚，孤眠清熟，帘外谁来推绣户，枉教人、梦断瑶台曲。又却是，风敲竹。石榴半吐红巾蹙，待浮花浪蕊都尽，伴君幽独。秾艳一枝细看取，芳心千重似束。又恐被，秋风惊绿，若待得君来向此，花前对酒不忍触。共粉泪，两簌簌。"秀兰歌以侑觞[2]，声容绝妙，府僚大悦，剧饮而罢。

【注释】

1. 生绡：未漂煮过的丝织品，古时多用以作画。绡，音xiāo。2. 侑觞：劝酒，佐助饮兴。侑，音yòu。

【译文】

苏东坡通判杭州时，府中官员们在湖中聚会，官妓们都到齐了，有一个叫秀兰的来迟了，官员们责怪她来迟，说她一定有私事，秀兰含泪辩解，苏东坡也帮她解释，却始终不能让大家释怀。刚好石榴花盛开，秀兰折下一枝随手献给座席之中的人，官员们更加生气，责备她不恭敬，秀兰这时候茫然无措，不知如何是好。苏东坡于是作了一首名为《贺新郎》的词说："乳燕飞华屋，悄无人，桐阴转午，晚凉新浴。手弄生绡白团扇，扇手一时似玉。渐困倚，孤眠清熟，帘外谁来推绣户，枉教人、梦断瑶台曲。又却是，风敲竹。石榴半吐红巾蹙，待浮花浪蕊都尽，伴君幽独。秾艳一枝细看取，芳心千重似束。又恐被，秋风惊绿，若待得君来向此，花前对酒不忍触。共粉泪，两簌簌。"秀兰把它唱出来佐酒助兴，声音和容貌都很绝妙，官员们非常高兴，欢饮而散。

东坡春夜行蕲江中，过酒家，饮酒醉，乘月至一溪桥上，解鞍曲肱，少休，及觉已晓，乱山葱茏，疑非人世也，因自赋《西江月》云："照野弥弥[1]浅浪，横空隐隐层霄。障泥[2]未解玉骢骄，我欲醉眠芳草。可惜一溪风月，莫教踏碎琼瑶，解鞍欹枕[3]绿杨桥，杜宇一声春晓。"蕲水杨菊庐[4]比部[5]因此词于玉壶山作春晓亭子，一时名士多为赋之，亦佳话也。

【注释】

1. 弥弥：水波翻动的样子。2. 障泥：马鞯。3. 欹枕：斜倚枕头。欹，音qī。4. 杨菊庐：杨继经，生卒年不详，字传人，顺治乙未进士，官大理寺评事，著有《菊庐诗集》。5. 比部：官署名，明清对刑部及司官的习称。

【译文】

苏东坡在一个春夜行走在蕲江道中，路过酒肆，喝醉了酒，在月下来到一个小溪的桥上，解下马鞍斜枕着手臂，小憩，等到醒来后已经天亮了，此时群山郁郁葱葱，怀疑这不是人间，因此写下了《西江月》说："照野弥弥浅浪，横空隐隐层霄。障泥未解玉骢骄，我欲醉眠芳草。可惜一溪风月，莫教踏碎琼瑶，解鞍欹枕绿杨桥，杜宇一声春晓。"蕲水县的杨继经因为这首词在玉壶山修建了春晓亭，当时的名士很多都为此赋诗，也是一段佳话。

东坡守钱塘，无日不在西湖，尝携妓谒大通禅师[1]，师愠形于色，东坡作长短句，令妓歌之，曰："师唱谁家曲，宗风[2]嗣阿谁？借君拍板与门槌，我也逢场作戏，莫相疑。溪女方偷眼，山僧莫皱眉，却愁弥勒下生迟，不见阿婆三五，少年时。"时有僧仲殊[3]在苏州，闻而和之，曰："解舞《清平乐》，如今说向谁？红炉片雪上钳锤，打就金毛狮子，也堪疑。木女明开眼，泥人暗皱眉，蟠桃已是着花迟，不向春风一笑，待何时？"

【注释】

1. 大通禅师：善本禅师（？—1109），颍州（今安徽阜阳）人，宋哲宗赐号大通禅师。

2. 宗风：禅宗各派特有的风格传统。3. 僧仲殊：仲殊，生卒年不详，字师利，安州（今湖北安陆）人。

【译文】

苏东坡主政扬州时，没有一天不在西湖上，曾经带着官妓拜访大通禅师，禅师满脸怒色，苏东坡作了词，让官妓来唱，说："师唱谁家曲，宗风嗣阿谁？借君拍板与门槌，我也逢场作戏，莫相疑。溪女方偷眼，山僧莫皱眉，却愁弥勒下生迟，不见阿婆三五，少年时。"当时有僧仲殊在苏州，听到这首词并唱和道："解舞《清平乐》，如今说向谁？红炉片雪上钳锤，打就金毛狮子，也堪疑。木女明开眼，泥人暗皱眉，蟠桃已是着花迟，不向春风一笑，待何时？"

朝云者，姓王氏，钱塘名倡也，苏子瞻官钱塘，绝爱幸之，纳为侍妾，朝云初不识字，既事子瞻，遂学书，粗有楷法，又学佛，亦通大义。子瞻贬惠州，家伎多散去，独朝云依依岭外，子瞻甚怜之，赠之诗云："不似杨枝别乐天[1]，恰如通德伴伶玄[2]，阿奴络秀[3]不同老，天女维摩[4]总解禅。经卷药炉新活计，舞衫歌板旧姻缘。丹成逐我三山[5]去，不作巫阳云雨仙。"未几，朝云病且死，诵《金刚经》四句偈而绝，葬之惠州栖禅寺松林中东南，直[6]大圣塔，子瞻悼之诗云："苗而不秀岂其天，不使童乌与我玄[7]。驻景[8]恨无千岁药，赠行惟有小乘禅[9]。伤心一念偿前债，弹指三生断后缘。归卧竹根无远近，夜灯勤礼塔中仙。"又作《西江月·梅花》以寓意云："玉骨那愁瘴雾，冰姿自有仙风。海仙时遣探芳丛，倒挂绿毛么凤。素面翻嫌粉涴，洗妆不褪唇红。高情已逐晓云空，不与梨花同梦。"

【注释】

1. 杨枝别乐天：白居易家中的歌姬樊素因善唱《杨柳词》而被称为"杨柳"，后来樊素离开了白居易。2. 通德伴伶玄：晋代人刘伶玄在年老时有小妾樊通德，二人感情深厚，时人称为刘樊双修。3. 阿奴络秀：阿奴是晋代人周顗的弟弟，此处指朝云所生之子幹儿；络秀是周顗的母亲李氏，此处指朝云。4. 天女维摩：天女指天上的仙女，此处指朝云，维摩即维摩诘居士，早期佛教著名居士、在家菩萨，此处指苏东坡。5. 三山：三神山，蓬莱、方丈、瀛洲。6. 直：对着。7. 苗而不秀岂其天，不使童乌与我玄：此句说朝云所生之子幹儿，不满百天早夭。8. 驻景：延年不老。9. 小乘禅：小乘为梵语音译，此乘注重修行持戒，以求得自我解脱。

【译文】

朝云，姓王氏，杭州著名歌姬。苏东坡在杭州做官的时候，非常宠爱她，纳为自己的侍妾，朝云开始不认识字，侍奉苏东坡后，于是开始学着写字，大致掌握了一些楷书之法，又学习佛教，也懂得了一些佛法大义。苏东坡被贬到了惠州，家伎多半都走了，只有朝云依依不舍跟随苏东坡到岭外，苏东坡很心疼，赠给她一首诗说："不似杨枝别乐天，恰如通德伴伶玄。阿奴络秀不同老，天女维摩总解禅。经卷药炉新活计，舞衫歌板旧姻缘。丹成逐我三山去，不作巫阳云雨仙。”不久，朝云病重将死，诵读《金刚经》四句偈语而断气，葬在惠州栖禅寺松林中的东南边，对着大圣塔，苏东坡哀悼她的诗：“苗而不秀岂其天，不使童乌与我玄。驻景恨无千岁药，赠行惟有小乘禅。伤心一念偿前债，弹指三生断后缘。归卧竹根无远近，夜灯勤礼塔中仙。”又作《西江月·梅花》来寄托心意：“玉骨那愁瘴雾，冰姿自有仙风。海仙时遣探芳丛，倒挂绿毛么凤。素面翻嫌粉涴，洗妆不褪唇红。高情已逐晓云空，不与梨花同梦。”

东坡诗，不可指摘轻议，词源如长河大江，飘沙卷沫，枯槎束薪，兰舟绣鹢[1]，皆随流矣。珍泉幽涧，澄泽灵沼，可爱可喜，无一点尘滓[2]，只是体不似江湖。

【注释】

1. 绣鹢：船首画有鹢鸟图形的船。2. 尘滓：细小的尘灰渣滓，比喻世间烦琐的事务。

【译文】

苏东坡的诗，不可轻率议论指责，滔滔不绝的文辞好比长河大江，冲走泥沙卷起泡沫，枯树枝、木柴捆，各种小舟都随波漂流。珍贵的泉源，幽静的山涧，澄净的水泽，灵动的湖沼，可爱又可喜，没有一点尘灰渣滓，只是诗的体貌不像隐逸江湖的诗歌样子。

《曲洧旧闻》[1]云：“章质夫[2]《水龙吟》咏杨花，其命意用事，清丽可喜，东坡和之，若豪放不入律吕，徐而视之，声韵谐婉，便觉质夫词有织绣[3]工夫。”其词云：似花还似非花，也无人惜从教坠。抛家傍路，思量却是，无情有思。萦损柔肠，困酣娇眼，欲开还闭。梦随风万里，寻郎去处，又还被莺呼起。不恨此花飞尽，恨西园落红难缀。晓来雨过，遗踪何在？一池萍碎。春色三分，二分尘土，一分流水。细看来，不是杨花，点点是离人泪。

【注释】

1.《曲洧旧闻》：南宋朱弁所著笔记名，主要记录北宋君臣的事迹。2. 章质夫：章楶（1027—1102），字质夫，建宁军蒲城县（今福建蒲城）人。楶，音 jié。3. 织绣：一种美术工艺，后也指文章表面华丽绚烂，夺人眼球，但内容缺少实用性。

【译文】

《曲洧旧闻》说：“章楶《水龙吟》歌咏杨花，其中的安排立意和使用典故，清雅秀丽让人喜爱。苏东坡唱和着也作了一首《水龙吟》，好像过于豪放不合乎音律的规则，慢慢审视后，则发现苏东坡这首词声韵和谐婉转，便觉得章楶的词过于精心编织，华丽而缺少实用。”苏东坡的《水龙吟》是：似花还似非花，也无人惜从教坠。抛家傍路，思量却是，无情有思。萦损柔肠，困酣娇眼，欲开还闭。梦随风万里，寻郎去处，又还被莺呼起。不恨此花飞尽，恨西园落红难缀。晓来雨过，遗踪何在？一池萍碎。春色三分，二分尘土，一分流水。细看来，不是杨花，点点是离人泪。

东坡在惠州，尽和渊明诗，时鲁直在黔南闻之，作偈云："子瞻谪海南，时宰[1]欲杀之。饱吃惠州饭，细和渊明诗。渊明千载人，子瞻百世士。出处[2]固不同，风味亦相似。"

【注释】

1. 时宰：当朝宰相。2. 出处：出仕和退隐。

【译文】

苏东坡在惠州的时候，全部唱和完陶渊明的诗，当时黄庭坚在黔南听到了这件事，便作偈语说："子瞻谪海南，时宰欲杀之。饱吃惠州饭，细和渊明诗。渊明千载人，子瞻百世士。出处固不同，风味亦相似。"

韦苏州[1]云："落叶满空山，何处寻行迹？"坡用其韵曰："寄语庵中人，飞空本无迹。"此绝唱不当和也。《罗汉赞》[2]云："空山无人，水流花开。"此八字还许人再道否！又"明月易低人易散，归来呼酒更重看"又当其下笔风雨快，笔所未到气已吞，又"醉中不觉度千山，夜闻梅香失醉眠"。

【注释】

1. 韦苏州：韦应物（？—约791），字义博，京兆杜陵（今陕西西安）人，曾担任苏州刺史，故世称韦苏州。2.《罗汉赞》：是宋代诗人释大观所作诗词之一。

【译文】

韦应物说："落叶满空山，何处寻行迹？"苏东坡用韦应物的诗韵写说："寄语庵中人，飞空本无迹。"这句诗是绝唱了不应当再唱和了。《罗汉赞》说："空山无人，水流花开。"这八个字还允许人们再说吗！当苏东坡下笔写"明月易低人易散，归来呼酒更重看"时，如同疾风骤雨般迅速，笔力未到但是气势已先夺人，又写"醉中不觉度千山，夜闻梅香失醉眠"。

李太白《寻阳紫极宫感秋》云："何处闻秋声，翛翛[1]北窗竹。回薄万古心，揽之不盈掬。"东坡和韵云："寄卧虚寂堂，月明浸疏竹。泠然洗我心，欲饮不可掬。”大率东坡每题咏景物，于长篇中只篇首四句便能写尽，语仍快健。如庐山《开先漱玉亭》首句云：“高岩下赤日，深谷来悲风。擘开青玉峡，飞出两白龙。”《谷林堂》首句云：“深谷下窈窕，高林合扶疏。美哉新堂成，及此秋风初。”《行琼儋间》首句云：“四州[2]环一岛，百洞[3]蟠其中。我行西北隅，如渡月半弓[4]。”《藤州江下夜起对月》首句云：“江月照我心，江水洗我肝。端如径寸珠，坠此白玉盘。”又《栖贤三峡桥》诗有“清寒入山骨，草木尽坚瘦”之句。

【注释】

1. 翛翛：形容风声、雨声、树木摇动声等。翛，音 xiāo。2. 四州：指宋时海南岛所设四个军州琼州、崖州、万安州、儋州。3. 百洞：指海南岛中央的五指山，洞穴盘结，黎族百姓居住其中。4. 月半弓：指作者上岛后所行的路线，恰如弓月的形状。

【译文】

李白在《寻阳紫极宫感秋》中说：“何处闻秋声，翛翛北窗竹。回薄万古心，揽之不盈掬。”苏东坡和韵说：“寄卧虚寂堂，月明浸疏竹。泠然洗我心，欲饮不可掬。”大体来说，苏东坡每次题咏景物时，在长诗中只用篇首四句就能够写尽，语言仍旧豪放雄健。如庐山《开先漱玉亭》首句说：“高岩下赤日，深谷来悲风。擘开青玉峡，飞出两白龙。”《谷林堂》首句说：“深谷下窈窕，高林合扶疏。美哉新堂成，及此秋风初。”《行琼儋间》首句说：“四州环一岛，百洞蟠其中。我行西北隅，如渡月半弓。”《藤州江下半夜起床对着月亮》首句说：“江月照我心，江水洗我肝。端如径寸珠，坠此白玉盘。”又《栖贤三峡桥》诗有“清寒入山骨，草木尽坚瘦”的句子。

南人以饮酒为软饱，北人以昼寝为黑甜，故东坡云：“三杯软饱后，一枕黑甜余。”

【译文】

南方人称饮酒为软饱，北方人称白天睡觉是黑甜，所以苏东坡说：“三杯软饱后，一枕黑甜余。”

季父仲山[1]在扬州时，事东坡先生，闻其教人作诗曰：“熟读《毛诗·国风》与《离骚》，曲折[2]尽在是矣。”

【注释】

1. 仲山：此处指许顗的叔叔许安仁，生卒年不详，字仲山，开封府襄邑（今河南睢县）人。2. 曲折：指作诗方法。

【译文】

许安仁在扬州时，侍奉东坡先生，听他教人作诗说："熟读《毛诗·国风》和《离骚》，作诗的方法都在其中了。"

"冰肌[1]玉骨清无汗，水殿风来暗香满。帘开明月独窥人，欹枕钗横云鬓乱。起来琼户寂无声，时见疏星渡河汉[2]。屈指西风几时来，只恐流年暗中换。"世传此诗为花蕊夫人[3]作，东坡尝用此作《洞仙歌曲》，或谓东坡托花蕊以自嘲耳。

【注释】

1. 冰肌：肌肤洁白如冰雪。《庄子·逍遥游》中有"有神人居焉，肌肤若冰雪，绰约若处子"之句。2. 河汉：银河。3. 花蕊夫人：后蜀主孟昶的妃子，因貌美如花蕊，故称为花蕊夫人。

【译文】

"冰肌玉骨清无汗，水殿风来暗香满。帘开明月独窥人，欹枕钗横云鬓乱。起来琼户寂无声，时见疏星渡河汉。屈指西风几时来，只恐流年暗中换。"世人传说这首诗是花蕊夫人所作，苏东坡曾用此诗作《洞仙歌》曲，有人说这是苏东坡假托花蕊夫人来自我解嘲罢了。

有明上人[1]者，作诗甚艰，求捷法于东坡，作两颂[2]以与之，其一云："字字觅奇险，节节累枝叶。咬嚼三十年，转更无交涉。"其二云："冲口出常言，法度法前轨。人言非妙处，妙处在于是。"

【注释】

1. 上人：对僧人的敬称。2. 颂：偈颂，佛经中的歌颂词，通常以四句为一偈。

【译文】

有位法名带"明"字的僧人，写诗时感觉非常吃力，于是在东坡那里寻求作诗捷径，苏东坡写了两首偈颂拿给他，其中一首说："字字觅奇险，节节累枝叶。咬嚼三十年，转更无交涉。"第二首说："冲口出常言，法度法前轨。人言非妙处，妙处在于是。"

坡和僧守诠[1]诗云："但闻烟外钟，不见烟中寺。幽人行未归，草露湿芒屦。惟应山头月，夜夜照来去。"未尝不喜其清绝，及读诠诗云："落日寒蝉鸣，独归林下寺。松扉竟未掩，片月随行履。时闻犬吠声，更入青梦去。"幽深清远，亦自有林下[2]风味也。

【注释】

1. 守诠：一作惠诠，生平事迹不详，居杭州梵天寺，与苏东坡有交往。2. 林下：退隐之地，指寺院。

【译文】

苏东坡唱和僧人守诠诗说："但闻烟外钟，不见烟中寺。幽人行未归，草露湿芒屦。惟应山头月，夜夜照来去。"未尝不喜欢此诗的美妙至极，当读到守诠的诗说："落日寒蝉鸣，独归林下寺。松扉竟未掩，片月随行履。时闻犬吠声，更入青萝去。"幽深清远，也自然有来自寺院的风雅之味。

黄州东南三十里为沙湖，亦曰螺蛳店，余将买田其间，因往相田得疾，闻麻桥人庞安常[1]善医而聋，遂往求疗，安常虽聋，而颖悟绝人，以纸画字，书不数字，辄深了人意。余戏之曰："余以手为口，君以眼为耳，皆一时异人也。"疾愈，与之同游清泉寺，寺在蕲水郭门外二里许，有王逸少[2]洗笔泉，水极甘，下临兰溪，溪水西流，余作歌云："山下兰芽短浸溪，松间沙路净无泥，萧萧暮雨子规啼。谁道人生无再少？君看流水尚能西！休将白发唱黄鸡。"是日极饮而归。

【注释】

1. 庞安常：庞安时（1042—1099），字安常，宋代名医，蕲水（今湖北浠水）人。2. 王逸少：王羲之（303—361），字逸少，琅琊临沂（今山东临沂）人。

【译文】

黄州东南三十里是沙湖镇，又叫螺蛳店，我将在那里买几亩田，因为去看田地好坏而得了病，听说有个麻桥人庞安常医术高明但耳朵聋，就去他那里请他看病，庞安常虽然耳朵聋，但是聪明领悟超过一般人，病人在纸上写字拿给他看，写不了几个字，他就深懂得别人的意思。我和他开玩笑说："我用手当嘴巴，你用眼当耳朵，我们两个都是当代的怪人。"病好之后，和他一同游览清泉寺，寺在蕲水县城外两里多路，那里有王羲之的洗笔泉，水很甘美，下面靠着兰溪，溪水往西流，我作了一首歌说："山下兰芽短浸溪，松间沙路净无泥，萧萧暮雨子规啼。谁道人生无再少？君看流水尚能西！休将白发唱黄鸡。"这一天，痛饮后回去。

或曰："东坡诗始学刘梦得[1]，不识此论诚然乎哉？"予[2]应之曰："予建中靖国[3]间在参寥座，见宗子[4]士暕[5]以此问参寥，参寥曰：'此陈无己[6]之论也。东坡天才，无施不可，而少也实嗜梦得诗，故造词遣言，峻峙渊深，时有梦得波峭[7]。然无己此论，施于黄州已前可也，东坡自元丰末还朝后，出入李杜，则梦得已有奔逸绝尘之叹矣。无己近来得渡岭越海篇章，行吟坐咏不绝舌吻，尝云："此老深入少陵堂奥，他人何可及。"其心悦诚服如此，则岂复守昔日之论乎。'予闻参寥此说三十余年矣，不因吾子，无由发也。"

【注释】

1. 刘梦得：刘禹锡（772—842），字梦得，河南洛阳人。2. 予：指《曲洧旧闻》作者朱弁（1085—1144），字少章，徽州婺源（今江西婺源）人。3. 建中靖国：（1101）宋徽宗赵佶的年号。4. 宗子：皇族子弟。5. 士暕：赵暕，字明发，宋宗室，汉王赵元佐玄孙。元符元年（1098），试宗室艺业，赐进士出身。暕，音 jiǎn。6. 陈无己：陈师道（1053—1102），字履常，一字无己，号后山居士，徐州彭城（今江苏徐州）人。7. 波峭：指文章风致。

【译文】

有人说："苏东坡的诗开始是学刘禹锡，不知道这个评论真的是这样吗？"我回答说："我在建中靖国年间在参寥和尚那里，看见赵士暕拿此话问参寥，参寥说：'这是陈师道的观点，苏东坡是天才，写什么样的诗歌都可以，但是苏东坡少年时也确实嗜好刘禹锡的诗，所以遣词造句，选择语言，如同高山一样屹立，如同深渊一样幽深，时不时体现出刘禹锡诗的变化特点。然而陈师道这个观点，评论苏东坡在黄州之前的诗歌是正确的，苏东坡自从元丰末回到朝廷后，他的诗歌已经与李白、杜甫差不多了，刘禹锡对此已经望尘莫及，远远比不上苏东坡了。陈师道近年来得到了苏东坡在贬谪途中的诗歌篇章，他走着吟诵，坐着也吟诵，离不开嘴边，曾说："苏东坡这个人已经学习到了杜甫精髓，其他人怎么赶得上。"心悦诚服到如此地步，那么怎么能又固守过去的观点。'我听说参寥这个说法已经有三十多年了，若不是因为你的原因，也没有契机说出来。

东坡曰："平畴[1]交远风，良苗亦怀新。"非耦耕[2]植杖[3]者，不能道此语，非老农不能识此语。

【注释】

1. 平畴：平坦的田地。2. 耦耕：二人并耕，指务农。3. 植杖：亦指务农。

【译文】

苏东坡说："平畴交远风，良苗亦怀新。"不是务农的人，则不能说出这句话，不是老农民，则不能识破这句话。

《书渊明乞食诗后》："渊明得一食，至欲以冥谢[1]主人，此大类丐者口颊[2]也。哀哉！哀哉！非独余哀之，举世莫不哀之也。饥寒常在身前，声名常在身后，二者不相待，此士之所以穷也。”

【注释】

1. 冥谢：暗地感谢。2. 口颊：嘴附近部位，借指言语。

【译文】

苏东坡在《书渊明乞食诗后》写道：“陶渊明得到别人一顿食物，就非常想以诗歌形式暗地里感谢别人，这一点很像乞丐讨饭的言语。悲哀啊！悲哀啊！并不单单只有我为陶渊明感到悲哀，举世之人没有不悲哀他的。饥寒常存在生前，名声常形成于死后，两件事情往往不等人，这也是士人穷困潦倒的原因啊。”

书 画

东坡一日得粗纸一幅，题云："此纸甚恶，止可镵钱[1]饷鬼而已。余作字其上，后世当有锦囊玉轴什袭[2]之宠，物之遇[3]不遇盖如此。"诸集中皆无书此一段者，间识之，以补东坡遗事。

【注释】

1. 镵钱：镵，凿制纸钱。镵，chán。2. 什袭：把物品一层一层地包裹起来。3. 遇：见赏，被赏识。

【译文】

苏东坡有一天得到了一幅粗纸，在上面题写道："这个纸质量太差，只可以用来制作纸钱供给鬼神罢了。我在它上面写字，它在后世必定会有丝锦装饰，玉石当轴，层层包裹珍藏的恩宠。外物被赏识与不被赏识大概就是这样。"诸多文集中没有记述这段文字的，偶尔记下这件事，来填补苏东坡遗留事迹。

东坡云："刘十五贡父[1]论李十八公择[2]草书，谓之'鹦哥娇'，意谓鹦鹉能言，不过数句，大率杂以鸟语。十八其后稍进，以书问仆：'近日书如何？'仆答之：'可作秦吉[3]了矣。'然仆此书自有'公在乾侯[4]'之态也。"

【注释】

1. 刘十五贡父：刘攽，字贡父，家族排辈第十五。2. 李十八公择：李常，字公择，家族排辈第十八。3. 秦吉：鸟名，也称了哥、吉了，因产秦地故名。4. 乾侯：春秋时期晋国的城邑，在今河北省成安县东南。

【译文】

苏东坡说："刘攽评论李常草书作品，说是'鹦哥娇'，意思是说鹦鹉可以说人话，不超过几句话，大致上都掺杂着鸟语。李常后来书法稍微长进，写信问我：'最近写得如何？'我回答他说：'可以叫"秦吉"了。'但是我这封回信的书法也有'鲁昭公在乾侯'的样子了。"

黄山谷《跋东坡水陆赞》曰："东坡此书圆劲成就，所谓'怒猊[1]抉[2]石，渴骥奔泉'恐不在会稽之笔而在东坡之手矣，此数十行又兼《董孝子碣》《禹庙诗》之妙处。士大夫多讥东坡用笔不合古法，彼盖不知古法从何出耳。杜周云：'三尺安出哉？前王所是以为律，后王所是以为令。'予尝以此论书而东坡绝倒也。往时柳子厚、刘禹锡讥评韩退之《平淮西碑》，当时道听途说者亦多以为然。今日观之，果何如耶？或云：'坡作"戈"多成病笔，又腕著而笔卧，故左秀而右枯。'此又见其管中窥豹，不识大体，殊不知西施捧心而颦，虽其病处乃自成妍。今人未解爱敬此书，远付百年，公论自出，但恨封德彝[3]辈无如[4]许寿[5]及见之耳。予书虽不工，而喜论书，虽不能如经生[6]辈左规右矩，形容王氏[7]，独得其意味，旷百世而与之友，故作决定论耳。"

【注释】

1. 怒猊：愤怒的狮子，形容笔势遒劲。2. 抉：刨抉。3. 封德彝：封德彝（568—627），本名封伦，字德彝，渤海蓨县（今河北景县）人，唐朝宰相。4. 无如：哪里想到。5. 许寿：长寿，活很多年。6. 经生：刻板印书盛行之前，书籍的流传多依赖于抄写，那些以抄书为业的人被称为经生。7. 王氏：王羲之。

【译文】

黄庭坚在《跋东坡水陆赞》中说："苏东坡这篇书法圆润遒劲，风貌完整，所说的'愤怒的狮子刨抉石头，口渴的骏马奔向泉源'这样的文字形态恐怕不在于王羲之的笔下而在苏东坡的手里了，这几十行字又有《董孝子碣》《禹庙诗》的妙处。士大夫们很多都在讥讽苏东坡用笔方法不合乎古时的法则，他们大概也不知道古时法则是从哪里出来的吧，杜周说：'法律是从哪里出来的呢？前代帝王所认可的就是律，后代帝王所认可的是令。'我曾经用这句话来点评书法而苏东坡大笑不已。以前柳宗元、刘禹锡讥讽批评韩愈的《平淮西碑》，当时道听途说的人很多都认为这个讥讽是对的。今天再来看这件事，果然是这样吗？有的人说：'苏东坡写"戈"字的时候大都是错误的用笔，同时手腕挨着桌子且笔是斜卧的，所以此字左边秀丽而右边干瘪。'这又可以看出他们管中窥豹，未见全貌，殊不知西施捧心皱眉，虽然是她生病的样子，但自然又生成了另一种美丽。现在的人不明白喜爱苏东坡的书法，向后付诸百年时间，公允的观点自然会出现，只是遗憾封德彝等人并不能活很久来看到这种观点。我的书法虽然不精工，但是喜欢点评书法，即使比不上那些抄书匠左手拿着规右手拿着矩，仔细临摹王羲之的书法的样子，但我能独得王羲之书法的意味，跨越百年时间而与之交友，所以能做出结论。"

山谷又评东坡帖曰："学问文章之气，郁郁葱葱，散于笔墨之间，此所以他人终莫能及。"

【译文】

黄庭坚再一次评论苏东坡的书帖说："学问文章的气韵，旺盛美好，生机蓬勃，散落在书法文字间，这就是其他人永远都比不上的原因。"

东坡尝自云："吾酒后乘兴作数十字，觉气拂拂[1]从十指中出也。"

【注释】

1. 拂拂：风轻微吹动的样子。

【译文】

苏东坡曾经自言："我酒后乘兴写了几十个字，感觉文气拂拂从十指中间流出来。"

先生翰墨之妙，既经崇宁、大观[1]焚毁之余，人间所藏盖一二数也。至宣和[2]间，内府复加搜访，一纸定值万钱，而梁师成[3]以三百千[4]取"英州石桥铭"，谭稹五万钱掇沈元弼[5]"月林堂"榜名三字，至幽人释子所藏纸皆为利诱，尽归诸贵，近并输积天上矣。

【注释】

1. 崇宁、大观：宋徽宗年号，崇宁（1102—1106），大观（1107—1110）。2. 宣和：宋徽宗年号（1119—1125）。3. 梁师成（？—1126），字守道，北宋末年奸臣。4. 千：一千钱为一贯。5. 沈元弼：北宋末年宦官。

【译文】

苏东坡书画非常精妙，经历崇宁年间、大观年间的毁禁之后所剩下的，人间所珍藏的大概只有十分之一二了。到了宣和年间，皇宫内府再一次搜寻探访，一张苏东坡的字画就可以价值万钱，梁师成用三百贯钱收取"英州石桥铭"这几个字，谭稹用五万钱拿到了沈元弼"月林堂"榜名三个字，至于那些隐士、僧徒所收藏的作品都被钱财引诱，尽都归于各权贵手中，近年来一同输送堆积到皇宫大内里了。

黄山谷云："苏翰林用宣城[1]诸葛齐锋笔作字，疏疏密密，随意缓急而字间妍媚[2]百出，古来以文章名重天下，例不工书，所以子瞻翰墨尤为世人所重，今日市人持之以得善价，百余年后，想见其风流余韵，当万金购藏耳。庐州李伯时近作子瞻按藤枝坐盘石，极似其醉时意态，此纸妙天下，可乞伯时作一子瞻像，吾辈会聚时，开置席上，如见其人，亦一佳事也。”

【注释】

1. 宣城：今安徽省宣城市。2. 妍媚：美丽可爱。

【译文】

黄庭坚说：“苏东坡用宣城诸葛齐锋笔写字，有疏有密，跟随心意的缓急变化书写而字体之间美丽尽出，自古以来凭借文章闻名天下的人，照例来说，都不擅长书法，所以苏东坡的书法尤其被世人看重，现在市面上的人保有苏东坡作品以求一个好卖价，一百多年之后，若再想见苏东坡书法的风流韵味，必当用万金购买收藏。庐州的李伯时最近画了一幅苏东坡按藤枝坐盘石的画，特别像苏东坡喝醉后的那种神韵状态，这幅画称妙天下，可以请求李伯时画一幅苏东坡的画像，我们几人聚会时，打开画作放在席中，如同见到苏东坡本人，也是一件好事啊。”

元祐末张友正[1]知雍丘县[2]，东坡自扬州召还，乃具饭邀之，既至，则设以长案，以各精笔、佳墨、纸三百列其上，而置馔其旁，东坡见之，大笑就坐，每酒一行，即伸纸作字，以二小吏磨墨，几不能供。薄暮酒行既终，纸亦尽，东坡自以为平日书莫及也。

【注释】

1. 张友正：生卒年不详，字义祖，阴城（今湖北老河口）人。2. 雍丘县：今河南省杞县。

【译文】

元祐末年，张友正主政雍丘县，苏东坡从扬州被朝廷征召回去，张友正于是设宴邀请他，苏东坡到了以后，张友正就将长桌摆上，把各种好笔、好墨、纸张三百张罗列在上面，而将饭食放在旁边，苏东坡看见以后，大笑入座，每喝一巡酒，就展开纸张写字，让两个小吏磨墨，差点供不上苏东坡写字的需求。傍晚酒席结束，纸张也用尽了，苏东坡自认为这些作品是平日里写的那些比不上的。

黄山谷《与王立之[1]柬》有云：“来日恐子瞻来，可备少纸，于清凉处设几案，陈之如张武笔[2]，其所好也。”

【注释】

1. 王立之：王直方（1069—1109），字立之，汴京（今河南开封）人。2. 张武笔：毛笔名。

【译文】

黄庭坚在《与王立之柬》中写道："过几天恐怕苏东坡要来，可以备下几张纸，在清爽凉快的地方放置案几，把张武笔之类的精美文具一一摆出来，这是他的爱好。"

东坡尝与山谷论书，东坡曰："鲁直近字虽清劲，而势有时太瘦[1]，几如树梢挂蛇。"山谷曰："公之字固不敢轻议，然间觉褊浅[2]，亦甚似石压虾蟆。"二公大笑，以为深中其病。

【注释】

1. 瘦：笔画细而有力。2. 褊浅：狭窄浅薄。

【译文】

苏东坡曾经和黄庭坚一起讨论书法，苏东坡说："鲁直最近书法清秀刚劲，但笔势有时候过于细瘦，差不多就像树梢上挂着蛇一样。"黄庭坚说："您的字固然不敢随便议论，但是有时候会觉得又扁又薄，也特别像大石头压着虾蟆。"二人大笑，认为都深刻揭示了对方书法的毛病。

东坡云："真书[1]难于飘扬，草书难于严重[2]，大字难于结密而无间，小字难于宽绰而有余。"

【注释】

1. 真书：楷书。2. 严重：指书体端正浑厚。严重，即庄重，东汉明帝名字叫刘庄，后人避讳，多改"庄"为"严"。

【译文】

苏东坡说："楷书难写在要字体飘逸扬起，草书难写在要字体端正浑厚，大字难写在要结合紧密且没有太大间隔，小字难写在要空间宽阔且留有余地。"

东坡《文与可飞白赞》云："始见与可诗文及行草篆隶，以为止此矣，既殁一年，而复见其飞白，美哉多乎，其尽万物之态也，霏霏[1]乎其若轻云之蔽月，翻翻[2]乎其若长风之卷旗也，猗猗[3]乎其若游丝之萦柳絮，袅袅[4]乎其若流水之舞荇带也，离离[5]乎其远而相属，缩缩[6]乎其近而不隘也，其工若此，而余乃今知之，则余之知与可者固无几，而其所不知者，盖不可胜计也。"

【注释】

1. 霏霏：雪纷飞的样子。2. 翻翻：飘扬摇曳貌。3. 猗猗：细长柔美的样子。4. 袅袅：柔软轻曳的样子。5. 离离：分散貌。6. 缩缩：紧凑貌。

【译文】

苏东坡《文与可飞白赞》说："最初见到文与可的诗文以及行书、草书、篆书、隶书，我以为就是这些了，文与可死后一年，然而又看见他的飞白书，真的很美啊，书法描尽万物的样貌，纷飞的样子像薄云遮蔽月亮，飘逸摇曳的样子像长风吹动卷起旗子一样，细长柔美像游动丝条般的柳絮萦萦绕绕，柔软轻曳的样子像流水舞动荇带，分散的字体之间又彼此相互连接，紧凑的字体之间又不显得空间狭隘，文与可的笔法精妙到这种地步，我直到今天才知道，我了解文与可的地方本来就没有多少，然而文与可身上我不了解的地方，大概不可胜数啊。"

东坡《跋文与可论草书后》云："余学草书凡十年，终未得古人用笔相传之法，后因见道上斗蛇，遂得其妙，乃知颠[1]、素之各有所悟，然后至于此耳。留意于物，往往成趣，昔人有好章草，夜梦则见蛟蛇纠结。数年，或昼日见之，草书则工矣，而所见亦可患。与可之所见，岂真蛇耶？抑草书之精也？予平生好与与可剧谈[2]大噱，此语恨不令与可闻之，令其捧腹绝倒也。"

【注释】

1. 颠：指张旭，张旭擅长草书，喜欢饮酒，世称张颠，与怀素并称"颠张醉素"。2. 剧谈：畅谈。

【译文】

苏东坡在《跋文与可论草书后》中说："我学习草书总共十年，终究没有学得古人流传的用笔方法，后来因为看见路道上两蛇相斗，于是得到其中的妙处，才知道张旭、怀素各自有所悟道，然后到了草书成就非凡的地步。留心于外物，往往会形成趣味。以前有人喜爱章草，晚上做梦，梦见蛟蛇纠缠在一起，数年过后，有时候白天就可以看见，草书就写精妙了，但是所看见的东西也让人害怕。文与可看见的东西，难道是真蛇吗？也许是草书精魄？我平生喜欢和文与可在一起畅谈大笑，这句话很遗憾不能再让文与可听见，让他捧着肚子哈哈大笑。"

作字要手熟，则神气完实而有余韵，于静中自是一乐事，然常患少暇，岂于其所乐常不足耶？自苏子美[1]死，遂觉笔法中绝。近蔡君谟[2]独步当世，往往谦让，不肯主盟，往年，予尝戏谓君谟言，学书如溯急流，用尽气力，船不离旧处，君谟颇诺，以谓能取譬。今思此语已四十余年，竟如何哉？

【注释】

1. 苏子美：苏舜钦（1008—1048），字子美，梓州铜山县（今四川中江）人。2. 蔡君谟：蔡襄（1012—1067），字君谟，兴化仙游（今福建省仙游）人。

【译文】

写字时手要熟练，则心神气就会完整充实且有余韵，在安静中自然是一件乐事，然而经常担心空暇的时间很少，难道对于自己喜爱的事常常会有所不足吗？自从苏舜钦死后，便感觉书法的用笔之法已中途断绝。近来蔡襄独步天下，常常谦虚推让，不肯主持书坛。以前，我曾开玩笑地对蔡襄说，学习书法好比逆着急流前进，用尽全身力气，船仍然没离开原地，蔡襄很认可这句话，认为可以用此打比方。今天想起这句话已经四十多年了，最终如何呢？

《书黄泥坂词后》："余在黄州，大醉中作此词，小儿辈藏去稿，醒后不复见也。前夜与黄鲁直、张文潜、晁无咎夜坐，三客翻倒几案，搜索箧笥，偶得之，字半不可读，以意寻究，乃得其全，文潜喜甚，手录一本遗余，持元本去。明日得王晋卿书，云：'吾日夕购子书不厌，近又以三缣博两纸。子有近书，当稍以遗我，毋多费我绢也。'乃用澄心堂纸[1]、李承晏[2]墨书此遗之。"

【注释】

1. 澄心堂纸：澄心堂是南唐皇宫藏书处，此处精制出来的纸张，即澄心堂纸。2. 李承晏：南唐宫廷墨师李廷珪之侄，以善制墨闻名。

【译文】

苏东坡在《书黄泥坂词后》写道：我在黄州的时候，酩酊大醉时写下这首词，儿孙们藏去底稿，我醒后不再看见它。前天夜里和黄庭坚、张文潜、晁无咎夜里谈话，三个人翻倒了桌案桌几，搜索完箱子筐子，刚好找到了，字有一半不可认读了，按照文意追寻，最终还原出全篇。张文潜非常开心，手抄了一本留给我，自己却拿着原本离开了。第二天得到王晋卿的信，信中说：'我成天购买你的书法作品永远不满足，最近又用三匹绢换得两幅书法作品。你近来有书法作品的话，一定要稍微留给我一些，不要再多花费我的绢了。'我于是用澄心堂纸和李承晏的墨写下这篇文章送给他。

子瞻一日在学士院闲坐，忽命左右取纸笔，写"平畴交远风，良苗亦怀新"两句，大书、小楷、行、草，凡写七八纸，掷笔太息[1]曰："好！好！"散其纸于左右给事[2]者。

【注释】

1. 太息：长声叹气。2. 左右给事：左右给事官。

【译文】

苏东坡一天在学士院闲坐，忽然命令左右侍从取来纸和笔，写了“平畴交远风，良苗亦怀新”两句诗，用大字、小楷、行书、草书几种字体，总共写了七八张纸，丢下笔叹息说：“好啊！好啊！”把写好的字分散给左右两旁的给事官。

东坡云：“遇天色明暖，笔砚和畅，便宜作草书数纸，非独以适吾意，亦使百年之后，与我同病者有以发之也。张长史[1]、怀素[2]得草书三昧，圣宋文物之盛，未有以嗣[3]之，惟蔡君谟颇有法度，然而未放心，止与东坡相上下耳。”

【注释】

1. 张长史：张旭（约685—759），字伯高，苏州吴县（今江苏苏州）人，曾先后任左率府长史、金吾长史，因而被世人称为张长史。2. 怀素：怀素（737—799），字藏真，僧名怀素，俗姓钱，永州零陵（湖南零陵）人。3. 嗣：继承。

【译文】

苏东坡说：“逢天色明亮暖和，笔墨砚台让我舒心，便适合写几张草书，并不单单满足我的心意，也让百年之后，与我有同样癖好的人有理由这样做。张旭、怀素得到了草书的奥秘，大宋礼乐文明发达繁荣，却没有把这些草书艺术继承下来，只有蔡襄的草书有法度，但还是没有做到完全放纵心胸，只是与我水平差不多罢了。”

东坡居士极不惜书，然不可乞，有乞书者，正色责之，或终不与一字。元祐中锁试[1]礼部，每来见过案上纸，不择精粗，书遍乃已。性喜酒，然不能四五龠[2]已烂醉，不辞谢而就卧，鼻鼾如雷，少焉[3]，苏醒落笔如风雨，虽谑弄皆有义味，真神仙中人。

【注释】

1. 锁试：此处指锁院，按照宋朝制度，科举考试前数日，考官进入贡院，关闭院门后，进行拟题、收领试纸等考务工作，直到考试结束，成绩公布后，考官才得出院。在此期间，考官在院内住宿，不得与外界有所联系。2. 龠：古代容量单位，一龠等于五十毫升。龠，音yuè。3. 少焉：没过一会儿。

【译文】

苏东坡平时极不吝啬自己的书法，然而不能向他求要，凡是求要书法的人，他都会严肃斥责，有时最终也不给一个字。元祐年间他在礼部锁院期间，每次见到桌上有纸，他也不挑好坏，把纸全部写完才停下来。苏东坡天性好酒，然而饮不完四五龠便已烂醉，在宴会上，不做告别就地而睡，鼾声如雷。过了一会儿，醒后下笔如风雨般急速，即使是戏谑之类的言语也都有意味，真是神仙中人啊！

东坡书随大小、真、行，皆有妩媚可喜处，今俗子喜讥评东坡，彼盖用翰林侍书[1]之绳量尺度[2]，是岂知法之意哉！

【注释】

1. 翰林侍书：侍奉皇帝、掌管文书的官员，翰林院属官。2. 绳量尺度：标准。

【译文】

苏东坡的书法，随便大字、小字、楷书、行书，都有美丽可喜的地方，现在一些俗人喜欢讥议评论苏东坡的书法，他们大概用的是翰林侍书的书法标准，这些怎么可能会知道书法的真意！

东坡先生书，浙东西士大夫无不规摹，颇有用意精到，得其仿佛，至于老重下笔，沉着痛快，似颜鲁公[1]、李北海[2]处，遂无一笔可寻。丹阳高述、齐安潘岐其人皆文艺，故其风声气俗见于笔墨间，造作语言，想象其人，时作东坡简笔，或能乱真，遇至鉴则亦败矣。不深知东坡笔，用余言[3]求之，思过半矣[4]。东坡书，彭城以前尤可伪，至黄州后，掣笔极有力，可望而知真赝也。

【注释】

1. 颜鲁公：颜真卿（709—784），唐代宗时获封鲁郡公，故人称颜鲁公。2. 李北海：李邕（678—747），字泰和，鄂州江夏（今湖北武汉）人，曾任北海太守，故人称李北海。3. 余言：其他的话，别的话。4. 思过半矣：指已领悟大半。

【译文】

苏东坡的书法，浙东浙西的士大夫们没有不临摹的，有时临摹用意精准独到，能得到苏东坡书法的类似外形，但至于苏东坡书法中老练庄重的运笔，稳健深沉，流利畅快，像颜真卿、李北海的地方，便没有任何一个临摹的作品可以达到。丹阳的高述、齐安的潘岐都有文艺，所以风采、声貌、气度、习惯都显现在笔墨之间，伪造书法言语，设想着苏东坡的样子来，有时候仿作苏东坡的书简文字，有的能以假乱真，但遇到精准的鉴别就会败露了。不深知苏东坡的书法用笔，用其他人的话来寻求这一点，也只能领悟苏东坡书法的大半。苏东坡的书法，在徐州时期以前的还可以伪造，等到黄州时期以后，用笔已极其有力，可以看一看便知道真假了。

东坡少日学《兰亭》，故其书姿媚似徐季海[1]，至酒酣放浪，意忘工拙，字特瘦劲似柳诚悬[2]，中岁喜学颜鲁公、杨风子[3]书，其合处不减李北海。至于笔圆而韵胜，挟以文章妙天下，忠义贯日月之气，本朝善书自当推为第一，数百年后，必有知余此论者。

【注释】

1. 徐季海：徐浩（703—783），字季海，越州（今浙江绍兴）人。2. 柳诚悬：柳公权（778—865），字诚悬，京兆华原（今陕西铜川）人。3. 杨风子：杨凝式（873—954），字景度，华州华阴县（今陕西华阴）人，因性情狂诞，有“杨风子”之号。

【译文】

苏东坡小时候学习《兰亭》，所以苏东坡的书法美丽的地方像徐浩，等到喝醉酒放浪形骸的时候，便忘记了字的工拙，字体尤其细瘦遒劲像柳公权，中年的时候喜欢学颜真卿、杨凝式的书法，融汇之处不低于李北海，用笔圆润而富有气韵，再加以苏东坡文章称妙天下，忠诚节义贯穿日月之气，在大宋朝，擅长书法的人物里面应当是第一名，几百年以后，一定有知道我这个结论的人。

东坡《与子由论书》云：“吾虽不善书，晓书莫如我。苟能通其意，常谓不学可。”故其子叔党跋公书云：“吾先君岂以书自名哉？特以其至大至刚之气，发于胸中而应之以手，故不见其刻画妩媚之态，而端乎章甫[1]，若有不可犯之色。少年喜二王[2]书，晚乃喜颜平原[3]，故时有二家风气，俗手不知，妄谓学徐浩，陋矣。”

【注释】

1. 端乎章甫：即端章甫，穿着礼服戴着礼帽。2. 二王：王羲之和王献之。3. 颜平原：颜真卿，曾被贬为平原太守，故世称颜平原。

【译文】

苏东坡在《与子由论书》中说：“我虽然不擅长书法，但知晓书法的人没有比得上我的，假使明白了书法的真谛，我常说不学习书法也可以。”所以他儿子苏过在给苏东坡的题跋中说：“家父难道凭借书法闻名的吗？只是把他极大极刚的气韵，从胸中涌出喷发而应用于手，因此不会见到家父刻意书写字体妩媚的形态，转而让字体穿着礼服戴着礼帽，好像有种不可以冒犯的神色。少年时期喜爱王羲之与王献之的书法，晚年又喜欢颜真卿，所以书法中常有二王和颜真卿的习气，庸俗之人不知道，胡乱说家父学的是徐浩，见识浅薄啊。”

君厚[1]画苑，处不充箧笥[2]，出不汗牛马。明窗净几，有坐卧之安，高堂素壁，无舒卷之劳，而人物禽鱼之变态，山川草木之奇姿，粲然陈前，亦好事者之一适也。

【注释】

1. 君厚：石康伯，生卒年不详，字幼安，眉山人。2. 箧笥：藏物的竹箱和竹笼。箧笥，音qiè sì。

【译文】

石康伯的画院，安居的时候没有太多储物的竹箱子充斥其中，外出时也没有太多的东西让牛马流汗。明亮窗户，干净的桌几，自有一种坐卧其间的安逸，高大的厅堂，素净的墙壁，没有舒展和蜷缩的疲劳，但是人像、众物，飞禽、游鱼的变化之态，山川草木的瑰丽姿势，一一清晰地展现在眼前，也是爱画之人的一种满足。

子瞻作枯木，枝干虬屈无端，石皴硬，亦怪怪奇奇无端，如其胸中盘郁[1]也。作墨竹，从地一直起至顶，余问："何不逐节分？"曰："竹生时何尝逐节生耶？"又作寒林，尝以书告王定国曰："予近画得寒林，已入神品。"虽然，先生平日胸臆宏放如此，而晋陵胡世将[2]家收所画《蟹》，琐屑毛介，曲畏[3]芒缕[4]，无不备具。先生又自题郭祥正[5]壁云："枯肠得酒芒角出，肝肺槎牙生竹石。森然欲作不可回，写向君家雪色壁。"则知先生平日非乘酣以发真兴则不为也。

【注释】

1. 盘郁：曲折幽深的样子。2. 胡世将：胡世将（1085—1142），字承公，常州晋陵县（今江苏武进）人。3. 曲畏：即曲隈，曲折隐蔽的地方。4. 芒缕：纤细的线条。5. 郭祥正：郭祥正（1035—1113），字功父，当涂（今安徽当涂）人。

【译文】

苏东坡画枯朽林木，枝干像虬龙一样弯曲，没有端点，石头的皴法极硬，也奇奇怪怪没有端点，像他内心情思盘桓郁结一样。画墨竹，从地面开始一直画到顶部，我问道："为什么不一节一节地画呢？"苏东坡回答："竹子生长的时候何曾是一节一节地生长呢？"又画寒林，曾经写信告诉王巩说："我近来画了一幅寒林，已然算是神品。"苏东坡平日气度豪迈奔放虽然到了这个地步，但是兰陵县的胡世将家里面收藏了一幅苏东坡的画《蟹》，细小的螃蟹壳，曲折隐蔽的地方以及纤细的线条，没有不画出来的。苏东坡又亲自在郭祥正家壁上题字说："枯肠得酒芒角出，肝肺槎牙生竹石。森然欲作不可回，写向君家雪色壁。"就知道苏东坡平日里若不是乘着酣醉来抒发真性情则是不会画画的。

子瞻归自道场山[1]，遇大风雨，因憩耘老溪亭，命官奴秉烛捧研，写风雨竹一枝，题云："更将掀舞势，把烛画风筱。美人为破颜，恰似腰肢袅。"

【注释】

1. 道场山：位于今浙江省湖州市。

【译文】

苏东坡从道场山回来，遇到大风大雨，因此在耘老溪亭休息，命令侍从举着蜡烛捧着砚台，画了一枝风雨中的竹子，并题款说："更将掀舞势，把烛画风筱。美人为破颜，恰似腰肢袅。"

文与可画竹，是竹之左氏也；子瞻却类庄子，又有息斋李衎[1]者，亦以竹名。所谓东坡之竹，妙而不真；息斋之竹，真而不妙者是也；梅道人[2]始究极其变，流传既久，真赝错杂。

【注释】

1. 李衎：李衎（1245—1320），字仲宾，号息斋道人，蓟丘（今北京）人。衎，音kàn。2. 梅道人：吴镇（1280—1354），字仲圭，号梅花道人，浙江嘉兴人。

【译文】

文与可画的竹子，就是竹子中的左丘明；苏东坡画的竹子却像庄子，又有叫息斋道人李衎的人，也因为画竹子出名。所说的苏东坡的竹子，精妙却不写真；李衎的竹子，则是写真却不精妙；吴镇画的竹子始能穷尽竹子的变化，只是他的画流传已经很久了，真品和赝品交错混杂。

东坡谪惠州，道经南安[1]，于一寺壁间作丛竹丑石。后韩平原[2]当国，劄下本军取之，守臣亲监临，以纸糊壁，全堵脱而龛之以献。平原大喜，置之阅古堂中。平原败，籍其家，壁入秘书省著作庭。辛卯之火，焚右文殿道山堂，而此庭无恙。

【注释】

1. 南安：今福建南安县。2. 韩平原：韩侂胄（1152—1207），字节夫，相州安阳（今河南安阳）人，南宋权臣，曾被封为平原郡王，故世称韩平原。

【译文】

苏东坡贬往惠州，途中经过南安，在一个寺庙的墙壁中画了一幅丛竹丑石图。后来韩侂胄主持国政，发公文到南安来索取这幅画，当地的官员亲自监督，用纸糊住墙壁，整面墙都扒下来，然后装在柜子里献给韩侂胄，韩侂胄很高兴，把它放在阅古堂中。韩侂胄失势以后，朝廷将韩侂胄抄家，这面墙壁又被收进了秘书省著作庭。辛卯年的大火，烧毁了右文殿道山堂，但是著作庭却没事。

坡归，至常州报恩寺，僧堂新成，题其壁殆遍，后党祸作，遗迹所在搜毁，寺僧以厚纸糊壁，涂之以漆，字赖以全，至绍兴中，诏求苏黄墨迹，时僧死久矣，一老头陀[1]知之，以告郡守，除去漆纸，字画宛然，临本以进，高宗大喜，老头陀遂蒙恩度僧牒[2]。

【注释】

1. 头陀：游方乞食的僧人。2. 度僧牒：获得国家颁发的度牒，明确了出家人身份，可以获得政府保障，还可以免除地税徭役。

【译文】

苏东坡从岭南回来后，到常州的报恩寺，报恩寺的僧堂刚刚建成，苏东坡题写墙壁，几乎把寺院的墙壁都写完了，后来党祸兴起，有苏东坡文字遗迹的地方都把苏东坡的作品搜出来毁坏掉，报恩寺里面的僧人用厚纸糊住墙壁，再用漆涂在外面，文字赖以保全。到了绍兴年间，朝廷下诏寻求苏东坡黄庭坚的书画，当时寺里的僧人已经死去很久了，有一个老头陀知道这件事，就把这件事报告给了郡守。于是除去漆和纸，里面的苏东坡字画依然很清晰，临摹之后把摹本进献给了皇上，宋高宗十分高兴，老头陀也获得圣恩被赐予度僧牒。

石室先生以书法画竹，山谷道人乃以画竹法作书，东坡居士则兼二法，而为风枝雨叶，则偃蹇[1]欹斜，疏棱劲节，则亭亭直上。

【注释】

1. 偃蹇：高耸的样子。蹇，音jiǎn。

【译文】

文与可用书法的笔法画竹子，黄庭坚是用画竹子的方法去写书法，苏东坡则兼具两种方法，他画风中的枝条，雨中的竹叶，都画得高耸倾斜，稀疏的枝干遒劲有节，直立而上。

苏书《归去来辞》，颇似李北海，流便纵逸，而少乏遒劲，当是三钱鸡毛笔所书耳。

【译文】

苏东坡书写的《归去来辞》，十分像李北海的字，流通便达豪迈奔放，但是缺少刚劲有力的感觉，应该是用三文钱鸡毛笔书写的吧。

坡临帖如双雕并搏，各有摩天[1]之势，比之自运，尤觉不凡。

【注释】

1. 摩天：跟天接触。

【译文】

苏东坡临摹字帖就像两只雕一起搏斗，各有摩天的势头，和他自己单独写的作品相比，尤其觉得不同凡响。

坡书岭南纸付子过云："砚细而不退墨，纸滑而字易燥，皆尤物[1]也。吾平生嗜好，独好佳笔墨，既得罪谪岭南，凡养生具十无八九，佳纸笔行且尽，至用此等，将何以自娱，为之慨然，书付子过[2]。"

【注释】

1. 尤物：珍贵的物品。2. 过：拜访，探望。

【译文】

苏东坡用岭南纸写信交给儿子苏过说："砚台细瘦同时不会消退墨汁，纸张柔滑同时字体易干燥，这些都是世间珍贵之物。我平生嗜好，唯独喜欢好笔好墨，获罪被贬谪到岭南后，所有的养生器具十无八九了，好的纸和笔也将要用完了，以至于到了用这种纸的地步，拿什么来使自己快乐呢，为这件事感慨，写出来交给你了。"

东坡诗如华严法界[1]，文如万斛泉源，唯书亦颇得此意，即行书《醉翁亭记》便可见之，其正书字间栉比，近[2]颜书《东方画赞》[3]者为多，然未尝不自出新意也。

【注释】

1. 华严法界：即华严世界，见《华严经》卷八，指以大莲花中包藏微尘数的世界。2. 近：接近。3.《东方画赞》：即《东方朔画赞》，颜真卿的书法作品。

【译文】

苏东坡的诗就像华严法界，文章就像万斛泉源，唯独书法也能得到这种意味，从他行书《醉翁亭记》中就可以发现这点。苏东坡的楷书字体紧密排列有序，接近颜真卿《东方朔画赞》的地方有很多，然而也未曾不展现出苏东坡独创的新意。

戏 谑

东坡好戏谑，每与人笑语，必曰："毋使范十三[1]知。"盖范淳父排行第十三也，淳父平时每见东坡戏谑[2]或稍过，必戒之故耳。

【注释】

1. 范十三：范祖禹（1041—1098），字淳夫，一作淳父，华阳（今四川成都）人。2. 戏谑：开玩笑。

【译文】

苏东坡喜欢开玩笑，每次跟人说笑，都要说："不要让范十三知道。"这是因为范淳父家族辈分排行第十三，范淳父平时每次见到苏东坡开玩笑有时稍微过分的话，一定会告诫制止他。

东坡闻荆公《字说》[1]新成，戏曰："以竹鞭马为'笃'，以竹鞭犬，有何可'笑'？"又曰："鸠[2]字从九从鸟，亦有证据，《诗》曰：'似鸠在桑，其子七兮。'和爹和娘，恰是九个。"

【注释】

1.《字说》：王安石著作名。2. 鸠：鸟类，外形像鸽子。

【译文】

苏东坡听说王安石的《字说》刚完成，就戏言说："用竹子鞭打马，是'笃'字，那么用竹子打犬，有什么可'笑'的呢？"（"笑"字由"竹"和"犬"构成）又说："'鸠'字的部首是'九''鸟'，这也是有证据的，《诗经》上说：'鸠鸟在桑树上，它有七个子女。'再加上爹娘，正好是九个。"

张文潜尝云："子瞻每笑'天边赵盾[1]益可畏，水底右军[2]方熟眠'，谓汤焊[3]了王羲之也。"文潜戏谓子瞻："公诗有'独看红蕖[4]倾白堕'，不知'白堕'是何物？”子瞻云：“刘白堕善酿酒，出《洛阳伽蓝记》。”文潜曰：“云白堕既是一人，莫难为‘倾’否？”子瞻笑曰：“魏武《短歌行》云：‘何以解忧，唯有杜康。’杜康亦是酿酒人名也。”文潜曰：“毕竟用得不当。”子瞻又笑曰：“公且先去共曹家那汉理会，却来此间厮磨。”盖文潜时有仆曹某者，在家作过，亦失去酒器之类，既送天府[5]推治[6]，其人未招承，方文移[7]取会[8]也。满座大辴[9]。

【注释】

1. 赵盾：赵盾（前655—前601），即赵宣子，春秋时期晋国权臣，此处“天边赵盾”，化用《左传》典故，指夏天烈日。2. 右军：王羲之曾为会稽内史领右将军，故人称王右军，此处“右军”为宋人俗语，指鹅。3. 汤燖：用开水烫后去毛。燖，音xún。4. 红蕖：盛开的红色荷花。蕖，音qú。5. 天府：北宋开封府为天下首府，号称天府。6. 推治：审问治罪。7. 文移：公文。8. 取会：古代公文用词，犹核实，勘对。9. 大辴：大笑的样子。辴，音chǎn。

【译文】

张文潜曾说：“子瞻每次都笑‘天边赵盾益可畏，水底右军方熟眠’这两句诗，说要把王羲之用开水烫后拔毛。”文潜开玩笑对子瞻说：“您诗中说‘独看红蕖倾白堕’，不知道‘白堕’是什么东西？”子瞻说：“刘白堕善于酿酒，这故事出自《洛阳伽蓝记》。”文潜说：“刘白堕既然是一个人，不是很难使用‘倾’字吗？”子瞻笑着说：“曹操《短歌行》中说：‘何以解忧，唯有杜康。’杜康也是酿酒人的名字啊。”文潜说：“终究‘倾’字用得不恰当。”子瞻又笑着说：“你应先去跟姓曹的那家伙理论，却偏要来这里和我纠缠这个问题。”原来当时文潜有个姓曹的仆人，在他家里犯了过错，可能丢失了酒器一类的东西，送到开封审问治罪后，那曹姓仆人尚没有招供，正赶上开封府发公文来核实这件事情。于是在座的人都大声笑了。

东坡曰：“予一日醉卧，有鱼头鬼身者自海中来，云：‘广利王[1]请端明[2]。’予被褐履草黄冠[3]而去，亦不知身步入水中，但闻风雷声，有顷，豁然明白，真所谓水精宫殿也，其下骊珠、夜光、文犀[4]、尺璧[5]、南金[6]、火齐[7]，不可仰视；珊瑚、琥珀，不知几多也。广利佩剑冠服而出，从二青衣。余曰：‘海上逐客，重烦邀命。’有顷，东华真人、南溟夫人造焉，出鲛绡[8]丈余，命余题诗。余赋曰：‘天地虽虚廓，惟海为最大。圣王皆祀事，位尊河伯拜。祝融为异号，恍惚聚百怪。二气变流光，万里风云快。灵旗摇虹纛，赤虬喷滂湃。家近玉皇楼，彤光照世界。若得明月珠，可偿逐客债。’写竟，进广利，诸仙迎看，咸称妙，独广利旁一冠簪者，谓之鳖相公，进言：‘苏东坡不避忌讳，祝融字犯王讳。’王大怒，余退而叹曰：‘到处被鳖相公厮坏。’”

【注释】

1. 广利王：南海海神祝融的封号。2. 端明：指苏东坡，苏东坡曾任端明殿学士。3. 被褐履草黄冠：被褐，身披麻衣；履草，穿着草鞋；黄冠，古代指用竹篾或叶子制成的帽子，三者借指农夫野老的衣服。4. 文犀：有纹理的犀角。5. 尺璧：直径一尺的大玉璧石。6. 南金：南方出产的铜。7. 火齐：火齐珠，即琉璃。8. 鲛绡：传说中南海鲛人所织的丝绢薄纱。

【译文】

苏东坡说："我有一天醉酒后，有一个鱼头鬼身的怪物从海中走来，说：'广利王请您赴会。'我披上麻布衣服，穿着草鞋，戴上竹叶帽子就去了，也不知道自己什么时候走在水中，只听见耳边风雷声，过了一会儿，眼前豁然敞亮，到了传说中的水精宫殿。宫殿里的宝珠、夜光、犀角、尺璧、南金、火齐，光芒耀眼，不能抬头看；珊瑚、琥珀，不知到底有多少。广利王带着佩剑穿着冠服出现，后面跟着两个青衣侍从。我说：'海上被贬谪的过客，实在有劳大王邀请。'过了一会儿，东华真人、南溟夫人也来拜访，拿出一丈多的鲛绡，让我题诗。我写道：'天地虽虚廓，惟海为最大。圣王皆祀事，位尊河伯拜。祝融为异号，恍惚聚百怪。二气变流光，万里风云快。灵旗摇虹纛，赤虬喷滂湃。家近玉皇楼，彤光照世界。若得明月珠，可偿逐客债。'写完，呈献给广利王，众仙正对着看了又看，都说写得很妙，唯独广利王旁边一位戴着冠簪的人，是所谓的鳖相公，奏言说：'苏东坡不避忌讳，诗中"祝融"二字冒犯了大王名讳。'广利王非常生气，我退出之后感叹说：'鳖相公到处使坏。'"

东坡一日会客，坐客举令，欲以两卦名证一故事。一人云："孟尝门下三千客，大有同人。"一人云："光武[1]兵渡滹沱河，既济未济。"一人云："刘宽[2]婢羹污朝衣，家人小过。"东坡云："牛僧孺[3]父子犯法，大畜小畜。"盖指荆公父子也。

【注释】

1. 光武：刘秀（前5—57），字文叔，南阳郡蔡阳县（今湖北枣阳）人，东汉开国皇帝。2. 刘宽：刘宽（120—185），字文饶，弘农郡华阴县（今陕西潼关）人。3. 牛僧孺：牛僧孺（780—848），字思黯，安定鹑觚（今甘肃灵台县）人。

【译文】

苏东坡有一天宴请宾客，客人们行酒令，要用两个卦名表现一个故事，一个人说："孟尝门下三千客，《大有》《同人》。"第二个人说："光武兵渡滹沱河，《既济》《未济》。"另一个人说："刘宽的婢女端的肉羹玷污了朝衣，《家人》《小过》。"苏东坡说："牛僧孺父子犯法，《大畜》《小畜》。"大概指的是王安石父子。

司马温公之亡，明堂大享，朝廷以致斋不及奠，肆赦毕，东坡率同辈以往，程正叔固争，引《论语》："子于是日哭，则不歌。"子瞻曰："明堂乃吉礼[1]，不可谓歌则不哭也。"颐又谕司马诸孤不得受吊，东坡戏曰："颐可谓鏖糟陂[2]里叔孙通[3]。"闻者笑之。

【注释】

1. 吉礼：古代五礼之一，即祭祀天神、地祇、人鬼等的礼仪活动。2. 鏖糟陂：宋都城外的一处破烂沼泽。鏖，音 áo。3. 叔孙通：生卒不详，薛县（今山东枣庄）人，汉初朝廷礼仪的制定者，被称为"汉家儒宗"。

【译文】

司马光去世的时候，正赶上朝廷在明堂举行祭祀先王的大典，朝廷因为行斋戒之礼而没来得及去祭奠司马光，等赦免仪式后，苏东坡率领同僚前去祭奠司马光，程颐顽固地认为这样不可以，引用《论语》说："孔子如果在这一天哭泣过，就不再唱歌。"苏东坡说："明堂礼是吉礼，不能说今天唱过歌就不能哭了。"程颐又告知司马光的孩子不能接受吊唁，苏东坡开玩笑说："程颐可以说是鏖糟陂里的叔孙通。"听见的人都笑了。

司马文正公薨，程正叔以臆说[1]殓之，如封角[2]状，东坡嫉其怪妄，怒诋曰："此岂信物一角[3]，附上[4]阎罗大王者耶！"

【注释】

1. 臆说：只凭个人想象的说法。2. 封角：文书封缄的样子。3. 一角：一份。4. 附上：书信用语，附带奉上。

【译文】

司马光死时，程颐想凭个人想象来收殓入棺，使得死者看上去像封角的样子，苏东坡厌恶这种做法奇异荒诞，生气地责备说："这难道还要说一份信物，附带奉上给阎罗大王嘛！"

章子厚[1]与苏子瞻小时相善。一日章坦腹而卧，适子瞻自外来，章摩其腹以问子瞻曰："公道此间何所有？"子瞻曰："都是谋反底[2]家事。"

【注释】

1. 章子厚：章惇，字子厚。2. 底：的。结构助词。

【译文】

章惇与苏东坡年轻时关系很好。有一天，章惇袒腹躺着，正巧苏东坡从外面来，章惇摸着自己的肚皮问苏东坡说："你说说这里面有什么？"苏东坡说："都是阴谋造反的家事。"

东坡在维扬，设客十余人，皆一时名士，米元章[1]亦在坐，酒半，元章忽起立，自赞曰："世人皆以米芾为癫，愿质[2]之。"东坡长公笑语曰："吾从众。"

【注释】

1. 米元章：米芾，字元章。与蔡襄、苏东坡、黄庭坚合称"宋四家"。曾任校书郎、书画博士、礼部员外郎。2. 质：对质、验证。

【译文】

苏东坡在扬州的时候，宴请宾客十多人，都是当时的名士，米芾也在座，酒席中途，米忽然起立，自呼说："世人都认为我癫，愿当面对质。"苏东坡笑着说："我跟大家一样。"

东坡在元祐以高才狎侮[1]公卿，率有标目[2]，独于司马温公不敢有所轻重。一日相与论免役差役[3]利害，不合，及归舍，方卸巾弛带，辄连呼曰："司马牛！司马牛！"

【注释】

1. 狎侮：轻慢侮辱。2. 标目：给人起绰号。3. 免役差役：免役差役法，王安石变法期间，将差役改为雇役，由当役户按等第出钱，官府募力代服徭役，称为免役法。

【译文】

苏东坡在元祐时以自己才高，经常轻慢公卿大臣，大臣们大概都被起了绰号，唯独对司马光不敢有所戏谑。有一天，苏东坡与司马光一起争论免役法和差役法的好坏，意见不统一，等回到家后，才取下头巾和腰带，就气得连声大呼："司马牛！司马牛！"

东坡谒吕微仲，微仲方寝，久不出，东坡不能堪，良久，见于便坐有菖蒲盆，豢[1]一绿毛龟，坡指曰："此易得耳，唐庄宗时有六目龟者，时伶人[2]敬新磨献口号云：'不要闹，不要闹，听取龟儿口号[3]。六只眼儿睡一觉，抵别人三觉。'"

【注释】

1. 豢：喂养。豢，音huàn。2. 伶人：亦称优伶，古代乐人的总称。3. 口号：古诗标题用语，表示随口吟成，后来被诗人沿用，多指口号诗。

【译文】

苏东坡去拜访吕微仲，微仲已经睡了，好久都不出来，苏东坡不能忍受，过了很长时间，

便看见座位上有一个菖蒲盆，养着一只绿毛龟。苏东坡指着龟说：“这个龟很容易得到，唐庄宗时有六目龟，当时伶人敬新磨献口号说：‘不要闹，不要闹，听取龟儿口号。六只眼儿睡一觉，抵别人三觉。’”

东坡在惠州，天下传其已死，后七年北归。时章丞相[1]方贬雷州，子瞻见南昌太守叶祖洽[2]，叶问曰：“传端明已归道山[3]，今尚尔游戏人间耶？”坡曰：“途中遇章子厚，乃回返耳。”

【注释】

1. 章丞相：章惇在绍圣元年（1094）被宋哲宗任为尚书左仆射兼门下侍郎（左相）。2. 叶祖洽：叶祖洽（1046—1117），字敦礼，绍武（今福建泰宁）人。3. 归道山：指死亡。

【译文】

苏东坡在惠州的时候，天下人传言说他已经死了，后来绍圣七年，苏东坡遇到赦免北归中原。这时章惇正被贬往雷州，苏东坡见南昌太守叶祖洽，叶祖洽问说：“传言说您已归隐道山，怎么现在还尚且游戏人间？”苏东坡说：“在半路上遇到章惇，我就回来了。”

王圣涂辟之[1]云：“东坡文章议论，独出当世，风格高迈，书画亦精绝，得真迹者，重于弥珠玉，而遇人温厚，有片善可取者，即与之倾尽城府，论辨酬唱，间以谈谑，以是尤为士大夫喜爱。谪居[2]黄州日，有陈处士者，携纸笔求书，会客方鼓琴，遂书曰：‘或对一贵人弹琴者，天阴声不发，贵人怪之，曰：“岂弦慢邪？”对曰：“弦也不慢。”’其清谈善谑类如此。”

【注释】

1. 王圣涂辟之：王辟之（1030—？），字圣涂，齐州临淄（今山东淄博）人。2. 谪居：古代官吏被贬官降职到边远外地居住。

【译文】

王辟之说：“苏东坡文章议论语言，独步当世，风格高远豪迈，书画也精妙绝伦。能得到他的真迹，比珍珠宝玉还要珍贵，且苏东坡待人温厚，身上有一点优点可取的人，苏东坡便与他倾尽内心，谈笑交流，诗词唱和，并时不时开玩笑，因此苏东坡尤其被士大夫喜爱。苏东坡贬居黄州的时候，有一个陈处士，携带纸和笔来求苏东坡书法，正赶上苏东坡的客人在弹琴，于是苏东坡在纸上写道：‘有一个面向贵人弹琴的人，天气阴湿润，所弹琴声不清脆，贵人觉得很奇怪，说：“难道是弦（嫌）慢了吗？”他回答说：“弦（嫌）也不慢。”’苏东坡的清谈幽默向来如此。”

东坡在黄州，陈季常慥在岐亭，季常喜谈养生，自谓吐纳[1]有所得。后季常病，公以书戏之云："公养生之效有成绩，今又一病弥月，虽使皋陶听之，未易平反。公之养生，正如小子之圆觉[2]，可谓'害脚法师鹦鹉禅，五通气球黄门妾'[3]也。"

【注释】

1. 吐纳：道家养生之术，呼吸。2. 圆觉：指佛家修成圆满正果的灵觉之道。3. 害脚法师鹦鹉禅，五通气球黄门妾：钱锺书释之曰："'害脚法师'售符水而不能自医，'鹦鹉禅'学语而不解意，'五通气球'多孔漏气而不堪踢，三者犹'黄门妾'之有名无实耳。"（《管锥编》）

【译文】

苏东坡在黄州的时候，陈慥在岐亭，陈慥喜欢谈养生，自称对道家的吐纳之术有所成就。后来陈慥生病了，苏东坡写书信调笑他说："您的养生功效确实有成绩，现在又病了整整一个月，即使让狱官皋陶听了，也不能轻易给你平反。您所谓的养生，好比小孩子说自己参悟了佛家正觉之道，也可以说是'害脚法师鹦鹉禅，五通气球黄门妾'。"

苏子瞻与姜潜[1]同坐，姜字至之，先举令云："坐中各要一物是药名。"乃指子瞻曰："子苏子。"子瞻应声曰："君亦药名也。君若非半夏[2]，定是厚朴。"姜请其故，曰："非半夏厚朴[3]，何故姜制之？"（姜至之）

【注释】

1. 姜潜：生卒年不详，字至之，兖州奉符（今山东省宁阳县）人。2. 半夏：中药名。3. 半夏厚朴：指半夏厚朴汤，中药方剂名，制作时，需要生姜调剂。

【译文】

苏东坡与姜潜在宴会上同坐。姜潜字至之，先举酒令说："在座的各位都要找一个药名。"于是指着苏东坡说："子苏子。"苏东坡应声说道："您也是药名，如果不是半夏，那就是厚朴。"姜潜问为何，苏东坡说："如果不是半夏厚朴汤，那为什么要用姜制之（姜至之）呢？"

东坡尝与刘贡父言："某与舍弟习制科时，日享三白，食之甚美，不复信世间有八珍也。"贡父问三白之说，坡言是："一撮盐、一碟生萝卜、一碗饭。"贡父大笑。久之，以简招东坡，吃皛[1]饭，坡不复省忆尝对贡父三白之说也，谓人曰："贡父读书多，必有出处。"比至赴食，见案上所设，惟盐、萝卜、饭而已，始悟贡父以三白相戏，援匕箸食之几尽，将上马，云："明日可见过，当具毳[2]饭相待。"贡父虽知其为戏，但不解毳饭所设何物，迨往谈论，过半午，不设食，贡父饥甚索饭，坡云："少待。"如此者再三，坡答如故，贡父曰："饥不可忍矣！"坡徐曰："盐也毛[3]，萝卜也毛，饭也毛，非'毳'而何？"贡父捧腹曰："固知君必报东门之役[4]，然虑不及此也。"坡始命进食，抵暮乃去。

【注释】

1. 皛：皎洁，明亮。皛，音 xiǎo。2. 毳：毫发。毳，音 cuì。3. 毛：无，没有。现在江西、湖南一带仍然把"没有"叫"毛"。4. 东门之役：旧仇，出自《左传·隐公四年》。

【译文】

苏东坡曾对刘贡父说："我和弟弟在准备制科考试时，每天吃三白饭，吃得很香甜，不再相信人间有八珍之类的美味。"贡父问："什么叫三白饭？"苏东坡答道："一撮白盐，一碟白萝卜，一碗白米饭，这就是'三白'。"刘贡父听了大笑。过了很久，刘贡父写请帖给苏东坡，请他吃"皛饭"，苏东坡已忘记自己对刘贡父说的三白饭的话，就对别人说："刘贡父读书多，他这'皛饭'定是有来由的。"等到赴宴时，发现桌上所陈设的只有盐、萝卜、米饭而已，才恍然明白是贡父用"三白饭"开的玩笑，苏东坡拿着汤勺和筷子，将桌子上的饭菜快吃完了，临上马时说："明天可到我家，我准备毳饭款待你。"刘贡父虽然知道苏东坡在开玩笑，但又想知道毳饭到底是什么，第二天便如约前往。交谈了很久，过半晌午，苏东坡仍然没开饭，刘贡父饿极了要求开饭，苏东坡说："再等一会儿。"像这样好几次，苏东坡的回答一直是这样，最后，刘贡父说："饿得受不了啦！"苏东坡才慢吞吞地说："盐也毛，萝卜也毛，饭也毛，岂不是'毳'饭？"刘贡父捧腹大笑，说："本来就知道你一定会报仇，但万万没想到这一点！"苏东坡这才让人设宴，直到傍晚，贡父才回家。

刘贡父舍人，滑稽辩捷为近世之冠。晚年虽得大风[1]恶疾，而乘机[2]决发[3]，亦不能忍也。一日，与先生拥炉于慧林僧寮，谓坡曰："吾之邻人有一子，稍长，因使之代掌小解[4]，不逾岁，偶误质[5]盗物，资本[6]耗折殆尽。其子愧之，乃引罪而请其父曰：'某拙于运财，以败成业，今请从师读书，勉赴科举，庶几可成，以雪前耻也。'其父大喜，即择日，具酒肴以遣之，既别，且嘱之曰：'吾老矣，所恃以为穷年之养者，子也。今子去我而游学，傥或侥幸，改门换户，吾之大幸也。然切有一事不可不记，或有交友与汝唱和，须子细看，莫更和却贼诗，狼狈而归也。'"盖讥先生前逮诏狱[7]，如王晋卿[8]、周开祖[9]之徒，皆以和诗为累也。贡父语始绝口，先生即谓之曰："某闻昔夫子自卫反鲁，会有召夫子食者，既出，而群弟子相与语曰：‘鲁，吾父母之邦也。我曹久从夫子，辙环四方，今幸俱还乡里，能乘夫子之出，相从寻访亲旧，因之阅市否？’众忻然许之。始过阛阓[10]，未及纵观，而稠人中望见夫子巍然而来，于是惶惧相告，游、夏[11]之徒，奔踔越逸，无一留者，独颜子[12]拘谨，不能遽为阔步，顾市中石塔似可隐蔽，即屏伏其旁，以俟夫子之过，已而群弟子因目之为‘避孔子塔’[13]。”盖讥贡父风疾之剧，以报之也。

【注释】

1. 大风：麻风病。2. 乘机：有机可乘，利用机会。3. 决发：果断行动。4. 小解：小当铺。5. 质：抵押。6. 资本：本钱。7. 诏狱：关押钦犯的牢狱。8. 王晋卿：王诜（1048—1104），字晋卿，太原（今山西太原）人。9. 周开祖：周邠（1036—？），字开祖，钱塘（今浙江杭州）人。10. 阛阓：街道，街市。阛阓，音 huán huì。11. 游、夏：游指言偃，吴人，字子游；夏指卜商（前507—前420），字子夏，春秋时晋国人。12. 颜子：颜回（前521—前481），字子渊，鲁国人。13. 避孔子塔：“鼻孔子塌”的谐音。

【译文】

刘贡父舍人，滑稽敏捷可以称之为近世之冠。晚年虽然患有麻风这样的恶疾，但是利用机会果断调笑，也是不能克制的。有一天，刘贡父和苏东坡围着火炉坐在慧林寺僧人的小屋里，对苏东坡说：“我的邻居有一个儿子，年纪稍稍大一点，邻居便让他代掌小当铺，不到一年，偶然失误抵押了赃物，本钱耗损殆尽。他的儿子为这事感到很惭愧，于是向父亲请罪说：‘我不擅长理财以至于败坏了家业，现在请求去跟老师读书，努力赶赴科举，也许可以有所成就，来洗刷之前的耻辱。’他的父亲非常高兴，立即选好日子，准备酒菜来送儿子，分别之时，嘱咐儿子说：‘我已经老了，晚年赡养生活所依靠的人，就是你啊。现在你离开了我去四方学习，倘若侥幸取得了功名，改门换户，这是我最大的幸运。然而务必有一件事不能不记下来，有时候朋友和你诗词唱和，必须仔细看，千万不要唱和却贼诗，狼狈地回来了。’”这大概是讥讽苏东坡先前被逮捕进御史台监狱，如王晋卿、周邠等人，都因为和苏东坡唱和诗歌被连累了。贡父刚说完，苏东坡就对他说：“我听说从前孔子从卫国返回鲁国，正赶上有邀请孔子吃饭的人，孔子出门之后，众弟子相互讨论说：‘鲁国是我们的邦国啊。我们这些人长期跟随老师，游历四方，现在有幸回到了家乡，趁着老师外出，在一起寻访亲朋好友，顺便游观市肆可以不？’大家都愉快地答应了。开始经过街道，还没来得及看完，却从人群中看到孔子巍然走来。于是众位弟子恐惧相告，子游、子夏等人，奔跑跳跃地逃走了，没有一个留下来，只有颜回拘束为重，不能立即走大步，看到市场中石塔似乎可以隐藏，就隐退到它的旁边，等着让孔子先过去，不久学生们通过这事将这座塔名为‘避孔子塔’。”大概是讥讽贡父中风的厉害程度，用这个故事来报复他。

东坡尝举“坡”字问荆公[1]何义，公曰：“坡者，土之皮。”东坡曰：“然则滑者，水之骨乎？”荆公默然[2]。

【注释】

1. 荆公：王安石。2. 默然：沉默不语。

【译文】

苏东坡曾拿“坡”字问王安石什么意思，王安石回答：“‘坡’这个字，就是土的皮。”苏东坡说：“那么‘滑’这个字，就是水的骨头吗？”王安石沉默不语。

东坡有小妹，善[1]词赋，敏慧多辩，其额广而如凸，东坡尝戏之曰：“莲步未离香阁下，梅妆先露画屏前。”妹即答云：“欲叩齿牙无觅处，忽闻毛里有声传。”以东坡多须髯[2]故也。

【注释】

1. 善：擅长。2. 髯：络腮胡子，音 rán。

【译文】

苏东坡有一个妹妹，擅长词赋，敏捷聪慧多辩才，她的额头宽而且有点凸，苏东坡曾开玩笑地说：“莲步未离香阁下，梅妆先露画屏前。”妹妹立即回答说：“欲叩齿牙无觅处，忽闻毛里有声传。”因为苏东坡是络腮胡子的原因。

东坡与许冲元[1]、顾子敦[2]、钱穆父[3]同舍。一日，冲元自窗外往来，东坡问：“何为？”冲元曰：“绥来[4]。”东坡曰：“可谓奉大福[5]以来绥。”盖冲元登科[6]时赋句也。冲元曰：“敲门瓦砾，公尚记忆耶！”子敦肥硕，当暑袒裼，据案而寐，东坡书四大字于其侧，曰“顾屠肉案”。穆父眉目秀雅而时有九子，东坡曰：“穆父可谓之‘九子母丈夫’。”同坐大笑。

【注释】

1. 许冲元：许将（1037—1111），字冲元，福建闽县（今福建闽清）人。2. 顾子敦：顾临，生卒年不详，字子敦，会稽（今浙江绍兴）人。3. 钱穆父：钱勰，字穆父。4. 绥来：绥，安好；来，句末语气词。5. 大福：好运气。6. 登科：科举时代应考人被录取。

【译文】

苏东坡和许冲元、顾子敦、钱穆父住在一起。有一天，许冲元从窗外走来，苏东坡问：“最近如何啊？”冲元说：“安好啊。”苏东坡说：“可以说是带着好运气安好。”这是许冲元登科时写的句子，许冲元说：“敲门砖而已，您还记得！”顾子敦身材壮硕，在热天脱去了上衣，趴在桌子上睡觉，东坡书写了四个大字在他旁边，叫“顾屠肉案”。钱穆父眉目清秀文雅，生有九个儿子，苏东坡说：“穆父可以称为‘九子母丈夫’。”坐在一起的人大笑不已。

东坡元丰间系狱黄州，元祐初，起知登州，未几，以礼部员外郎召，道中，遇当时狱官，甚有愧色。坡戏曰：“有蛇螫杀人，为冥官[1]所追[2]，议死，蛇诉曰：‘诚有罪，然亦有功，可以自赎。’冥官问之，蛇曰：‘某有黄，可治病，所活已数人矣。’吏验不诬，遂免。良久，牵一牛至，狱吏曰：‘此牛触杀人，亦当死。’牛曰：‘我亦有黄，可治病，亦活数人矣。’亦得免。后狱吏引一人至，曰：‘此人尝杀人，幸免死，今当偿命。’其人仓皇，妄言亦有黄，冥官诘[3]之曰：‘蛇黄、牛黄入药，天下所知，汝为人，何黄之有？’其人窘甚，曰：‘某别无黄，但有些惭惶。’”

【注释】

1. 冥官：冥界之官属。于地狱辅佐阎王，对六道有情所犯之罪业，给予适当之判决，与应得之责罚。2. 追：拘捕。3. 诘：责问。

【译文】

苏东坡元丰年间因乌台诗案被贬往黄州，元祐年间，被重新起用，任登州知州，不久，又以礼部员外郎身份被召回，回朝途中，遇到了乌台诗案时的审讯狱官，狱官很有惭愧之色。苏东坡开玩笑说：“有条毒蛇杀了人，被冥官拘拿后，商议处死，蛇申诉说：‘确实有罪，但也有功劳，可以用来赎罪。’冥官问它，蛇说：‘我有黄，可治疗疾病，用此救活了很多人了。’官吏验证此事后发现不假，于是赦免了它。过了很长时间，牵一只牛来了，狱官说：‘这牛撞死人，应当处死。’牛说：‘我也有黄，可治疗疾病，也救活几个人了。’也被赦免了。后来狱吏带一个人到这里，说：‘这人曾经杀了人，侥幸免死，现在应当偿命了。’那人仓皇不安，胡乱说他也有黄，冥官责问他说：‘蛇黄、牛黄入药，天下人都知道，你是个人，有什么黄呢？’那人非常窘困，说：‘我本来就没有什么黄，只是有一些惭愧和惶恐。’”

王介甫与东坡论扬子云[1]投阁为史臣之妄，《剧秦美新》[2]亦后人诬托，坡曰：“某亦疑此，不知西汉果有子云否？”

【注释】

1. 扬子云：扬雄（前53—18），字子云，蜀郡郫县（今四川成都）人。2.《剧秦美新》：扬雄文章名。王莽篡汉自立，国号新，扬雄上书王莽，指斥秦朝，美化新朝，故名《剧秦美新》。

【译文】

王安石与苏东坡争论说扬雄跳楼一事纯系史臣胡编乱造，《剧秦美新》也一定是后人诬陷托名写的，苏东坡说：“我也怀疑此事，不知西汉真有扬雄这个人吗？”

刘贡父晚苦风疾[1]，须眉皆落，鼻梁且断。一日，东坡数人小酌，各引古人语相戏，东坡曰：“大风起兮眉飞扬，安得壮士兮守鼻梁。”座中大笑，贡父恨怅[2]不已。

【注释】

1. 风疾：指风痹、半身不遂等症。2. 恨怅：遗憾惆怅。

【译文】

刘攽晚年苦于风疾的折磨，头发、眉毛都脱落，鼻梁也断裂了。有一天，苏东坡几个人在小酌，各自引用古代言语为游戏，苏东坡说：“大风起兮眉飞扬，安得壮士兮守鼻梁。”全座人大笑，刘攽惆怅愤恨不已。

东坡以吕微仲丰硕，每戏之曰：“公真有大臣礼[1]，此《坤》六二所谓直方大[2]也。”微仲拜相[3]，东坡当制。其词曰：“果艺以达，有孔门三子之风；直大而方，得《坤》爻六二之动。”

【注释】

1. 礼：威仪。2. 直方大：平直，端方，正大。3. 拜相：被任命为宰相。

【译文】

苏东坡因为吕微仲身材丰硕，每次都开玩笑说：“您真有大臣威仪啊，这是《坤》卦六二所说的直、方、大。”吕微仲被任命为宰相，苏东坡值班起草制诰。诰词说：“果艺以达，有孔门三子之风；直大而方，得《坤》爻六二之动。”

东坡知湖州，尝与宾客游道场山，屏退从者而入，有僧凭门阃[1]熟睡，东坡戏云：“髡[2]阃上困。”有客即答曰：“何不用‘丁顶上钉’。”

【注释】

1. 阃：门槛。阃，音kǔn。2. 髡：指僧人。髡，音kūn。

【译文】

苏东坡主政湖州的时候，曾与宾客游玩道场山，屏退随从人员进山，有一个僧人靠着门槛熟睡，苏东坡开玩笑说：“髡阃上困。”有客人马上对答说：“为什么不用‘丁顶上钉’来对呢？”

坡尝饮一豪家，侍姬十余，皆有姿技，独豪所钟爱者名媚儿，容质虽丽，而躯干甚伟，豪命乞诗于公，公戏云：“舞袖翩跹，影摇千尺龙蛇动；歌喉宛转，声撼半天风雨寒。”妓赧然[1]不悦，而“影摇千尺龙蛇动，声撼半天风雨寒”石曼卿[2]松诗也。

【注释】

1. 赧然：难为情的样子。赧，音nǎn。2. 石曼卿：石延年，字曼卿，一字安仁。

【译文】

苏东坡曾经到一个富豪家喝酒，富豪侍妾十多个，都有姿容技艺，但富豪钟爱一个叫媚儿的舞姬，容质虽然美丽，但身材魁梧伟岸，富豪命令媚儿去苏东坡那里索诗。苏东坡开玩笑说：“舞袖翩跹，影摇千尺龙蛇动；歌喉宛转，声撼半天风雨寒。”媚儿红着脸有些不高兴，但“影摇千尺龙蛇动，声撼半天风雨寒”是石延年的《古松》诗。

贬逝

元丰间东坡赴诏狱，与长子迈俱行，与之期，送食惟菜与肉，有不测[1]则撤二物而送以鱼，使伺外间以为候[2]。迈谨守逾月，忽粮尽，出谋于陈留[3]，委其亲戚代送，而忘语其约，亲戚偶得鱼鲊[4]送之，不兼他物，东坡大骇，知不免，将[5]以祈哀于上而无以自达，乃作二诗寄子由，属狱吏致之，盖意狱吏不敢隐，则必以闻，已而果然，神宗初无杀意，见诗益动，自是遂益欲从宽释，凡为深文[6]者皆拒之。其诗云："柏台霜气夜凄凄，风动琅珰月向低。梦绕云山心似鹿，魂飞汤火命如鸡。眼中犀角真吾子，身后牛衣愧老妻。百岁神游定何处，桐乡知葬浙江西。""圣主如天万物春，小臣愚暗自亡身。百年未满先偿债，十口无归更累人。是处青山可埋骨，他时夜雨独伤神。与君今世为兄弟，又结来生未了因。"

【注释】

1. 不测：危殆，危险。2. 候：侦察报警的人。3. 陈留：今河南省开封市陈留镇。4. 鱼鲊：腌鱼，糟鱼。5. 将：想要，打算。6. 深文：援用法律条文苛细严峻。

【译文】

元丰年间苏东坡被押往御史台监狱，和大儿子苏迈一起前行，和苏迈约定，送食物只要菜和肉，有危险就取消这两样转而送鱼，让苏迈在监狱外打听消息作预警。苏迈谨慎遵守约定一个多月，忽然粮食吃完了，便前往陈留镇筹集粮食，转而拜托亲戚代替他送饭，却忘了告知亲戚他和父亲之间的约定，亲戚偶然得到了腌鱼并送给了狱中的苏东坡，此外没有其他东西，苏东坡见此之后害怕极了，知道不能幸免于难，想要哀求于皇上但无法亲自传达，于是创作两首诗寄给苏辙，嘱咐管理牢狱的官吏转交苏辙，大概猜想官吏不敢隐瞒，则皇上必然会知道，后来确实如此，宋神宗起初并没有杀苏东坡的打算，看了诗词后更加动摇，从此之后便更加想从宽发落，释放苏东坡，凡是想用严苛条文惩罚苏东坡的人都被宋神宗拒绝了。苏东坡的诗写道：

柏台霜气夜凄凄，风动琅珰月向低。

梦绕云山心似鹿，魂飞汤火命如鸡。

眼中犀角真吾子，身后牛衣愧老妻。
百岁神游定何处，桐乡知葬浙江西。

圣主如天万物春，小臣愚暗自亡身。
百年未满先偿债，十口无归更累人。
是处青山可埋骨，他时夜雨独伤神。
与君今世为兄弟，又结来生未了因。

苏子瞻谪黄州，蒋运使[1]饯之，子瞻命婢春娘[2]劝酒，蒋问："春娘去否？"子瞻曰："欲还父母家。"蒋曰："公行必须马，乞以马易春娘，可乎？"子瞻诺之。蒋题诗云："不惜霜毛两雪蹄，等闲分付赎蛾眉。虽无金勒嘶明月，却有佳人捧玉卮[3]。"子瞻答诗曰："春娘此去太匆匆，无限离情此夜中。只为山行多险阻，故将红粉换追风。"春娘亦赋一绝云："为人莫作妇人身，苦乐无端总属人。今日始知人贱畜，君前碎首又何嗔。"遂下阶触槐而死。三诗本纪不载。

【注释】

1. 蒋运使：蒋之奇（1031—1104），字颖叔，常州宜兴（今江苏宜兴）人，曾任河北转运使，故称蒋运使。2. 春娘：人名，苏东坡的婢女。3. 玉卮：亦作玉巵，玉制的酒杯。卮，音zhī。

【译文】

苏东坡贬谪到黄州，蒋之奇为他饯行，苏东坡让婢女春娘劝酒，蒋之奇问："春娘去吗？"苏东坡说："打算回父母家。"蒋之奇说："你出行必定需要马匹，乞求用马匹来交换春娘，可以吗？"苏东坡答应了。蒋之奇题诗说："不惜霜毛两雪蹄，等闲分付赎蛾眉。虽无金勒嘶明月，却有佳人捧玉卮。"苏东坡答诗说："春娘此去太匆匆，无限离情此夜中。只为山行多险阻，故将红粉换追风。"春娘也赋诗一首："为人莫作妇人身，苦乐无端总属人。今日始知人贱畜，君前碎首又何嗔。"于是走下台阶撞槐树而死去。这三首诗在苏东坡本人的传记里没有记载。

苏东坡云："退之[1]以磨蝎[2]为身宫[3]，而仆以磨蝎为命。平生多得谤誉，殆是同病也。"又自谪海南归，人有问迁谪之苦者，坡云："此是骨相[4]所招。少时入京师，相者云：'一双学士眼，半个配军[5]头，异日[6]文章显当知名[7]，然有迁谪不测之祸。’”又《赠善相者程杰诗》云：“火色上腾虽有数，急流勇退岂无人。”亦似相其不寿，而欲以早休当之，故又曰：“我似乐天君记取，华颠[8]赏遍洛阳春。”然坡公生平居官，起而复踬[9]，未得遂急流勇退之愿，而卒于毗陵，年六十有六，未尝一日享林下[10]之乐，则命相者之言悉验。

【注释】

1. 退之：韩愈，字退之。2. 磨蝎：星宿名，即磨蝎宫。旧时星象家言身、命居此宫者，常多磨难。3. 身宫：古代中国相术家认为身宫代表后天运势。4. 骨相：旧时相命术的一种。相命时捏摸被相者的骨骼以断其吉凶命运。5. 配军：因刑罚而发配戍边的军卒。6. 异日：不久，将来。7. 显当知名：非常出名。8. 华颠：白头。指年老。9. 踬：跌倒。踬，音zhì。10. 林下：山间田野退隐之处。

【译文】

苏东坡说：“韩愈以磨蝎宫为身宫，而我以磨蝎宫为命理。一生常常遭到毁谤，大概是同样的毛病。”又从贬谪的海南回来，有人问起贬谪的痛苦，苏东坡说：“这是骨相所招致的。年轻时候进入京城，相术家说：‘有一双当学士的眼睛，半个发配边疆当军卒的头，将来文章非常出名，然而有被降职贬官的危险灾祸。’”又《赠善相者程杰诗》说：“火色上腾虽有数，急流勇退岂无人。”也似乎在说程杰相面苏东坡不长寿，而希望苏东坡以早日退休来抵挡不长寿的命理，因此又说：“我似乐天君记取，华颠赏遍洛阳春。”然而苏东坡一生为官，起来又跌倒，没有实现急流勇退的愿望，最终死在了毗陵，终年六十六岁，从未有一天享受退隐山林的快乐，于是相术家的话都灵验了。

东坡初入荆溪[1]，有乐死[2]之语，既而抱病稍革[3]，径山老惟琳[4]来候，坡曰：“万里岭海不死，而归宿田里，有不起[5]之忧，非命也邪？然死生亦细故[6]耳。”后二日，将属纩[7]，闻根[8]先离，琳叩[9]耳大声曰：“端明勿忘西方[10]！”曰：“西方不无，但个里着力不得。”语毕而终。东坡讣[11]至京师，王定国[12]及李廌[13]皆有疏文[14]。张耒[15]时知[16]颍州，闻坡卒，为举哀行服[17]，出俸钱于荐福禅寺[18]修供[19]，以致师尊之哀，乃遭论列[20]，谪房州[21]别驾[22]。（李秃翁[23]曰：“西方不无，此便是疑信之间。若真实信有西方，正好着力，如何说着力不得也。”）

【注释】

1. 荆溪：指今江苏省宜兴市。2. 乐死：指乐于终老其地，极言对其地的喜欢。3. 稍革：逐渐危急。稍，略微，稍微。革，通“亟”，危急。4. 径山老惟琳：释惟琳（？—1119），号无畏禅师，武康（今浙江德清）人。5. 不起：病不能愈。6. 细故：细小而不值得计较的事。7. 属纩：用新绵置于临死者鼻前察其是否断气，此处指临终。8. 闻根：耳朵。9. 扣：牵着，拉着。10. 西方：指西方极乐世界。11. 讣：报丧，报告人死了的消息。讣，音fù。12. 王定国：王巩。13. 李廌：李廌（1059—1109），字方叔，号齐南先生、太华逸民，华州（今陕西华县）人。廌，音zhì。14. 疏文：凡人祈求于神仙的文函。15. 张耒：张耒（1054—1114），字文潜，号柯山，亳州谯县（今安徽亳州）人，人称宛丘先生、张右史。耒，音lěi。16. 知：主持，管理。17. 举哀行服：穿着丧服大声哭泣。18. 荐福禅寺：即荐福寺，寺庙名，在今陕西西安市南。19. 修供：向神佛供献物品。20. 论列：指言官上书检举弹劾。21. 房州：今湖北省房县。22. 别驾：官职名，汉置，为州刺史的传官。宋代各州的通判，职任似别驾，故后世因此也把别驾作为通判的一种称呼。23. 李秃翁：李贽（1527—1602），字宏甫，号卓吾，曾剃发明志，故亦称“李秃翁”。

【译文】

苏东坡刚刚进入荆溪时，有乐于终老此地的话，不久有病缠身逐渐危急，释惟琳前来问候，苏东坡说：“奔波万里岭海没有让我死去，然后归来居住在田地庐舍间，却有了生病不能痊愈的担忧，难道不是命中注定的吗？然而生死也是细小不值得计较的事情。”过了两天，苏东坡将要逝世了，听力先散失了，释惟琳拉住苏东坡耳朵大声说：“端明不要忘记西方极乐世界！”苏东坡微微说：“极乐世界不是没有，但这里用不上力啊。”话说完就死了。苏东坡死了的消息传到了京城，王定国和李廌都写了祈求于上天的文函。张耒当时主政颍州，听说苏东坡去世了，为他穿着丧服大声哭泣，拿出自己的俸禄钱财到荐福寺向神佛供献物品，以此表达对老师的悲痛之情，却遭到言官上书弹劾，被贬官为房州别驾。（李贽说：“极乐世界不是没有，这就在怀疑与相信之间。如果真的相信有极乐世界，正好用力，为什么说用力不上呢。”）

李方叔[1]祭东坡文有云：“道大不容，才高为累。皇天后土，鉴平安忠义之心；名山大川，还千古英灵之气。识与不识，谁不尽伤？闻所未闻，吾将安放。”时冰华居士钱济明[2]祭坡文有“降邹阳[3]于十三世，夫岂偶然？继孟轲于五百年，吾无间也”之句。冰华云：“元祐初，刘贡父[4]梦至一官府案间[5]，文轴甚多，偶取一轴，展视之云：‘在宋为苏东坡，逆数而上十三世，云在西汉为邹阳。’”

【注释】

1. 李方叔：指李廌。2. 钱济明：钱世雄，生卒年不详，字济明，号冰华居士，常州晋陵（今江苏常州）人。3. 邹阳：邹阳（前206—前129），临淄（今山东淄博）人。4. 刘贡父：刘攽。5. 案间：桌案之间。

【译文】

李廌祭奠苏东坡的文章中有说：“道大不容，才高为累。皇天后土，鉴平安忠义之心；名山大川，还千古英灵之气。识与不识，谁不尽伤？闻所未闻，吾将安放。”当时冰华居士钱世雄祭奠苏东坡的文章中有“降邹阳于十三世，夫岂偶然？继孟轲于五百年，吾无间也”的句子。钱世雄说：“元祐初年，刘攽梦见自己到了一个官府的桌案旁边，文章卷轴非常多，偶然拿起一个卷轴，展开看见里面说：‘在宋朝是苏东坡，倒着往上数十三代，说在西汉时期是邹阳。’”

苏东坡尝言：“夜梦登合江楼[1]，月色如水，韩魏公[2]跨鹤来，曰：‘被命同领剧曹[3]，故来相报[4]也。他日北归中原，当不久也。’”此事见《仇池笔记》中。东坡以建中靖国[5]元年遇赦北归，七月到常州，而殂于钱公辅[6]家，此亦异事也欤。

【注释】

1. 合江楼：楼名，在苏东坡惠州寓所附近。2. 韩魏公：指韩琦，韩琦被宋徽宗追封魏郡王。3. 剧曹：官职名，汉置，为尚书属吏。4. 相报：告知，告诉。5. 建中靖国：宋徽宗年号，1101年。6. 钱公辅：钱公辅（1021—1072），字君倚，钱世雄的父亲。

【译文】

苏东坡曾经说：“晚上梦见自己登上合江楼，月光如同水一般皎洁，韩琦骑着白鹤前来，说：‘领命一起担任剧曹，因此特来告知。将来回到北方中原地区，应当不久了。’”这件事记载在《仇池笔记》里。苏东坡在建中靖国元年遇到赦免回到北方，七月到了常州，死在了钱公辅的家里，这真是一件奇怪的事情啊。

东坡易箦[1]，大概[2]详[3]赵叔问[4]《肯綮录》[5]。先时公游罗浮[6]，偶见赤猿，后遂[7]数梦之，竟以七月廿[8]八日终于常州。米元章[9]挽[10]公诗云：“梦里赤猿真月纪。”盖实事云。

【注释】

1. 易箦：更换床席，指人之将死。2. 大概：大致的内容，大体的情况。3. 详：详细，详尽。4. 赵叔问：生卒年不详，宋宗室子弟。5.《肯綮录》：宋赵叔问所撰写的笔记。綮，音qìng。6. 罗浮：罗浮山，在今广东省惠州博罗县的西北部。7. 遂：竟然。8. 廿：数目，二十。9. 米元章：米芾。10. 挽：哀悼死者。

【译文】

苏东坡最终去世时的场景，具体细节在赵叔问的《肯綮录》里。以前苏东坡游玩罗浮山，偶然看见红色的猿猴，后来竟然多次梦见，终究在七月二十八日死在了常州。米芾哀悼苏东坡作诗说：“梦里赤猿真月纪。”大概说的是真事。

霅川[1]莫蒙养正[2]，崇宁[3]间过[4]余[5]，言："夜梦行西湖上，见一人野服[6]髽髻[7]，颀然而长[8]，参从数人，轩轩[9]然常在人前。路人或[10]指之而言曰：'此苏翰林也。'养正少识之，亟趋前拜，且致恭曰：'蒙自为儿时诵先生之文，愿执巾侍[11]，不可得也。不知先生厌世仙去，今何所领而参从如是[12]也？'先生顾视久之，曰：'是太学生莫蒙否？'养正对之曰：'然。'先生颔[13]之，曰：'某今为紫府[14]押衙[15]。'语讫[16]而觉[17]。"后偶得先生岭外手书一纸云："夜登合江楼，梦韩魏公骑鹤相过，云：'受命与公同北归中原，当不久也。'已而果然。"小说[18]载魏公为紫府真人[19]，则养正之梦不诬[20]矣。

【注释】

1. 霅川：今浙江湖州。霅，音zhà。2. 莫蒙养正：莫蒙，字养正，宋徽宗时应特科出仕。3. 崇宁：崇宁（1102—1106），是宋徽宗赵佶的第二个年号，取继承宋神宗常法熙宁之意。4. 过：拜访，探望。5. 余：指《春渚纪闻》的作者何薳。6. 野服：便服。7. 髽髻：梳在头顶两旁或脑后的发髻。髽，音zhuā。髻，音jì。8. 颀然而长：修长的样子。颀，音qí。9. 轩轩：仪态轩昂。10. 或：有的，有的人。11. 执巾侍：作为拿毛巾的侍从，引申为入室弟子。12. 如是：像这样。13. 颔：点头，表示同意。14. 紫府：即清都紫府，传说中天帝所居之宫阙。15. 押衙：官职名，唐置，掌领仪仗的侍卫。16. 讫：绝止，完毕。17. 觉：睡醒。觉，音jiào。18. 小说：宋代说书人表演内容之一。19. 真人：修真得道的仙人。20. 诬：用谎言欺骗。

【译文】

霅川的莫蒙，崇宁年间来拜访我，说："晚上梦见自己行走在西湖上，看见一个人穿着便服，梳着发髻，身形修长，随从几个，仪态高昂地走在人前。有路人指着说道：'这是苏翰林。'莫蒙小时候就认识苏东坡，急忙走上前参拜，并且非常恭敬地问候说："莫蒙自从小时候诵读了先生的文章，想要作为先生的入室弟子，不能够实现。不知道先生厌恶尘世成仙而去，如今担任什么官职而随从像现在这样？'苏东坡回头看他许久，说：'是太学生莫蒙吗？'莫蒙回答说：'是。'苏东坡点头，说：'我现在是紫府押衙。'话说完就醒了。"后来偶然得到苏东坡在岭外亲手书写的一张纸说："晚上登上合江楼，梦见韩琦骑着白鹤来，说：'接受任命和你一起回到北方中原地区，应当不久了。'后来果真如此。"说书人的话本里记载韩琦是紫府真人，因此莫蒙的梦不是乱编的。

冰华居士钱济明丈[1]尝跋施纯叟藏先生帖[2]后云：建中靖国元年，先生以玉局[3]还自岭海，四月自当涂[4]寄[5]十一诗，且约同[6]程德孺[7]至金山[8]相候，既往迓[9]之，遂决议为毗陵[10]之居。六月自仪真[11]避[12]疾渡江，再见于奔牛埭[13]，先生独卧榻上，徐起谓某曰："万里生还，乃以后事相托也。惟吾子由，自再贬及归，不复一见而决[14]，此痛难堪[15]。"余无言者。久之复曰："某前在海外，了得[16]《易》《书》《论语》三书，今尽以付子，愿勿以示人，三十年后，会有知者。"因取藏箧[17]欲开，而钥[18]失匙。某曰："某获侍言，方自此始，何遽[19]及是也。"即迁寓孙氏馆，日[20]往造见[21]，见必移时[22]，慨然[23]追论[24]往事且及人，间[25]出岭海诗文相示，时发一笑，觉眉宇[26]间秀爽之气照映[27]坐人。七月十二日，疫少间[28]，曰："今日有意，喜近笔研[29]，试为济明戏书数纸。"遂书《惠州江月》五诗，明日又得《跋桂酒颂》，自尔[30]疾稍增，至十五日而终。

【注释】

1. 丈：对长辈的敬称。2. 跋施纯叟藏先生帖：指钱济明作品《跋施纯叟藏苏公帖》。3. 玉局：建中靖国元年，苏东坡以提举玉局观复朝奉郎身份遇赦北还。4. 当涂：今安徽省当涂县。5. 寄：寄出。6. 约同：约定在一起做某事。7. 程德孺：程之元字德孺，苏东坡的表弟。8. 金山：今江苏省镇江西北。9. 迓：迎接。迓，音 yà。10. 毗陵：今江苏省常州市。11. 仪真：今江苏省仪征市。12. 避：躲避。13. 奔牛埭：位于今江苏省常州市奔牛镇。埭，大坝。14. 决：通"诀"，诀别，辞别。15. 堪：经受得起，能够承受。16. 了得：领悟。17. 箧：小箱子。18. 钥：锁。19. 遽：迅速，急速。20. 日：每天，天天。21. 造见：拜访会见。22. 移时：指经历一段时间。23. 慨然：感慨。24. 追论：议论过去的事。25. 间：间隙，间或。26. 眉宇：眉毛、额头之间。27. 照映：照耀辉映。28. 疫少间：指病稍微好点。29. 笔研：即笔砚，指笔和砚。30. 自尔：从此，此后。

【译文】

冰华居士钱济明曾经题跋施纯叟藏苏东坡字帖上说：建中靖国元年，苏东坡以提举玉局观复朝奉郎身份从岭海回来，四月一日从当涂县寄出十一首诗，并且让我约上程之元一起到金山等候，前往迎接后，遂决议在毗陵居住。六月从仪真避疾过江，再次见面是在奔牛埭，苏东坡一个人躺在床榻上，慢慢起来对我说："奔波万里从危险中活着，是把以后的事情委托给你。只有我的弟弟苏辙，从再次被贬到返回，不能见一面而辞别，这样的痛苦难以忍受。"我没有说话。过了很久又说："我以前在海外，领悟了《易》《书》《论语》三本书，今天全部交付给你，希望不要展示给别人，三十年以后，会有知道的人。"于是拿出珍藏的小箱子想要打开，然而锁丢失了钥匙。我说："我得到这些话，才从现在开始，何必着急成这样呢。"就迁移居住在孙氏馆，我天天前往拜访会见他，见面必经过一段时间，苏东坡就感慨议论那些往事以及过去的人，时不时拿出在岭海创作的诗词文章展示，偶尔发出一声笑声，觉得眉毛、额头之间秀美爽朗的气息照耀在座的人。七月十二日，疾病稍微好点，苏东坡说："今天有意，喜欢接近笔和砚，试着为济明戏写几张纸。"于是书写《惠州江月》五首诗，第二天又书写了《跋桂酒颂》，此后疾病稍微严重，到十五日后便去世了。

吾谪海南，尽卖酒器[1]，以供衣食，独有一荷叶杯，工制美妙，留以自娱，又好书，苦[2]远不可致，得郑嘉会靖老[3]书，欲于海舶载书千余卷见借[4]。因[5]读渊明《赠羊长史》诗云："愚生三季[6]后，慨然念黄虞[7]。得知千载事，正赖古人书。"故和[8]之以见志。

【注释】

1. 酒器：用来盛酒的器具。2. 苦：苦于。3. 郑嘉会靖老：郑嘉会，生卒年不详，号靖老。4. 见借：借给我。5. 因：趁着。6. 三季：夏商周三代的末期。7. 黄虞：黄帝、虞舜的合称。8. 和：唱和。

【译文】

我被降职贬官到海南，卖光了全部盛酒的器具，以此供应穿衣吃饭，只有一个荷叶杯，工艺制作美丽奇妙，留下用来娱乐自我，此外喜欢读书，苦于路途遥远无法获得，得到郑嘉会的书信，想要用海船装载一千多卷书籍借给我。因而读陶渊明的《赠羊长史》诗说："愚生三季后，慨然念黄虞。得知千载事，正赖古人书。"故而唱和此诗来表明内心志向。

丁丑二月十四日，白鹤峰[1]新居成，自嘉祐寺[2]迁入。咏渊明《时运》诗云："斯晨斯夕，言息其庐。"似为余发也，乃次其韵[3]。长子迈，与余别三年矣，挈携[4]诸孙，万里远至，老朽忧患之余，不能无欣然。乃次其韵：

我卜我居，居非一朝。龟不吾欺，食此江郊。废井已塞，乔木干霄。昔人伊何，谁其裔苗。下有澄潭，可饮可濯。江山千里，供我遐瞩。木固无胫，瓦岂有足。陶匠自至，啸歌相乐。我视此邦，如洙如沂。邦人劝我，老矣安归。自我幽独，倚门或挥。岂无亲友，云散莫追。旦朝丁丁，谁款我庐。子孙远至，笑语纷如。剪鬃[5]垂髫，覆此瓠壶。三年一梦，乃复见余。

予在都下[6]，每谒[7]范纯夫[8]，子孙环绕，投[9]纸笔求作字，每调[10]之曰："诉旱乎，诉涝乎？"今皆在万里，岂可得乎？有来请纯夫书，因录此数纸寄之。丁丑闰三月五日。多难畏人，此诗慎勿示人也。

【注释】

1. 白鹤峰：位于广东省惠州市。2. 嘉祐寺：寺名，在广东惠州。3. 乃次其韵：于是按照诗原来的韵和次序来和诗。4. 挈携：提携，携带。挈，音qiè。5. 鬃：发结。鬃，音cài。6. 都下：指京都。7. 谒：进见。8. 范纯夫：范祖禹（1041—1098），字淳甫（淳或作醇、纯，甫或作父、夫），华阳（今四川成都）人。9. 投：递送。10. 调：调笑，嘲弄。

【译文】

丁丑年二月十四日，白鹤峰上面的新房子建成了，从嘉祐寺迁过来。吟咏陶渊明的《时运》诗说："斯晨斯夕，言息其庐。"好像是为我抒发的，于是次韵陶诗。长子苏迈和我分别了三年多，带着儿孙们，不远万里来到这里，我在忧虑的同时，不能不感到高兴。于是次韵写诗：

我卜我居，居非一朝。龟不吾欺，食此江郊。废井已塞，乔木干霄。昔人伊何，谁其裔苗。下有澄潭，可饮可濯。江山千里，供我遐瞩。木固无胫，瓦岂有足。陶匠自至，啸歌相乐。我视此邦，如洙如沂。邦人劝我，老矣安归。自我幽独，倚门或挥。岂无亲友，云散莫追。旦朝丁丁，谁款我庐。子孙远至，笑语纷如。剪鬃垂髫，覆此瓠壶。三年一梦，乃复见余。

我在京都，每次进见范祖禹，他的子孙围绕，递上纸张和毛笔请求范祖禹写字，他总是调笑说："控诉干旱呢，还是控诉洪涝？"现在都在万里之外，岂能得到范祖禹的字？现在又想得到范祖禹的信件，因此手写下这几张纸寄给范祖禹。丁丑年闰三月五日。因为历尽苦难而畏惧别人，这首诗千万不要让人看。

余在惠州，忽被命谪儋耳，太守方子容[1]来吊[2]余曰："此固前定，吾妻沈素[3]事[4]僧伽[5]谨甚，一夕[6]梦和尚来辞[7]，云：'当[8]与苏子瞻同行[9]，后七十二日有命。'今七十二日矣，岂非前定乎！"遂寄家惠州，独与幼子过渡海，与杨济甫[10]函云："独与幼子过南来，生事[11]狼狈[12]，劳苦万状[13]，然胸中亦自有翛然[14]处也。"

【注释】

1. 方子容：字南圭，莆田人，皇祐五年（1053）进士。2. 吊：慰问。3. 素：一向，向来。4. 事：侍奉，服侍。5. 僧伽：僧人。6. 一夕：一晚，一夜。7. 辞：告诉。8. 当：将要，就要。9. 同行：指共事。10. 杨济甫：眉州眉山（今四川眉山）人，苏东坡朋友。11. 生事：生计。12. 狼狈：传说狈是一种兽，前腿很短，走路时要趴在狼的身上，形容艰难困苦或极其窘迫的样子。13. 劳苦万状：各种情况都十分艰难痛苦。14. 翛然：超脱的样子。翛，音xiāo。

【译文】

我在惠州的时候，忽然接到命令继续贬官到儋耳，太守方子容前来慰问我说："这是之前注定的，我的妻子沈氏一向侍奉僧人非常谨慎，一晚梦见和尚前来辞别，说：'将要和苏东坡共事，后面七十二天内有任命。'今天就是第七十二天，难道不是之前注定的吗！"于是让家人居住在惠州，独自和小儿子苏过渡海，写给杨济甫的信中说："独自与幼小的儿子苏过南来，生计艰难困苦，各种情况都十分痛苦，然而胸中也自然有超脱的地方。"

子由作先生[1]墓志[2]云："绍圣四年，先生安置[3]昌化[4]，初僦[5]官屋以庇风雨，有司[6]犹谓不可，则买地筑室，昌化士人畚土[7]运甓[8]以助之，为屋三间。"先生《与程儒书》云："近与儿子结茅[9]数椽[10]居之，仅庇风雨，然劳费已不赀[11]矣，赖[12]十数学者助作，躬[13]泥水之役。"又有《桄榔庵铭》云："东坡居士谪居儋耳，无地可居，偃息[14]于桄榔[15]林中，摘叶书铭，以记其处。"

【注释】

1. 先生：指东坡先生，即苏东坡。2. 墓志：指放在墓里的刻有死者生平事迹的石刻，亦指墓志上的文字。3. 安置：宋时官吏被贬谪，轻者称送某州居住，稍重者称安置，更重者称编管。4. 昌化：昌化军，熙宁六年（1073）改儋州置，治所在宜伦县（今海南儋州市西北旧儋县）。5. 僦：租赁。6. 有司：指主管某部门的官吏；泛指官吏。7. 畚土：指搬装泥土。畚，音běn。8. 运甓：运送砖石。甓，音pì。9. 结茅：编茅为屋。谓建造简陋的屋舍。10. 椽：椽子，承托屋面用的木构件。11. 赀：计算。赀，音zī。12. 赖：幸亏。13. 躬：亲自。14. 偃息：休养，歇息。15. 桄榔：树名，是棕榈科植物。

【译文】

苏辙写苏东坡墓志说："绍圣四年，先生被贬官到昌化，刚开始租赁官府的房屋用来遮蔽风雨，官吏还是认为不可以，于是购买土地建筑房子，昌化的士人们都搬装泥土、运送砖石来帮助他，建造了三间屋子。"苏东坡《与程儒书》说："近日和儿子用茅草造了几间草屋居住，只能遮蔽风雨，然而花费的费用已经无法计算了，幸亏十几位学者帮忙劳作，亲自做泥水工的劳动。"又有《桄榔庵铭》说："苏东坡贬谪在儋耳，没有地方可以居住，歇息在桄榔树林里，采摘叶子书写铭文，以此记载他的处境。"

东坡于建中靖国元年七月二十八日卒于常州，子由为作墓志云："先生七月被病[1]，卒于毗陵，吴越[2]之民相与[3]哭于市[4]，其君子相吊于家，讣闻四方，无贤愚皆咨嗟[5]出涕，太学之士数百人，相率[6]饭[7]僧慧林佛舍[8]。"呜呼，先生文章为百世之师，而忠义尤为天下大闲[9]，加之好贤乐善，常若[10]不及。是宜[11]讣闻之日，士民惜哲人[12]之萎[13]，朝野嗟一鉴之逝，皆出于自然之诚，不可以强而致也，次年葬于汝州。

【注释】

1. 被病：指疾病缠身。2. 吴越：指春秋吴越故地（今江浙一带）。3. 相与：共同，一道。4. 市：集镇，城镇，城市。5. 咨嗟：叹息。6. 率：一概，都。7. 饭：即饭僧，向和尚施饭来修善祈福。8. 慧林佛舍：指慧林寺。9. 大闲：基本的行为准则。10. 若：及，比得上。11. 宜：大概，也许。12. 哲人：智慧卓越的人。13. 萎：枯萎，衰落。

【译文】

苏东坡在建中靖国元年七月二十八日这天死在了常州，苏辙为他写作墓志说：“苏东坡七月疾病缠身，死在了毗陵，吴越的百姓一起在城镇里哭泣，君子前来慰问家属，死亡的消息传到各个地方，无论是贤能或者愚笨的人都叹息流泪。太学里的学生几百人，相继施饭给慧林寺以给苏东坡祈福。”呜呼，苏东坡的文章是世世代代的老师，而他的忠诚和义气是天下人做事的基本行为准则，加上他喜欢贤能之人，乐于做善事，平常人都比不上。也许死亡的消息传出去的时候，士人与百姓可惜智慧卓越之人的衰亡，朝廷大臣叹息一个借鉴榜样的逝去，这都是产生于自然的真诚，不能强迫达到，第二年苏东坡葬在汝州。

家 世

东坡有数妾相继[1]而去，唯朝云随坡南迁[2]。朝云姓王氏，钱塘[3]人，生一子曰幹儿，未期而夭[4]，绍圣[5]三年七月五日，朝云亡，八月三日葬泗州[6]栖禅寺[7]东麓[8]，为亭名六如，有铭。

【注释】

1. 相继：一个跟着一个；连续不断。2. 南迁：被贬谪、流放到南方。3. 钱塘：今浙江省杭州市。4. 未期而夭：不久就夭折了。5. 绍圣：绍圣（1094—1098）是宋哲宗赵煦的第二个年号。6. 泗州：隶属于安徽省宿州市。7. 栖禅寺：寺庙名。8. 东麓：指东边山脚。

【译文】

苏东坡有几位小妾一个接一个地离开，只有朝云跟随苏东坡贬谪到南方。朝云姓王，是钱塘人，生了一个儿子叫幹儿，不久就夭折了，绍圣三年七月五日，朝云去世，八月三日被苏东坡葬在泗州栖禅寺东边的山脚下，建造亭子取名为六如亭，有铭文。

东坡在黄州自号“狂副使[1]”，其词云：“更问樽前狂副使。”又自号“老农夫[2]”，其词云：“看取雪堂坡下，老农夫凄切。”

【注释】

1. 狂副使：苏东坡元丰年间贬为黄州团练副使，因自号“狂副使”。2. 老农夫：苏东坡的名号。

【译文】

苏东坡在黄州自号为“狂副使”，词中说：“更问樽前狂副使。”又自号为“老农夫”，词中说：“看取雪堂坡下，老农夫凄切。”

苏子瞻世称长公，或谓大苏[1]。按子瞻固行仲[2]，按老苏先生三子，长景先，早卒，见欧阳公墓志。黄山谷《避暑李氏园》有句云：“题诗未有惊人句，会唤谪仙苏二来。”谓东坡也，山谷又尝私东坡为“二丈”云。

【注释】

1. 大苏：即苏东坡。和父亲苏洵（称老苏）、弟弟苏辙（称小苏）均是宋代著名文学家，合称三苏。2. 仲：排行第二。

【译文】

苏东坡被世人称为苏长公，或者称为大苏。按辈分说苏东坡本来排行第二，苏洵先生有三个儿子，大儿子景先很早就去世了，这事记载在欧阳修给苏洵写的墓志里。黄庭坚的《避暑李氏园》有一句话说：“题诗未有惊人句，会唤谪仙苏二来。”说的是苏东坡，黄庭坚又曾私下称苏东坡为“二丈”。

子瞻一字和仲，子由一字同叔。陆深[1]《玉堂漫笔》云：“怀素《自叙帖》近刻石于苏州，兼刻古今题跋[2]，内苏栾城[3]一跋云：‘予兄和仲。’盖谓东坡，自题曰：‘苏辙同叔云云。’”又东坡《游罗浮山》诗：“还须略报老同叔。”自注：“子由，一字同叔。”和仲，同叔之字，人亦罕称。

【注释】

1. 陆深：陆深（1477—1544），字子渊，号俨山，松江府上海县（今上海市）人。2. 题跋：写在书籍、书画等前面的文字叫题，写在后面的文字叫跋。内容多为品评、鉴赏、考订、记事等。3. 苏栾城：指苏辙，因苏辙文集《栾城集》而得名，栾城，即河北栾城，苏氏祖籍地。

【译文】

苏东坡有一表字叫和仲，苏辙有一表字叫同叔。陆深《玉堂漫笔》中说：“怀素的《自叙帖》近来被刻在苏州的石头上，一起刻上了从古到今的评论题跋，里面有苏辙一个题跋说：‘予兄和仲。’大概说的就是苏东坡，自题说：‘苏辙同叔云云。’”再者苏东坡《游罗浮山》诗：“还须略报老同叔。”自己作注：“苏辙，一字叫同叔。”和仲，同叔的字，人们也很少称呼。

世于东坡先生，称号不一，如髯仙、长帽翁之类，诗流[1]习称之。山谷诗：“翰林若要真学士，唤取儋州秃鬓翁[2]。”赵德麟[3]《侯鲭录》记之，云谓东坡也。

【注释】

1. 诗流：指诗人。2. 秃鬓翁：因苏东坡在儋州的容貌打扮而得此称呼。3. 赵德麟：赵令畤（1064—1134），初字景贶，苏东坡为之改字德麟，自号聊复翁，又号藏六居士。宋太祖次子燕王德昭之后。

【译文】

世人称呼苏东坡，称号不一样，比如髯仙、长帽翁一类，诗人习惯以此称呼。黄庭坚作诗说：“翰林若要真学士，唤取儋州秃鬓翁。”赵令畤《侯鲭录》记载下来，说是指苏东坡。

苏子瞻一字子平[1]，同时与子瞻往来诗常有称子平者，文与可[2]《月岩斋》诗有之：“子平一见初动心，辇致东斋自摩洗。”又云：“子平谓我同所嗜，万里书之特相寄。”诗题下注云：“诗中子平，即子瞻也。”

【注释】

1. 子平：苏东坡的字。2. 文与可：文同。

【译文】

苏东坡有一表字为子平，同一时期与苏东坡往来的诗词中常常有称呼他为子平的人，文与可《月岩斋》诗中有一句话：“子平一见初动心，辇致东斋自摩洗。”又说：“子平谓我同所嗜，万里书之特相寄。”诗词题目下作注说：“诗里所说的子平，就是苏东坡。”

杂　录

东坡诗云："我甚似乐天，但无素与蛮[1]。挂冠及未艾[2]，当获一纪[3]闲。"意亦欲如乐天退居之后，安贫乐道，优游以卒岁耳。乃晚岁窜逐海上，滞留七年，后虽复官以归，而奔驰数月，竟殁于中途，良可叹也。

【注释】

1. 素与蛮：白居易的侍女樊素与小蛮。2. 艾：年长。3. 一纪：十二年。

【译文】

苏东坡的诗说道："我甚似乐天，但无素与蛮。挂冠及未艾，当获一纪闲。"打算也想要像白居易退休之后，安贫乐道，悠闲自得打发岁月。到晚年时，被贬谪窜奔于海上，滞留了七年，后来即使恢复官职回来了，但是奔驰了几个月，竟然死在路途中，实在让人叹息啊。

苏东坡一帖云："予少嗜甘，日食蜜五合[1]，尝谓以蜜煎糖而食之可也。"又曰："吾好食姜蜜汤，甘芳滑辣，使人意快而神清。"其好食甜可知。至《别子由诗》云："我欲自汝阴[2]，径上潼江[3]章[4]，想见冰盘中，石蜜与糖霜。"嗜甘之性，至老而不衰，其见于篇章者如此。

【注释】

1. 合：量词，一升的十分之一，五合就是半升，合，音gě。2. 汝阴：今安徽阜阳。3. 潼江：水名，在潼川府，府治在今四川三台，旧称东川。4. 章：奏章。

【译文】

苏东坡有一张字帖说："我年少的时候喜欢甜味，每天要吃蜜五合，曾经说到用蜜煎炒糖来吃也可以。"又说道："我喜欢吃姜蜜汤，甜味芳香又觉滑顺辣味，让人意识轻快且神志清晰。"苏东坡喜好吃甜的程度是可以知道的。至于《别子由诗》说道："我欲自汝阴，径上潼江章，想见冰盘中，石蜜与糖霜。"爱吃甜的秉性，到老也没有衰减，记录在诗文里的情况大多如此。

东坡在玉堂[1]，一日读杜牧之[2]《阿房宫赋》，凡数遍，每读彻一遍，即再三咨嗟叹息，至夜分[3]犹不寐。有二老兵，皆陕人，给事左右，坐久甚苦，一人长叹，操西音曰："知他有甚好处？夜久寒甚不肯睡，连作冤苦声。"其一曰："也有两句好。"其人大怒曰："你又理会得甚底？"对曰："我爱他道天下人不敢言而敢怒。"叔党卧而闻之，明日以告东坡，大笑曰："这汉子也有鉴识[4]。"

【注释】

1. 玉堂：官署名，汉代侍中有玉堂署，宋以后翰林院亦称玉堂。2. 杜牧之：杜牧（803—852），字牧之，唐京兆万年（今陕西西安）人。3. 夜分：半夜。4. 鉴识：审察辨别的能力。

【译文】

苏东坡在翰林院，有一天读到杜牧的《阿房宫赋》，读了很多遍，每读完一遍，就会多次叹息，到了半夜仍然睡不着。有两位老兵，都是陕西人，侍奉左右，坐久了很苦恼。一个人长叹一声，用陕西话说："知道他有什么好处？入夜太久很冷还是不肯入睡，连连发出冤苦的声音。"其中一个人说："也有两句很好。"这个人非常生气地说："你又懂得什么？"回答说："我喜欢他说天下人不敢说却敢愤怒。"苏过躺在床上听到了这些谈话，第二天就告诉了苏东坡，苏东坡大声笑着说："这个大汉也有审察鉴别的能力啊。"

苏子瞻在黄州，上数欲用之，王禹玉[1]辄曰："轼尝有'此心惟有蛰龙知'之句，陛下龙飞在天而不敬，乃反欲求蛰龙乎？"章子厚曰："龙者，非独人君，人臣皆可以言龙也。"上曰："自古称龙者多矣，如荀氏八龙[2]，孔明卧龙[3]，岂人君也？"及退，子厚诘之，曰："相公乃欲覆人之家族耶？"禹玉曰："闻舒亶[4]言尔。"子厚曰："亶之唾，亦可食乎？"

【注释】

1. 王禹玉：王珪（1019—1085），字禹玉，华阳（今四川成都）人。2. 荀氏八龙：荀淑（83—149），字季和，颍川颍阴（今河南许昌）人，有子八人，号"八龙"。3. 孔明卧龙：诸葛亮（181—234），字孔明，号卧龙，琅琊阳都（今山东沂南）人。4. 舒亶：舒亶（1041—1103），字信道，慈溪（今浙江余姚）人。

【译文】

苏东坡在黄州时，皇上多次想要任用他，王珪就说："苏东坡曾经有'此心惟有蛰龙知'这句诗，陛下您是龙飞在天却不敬仰，反而还想要寻求蛰龙吗？"章子厚说："龙，不是只有帝王可以称呼，人臣都可以说龙。"皇上说："自古以来称为龙的人很多，比如荀淑、诸葛亮，难道是人君吗？”等到退朝以后，章子厚责备王珪，说：“宰相大人，你难道是想要倾覆别人的家族吗？”王珪说：“听闻舒亶的话罢了。”章子厚说：“舒亶的口水，也可以吃吗？”

东坡性不忍事，尝云：“如食中有蝇，吐之乃已。”又公尝自言：“性不慎言语，与人无亲疏，辄输写肝胆，有所不尽，如茹[1]物不下，必吐尽乃已，而人或记疏[2]以为怨咎。”

【注释】

1. 茹：吃。2. 记疏：整理记录。

【译文】

苏东坡性子里就不能忍住事，曾经说：“像食物中有苍蝇，吐出来才可以。”又有苏东坡曾自言道：“性情不注意言辞表达，与人相处没有亲疏分别，往往会倾尽内心城府，有说不完的话，就好比吃到不能吞下的食物，一定要吐干净了才可以，然而有人却记录整理我说的话，把这些话当作怨恨和抱怨。”

东坡云：“故人史生为余言：‘中秋有月，则是岁珠多而圆，贾人常以此候之。’”

【译文】

苏东坡说：“老朋友史生对我说：‘中秋节有月亮，那么这一年的珍珠又多又圆，商人常常以此来观察。’”

刘原父在词掖[1]，欧阳文忠公尝折简[2]问：“入阁[3]起于何年？阁是何殿？开延英[4]起何年？五日一起居[5]，遂废正衙[6]不坐起何年？三者孤陋所不详，乞示本末。”原父方与客对食，曰：“明当为答。”已而复追回，令立俟报，原父就坐中疏入阁事，详尽无遗。原父私谓所亲曰：“好个欧九[7]！极有文章，可惜不甚读书。”东坡闻此言，笑曰：“轼辈将如之何？”

【注释】

1. 词掖：泛指词臣的官署，此处指翰林院。2. 折简：裁纸写信。3. 入阁：唐朝皇帝在便殿（紫宸殿）召见群臣议事。4. 开延英：唐朝皇帝在延英殿召宰相议政处理政事，又称“延英召对”。5. 五日一起居：唐明宗即位后，召令大臣每五日与宰相入殿，朝见皇帝。6. 正衙：指唐朝宣政殿，皇帝日常听政之处。7. 欧九：欧阳修在宗族中排名第九，故称欧九。

【译文】

刘原父在翰林院时，欧阳修曾经裁纸写信问道："在紫宸殿议事起于哪一年？阁是哪一间殿？开延英起于哪一年？唐明宗即位后，每五日便召大臣与宰相入殿朝见皇帝，那么废弃宣政殿不使用起于哪一年？这几件事我学识浅薄不清楚，乞求你告诉我来龙去脉。"刘原父正与客人在吃饭，说："明日可以为你解答。"不久又再次追回送信的人，让他站住等回信，刘原父就在座位上写明唐明宗入阁等事情，都非常详细，没有遗漏。刘原父私下对自己亲近的人说："好一个欧阳修！写文章很了不得，可惜不怎么读书。"苏东坡听闻了这件事，笑着说："我这样的人又将怎么办呢？"

东坡尝诵鬼诗有："织乌西飞客还家。"不解"织乌"何义，王铚性之[1]少年博学，问之，乃云："织乌，日也，往来如梭之义。"

【注释】

1. 王铚性之：生卒年不详，字性之，汝阴（今安徽阜阳）人。

【译文】

苏东坡曾经念鬼诗有句："织乌西飞客还家。"不明白"织乌"是什么意思，王铚年少博学，苏东坡询问他，王铚于是回答说："织乌，就是太阳，来来去去像梭子的意思。"

沈明远《寓简》曰："程颐之学自有佳处，至鲁稚[1]不学之人，窜趾[2]其中，状类有德者，其实土木偶也，而盗一时之名。东坡讥骂，略无假借[3]，人或过之，不知东坡之意惧其为杨墨[4]，将率天下之人，流为矫虔[5]庸惰[6]之习也，辟[7]之恨不力耳，岂过也哉！"

【注释】

1. 鲁稚：粗俗无知。2. 窜趾：混杂。3. 假借：宽容。4. 杨墨：战国时杨朱与墨翟的并称，杨墨文学被儒家视为异端邪说。5. 矫虔：敲诈掠夺。6. 庸惰：平庸懒惰。7. 辟：驳斥。

【译文】

沈明远的《寓简》说："程颐的学问自有其好的地方，至于粗俗无知不学习的人，混杂在其中，装成有德行的人，其本质是土木偶人罢了，却盗得一时的名声。苏东坡对这类人讥讽谩骂，几乎没有宽容，人们有时候责备苏东坡的这种行为，他们不知道苏东坡的意思在担心他们像杨墨等人，率领天下的人演变为敲诈掠夺名声、甘于平庸懒惰的习性，驳斥他们遗憾力量不够，难道过分了嘛！"

苏子瞻云："老杜自秦州[1]越[2]成都，所历辄作一诗，数千里山川在人目中，古今诗人殆无可比拟者。"独唐明皇遣吴道子[3]乘传[4]画蜀道山川，归对大同殿[5]，索其画无有，曰："在臣腹中，请疋素[6]写之。"半日都毕。明皇后幸蜀，皆默识其处，无不相合，惟此可用为比。

【注释】

1. 秦州：今甘肃天水市。2. 越：流亡颠沛。3. 吴道子：吴道子（约680—759），又名道玄，阳翟（今河南禹州）人。4. 乘传：奉命出使。5. 大同殿：唐长安城兴庆宫内殿名，翰林学士办公处。6. 疋素：白色的绢，疋同"匹"，音pǐ。

【译文】

苏东坡说："杜甫从秦州起一路颠沛流离到成都，所经历的事情就会作成一首诗，数千里的山川江河都在人的眼睛里，古今的诗人大概没有可以与之相比的人了。"唯独唐明皇派遣吴道子奉命出使画蜀道山川，归来后在大同殿应对，被索要画却没有，回答道："在我的肚子里面，请让我用白色的绢画出来。"半天就完成了。明皇后来逃难到蜀地，都默默地记住了这些地方，没有与吴道子的画不相合的，只有这件事可以用来与杜甫诗歌相比较。

东坡在黄，即坡之下，种稻为田五十亩，自牧一牛。一日牛病，呼牛医疗之，不识症状，王夫人多智多经涉，谓坡曰："此牛发豆斑疮也，疗法当以青蒿作粥啖之。"如言而效，后举示章子厚云："我自谪居后，便作老农，更无乐事，岂知老妻犹能接黑牡丹[1]也。"子厚曰："我更欲留君与语，恐人又谓从牛医儿来，姑且去。"坡大笑。

【注释】

1. 接黑牡丹：治疗水牛，黑牡丹即水牛。

【译文】

苏东坡在黄州的时候，在山坡的脚下种了五十亩的稻田，自己养了一头牛。有一天牛生病了，苏东坡叫来牛医生治疗牛，医生看不出来牛的症状，王夫人很聪明又见多识广，对苏东坡说："这只牛是患了豆斑疮，治疗的方法应当用青蒿煮成粥喂给牛吃。"按照王夫人的方法果然有效，后来苏东坡把这件事讲给章子厚说："我自从被贬谪以后，便做了老农，再没有什么快乐的事情，怎么知道老妻子还能治疗水牛啊。"章子厚说道："我还想挽留你聊一聊，害怕别人又来说你是从牛医儿那里来的，姑且还是离开吧。"苏东坡听后大笑。

东坡先生与黄门公南迁[1]，相遇于梧、藤[2]间，道旁有鬻汤饼[3]者，共买食之，觕[4]恶不可食，黄门置箸而叹，东坡已尽之矣，徐谓黄门曰："九三郎[5]，尔尚欲咀嚼耶？"大笑而起。

【注释】

1. 南迁：贬谪南方。2. 梧、藤：梧州，今广西梧州；藤州，今广西藤县。3. 汤饼：汤煮面片，面条的统称。4. 觕：通"粗"，音cū。5. 九三郎：苏辙在宗族中排行第九十三，故称"九三郎"。

【译文】

苏东坡与苏辙被贬谪南方，在藤州与梧州之间相遇。路边有一个卖汤面片的人，苏东坡与苏辙一起买下吃了，面片口感粗糙不可以吞咽，苏辙将筷子放下叹气，苏东坡已经吃完了，慢慢地对苏辙说："九三郎，你还想要咀嚼吗？"大笑着站起了身。

东坡摄署[1]钱塘，有妓号九尾狐，一日上状解籍[2]，坡遂判云："五日京兆[3]，判断[4]自由；九尾野狐，从良任便。"又一名妓亦援例求落籍[5]，坡判云："敦[6]召南之化[7]，此意可嘉；空冀北之群[8]，所请不允。"闻者大笑。

【注释】

1. 摄署：代理或兼摄。2. 解籍：脱离乐籍从良。3. 京兆：即京兆尹，汉代管辖京兆地区的行政长官，职权相当于郡太守，后因以称京都地区的行政长官，此处"五日京兆"化用西汉张敞故事，比如任职时间很短或即将离任。4. 判断：判决。5. 落籍：从乐籍中除去名字，从良。6. 敦：崇尚。7. 召南之化：指男女及时婚配，《毛诗序》"召南之国被文王之化，男女得以及时也。"8. 空冀北之群：即冀北空群，出自韩愈《送温处士赴河阳军序》："伯乐一过冀北之野，而马群遂空。"后指优秀的人才被挑选一空。

【译文】

苏东坡在杭州代理政务时，有一名妓女叫九尾狐，有一天上诉状纸要求解籍，苏东坡于是写判词道："五日京兆，判断自由；九尾野狐，从良任便。"又有一名妓女也按照之前的例子来请求落籍，苏东坡写判词道："敦召南之化，此意可嘉；空冀北之群，所请不允。"听说这件事的人都大笑起来。

东坡喜食烧猪肉，佛印住金山时，每烧猪以待，一日为人窃食，坡至无矣，戏作诗云："远公[1]沽酒饮陶潜，佛印烧猪待子瞻。采得百花成蜜后，不知辛苦为谁甜"。又在黄冈时，戏作食肉诗，云："净洗锅，少著水，柴头罨[2]烟焰不起。

待他自熟莫催他，火候足时他自美。黄州好猪肉，价贱如泥土。贵者不肯吃，贫者不解煮，早晨起来打两碗，饱得自家君莫管。”此东坡以文滑稽，而《云仙散录》载：“黄昇日食鹿肉二斤，自晨煮至午，则曰：‘火候足矣。’乃知坡老虽食肉亦用故事。”

【注释】

1. 远公：东晋高僧释慧远（334—416），俗姓贾，雁门楼烦（今山西宁武）人，净土宗始祖，人称“远公”。2. 罨：覆盖。罨，音yǎn。

【译文】

苏东坡喜欢吃烧猪肉，佛印禅师住在金山时，每次都用烧猪肉招待苏东坡。一天烧猪肉被人偷吃了，苏东坡到了猪肉已经没有了，开玩笑地写了一首诗：“远公沽酒饮陶潜，佛印烧猪待子瞻。采得百花成蜜后，不知辛苦为谁甜。”又在黄冈的时候，苏东坡开玩笑地写了食肉诗，说：“净洗锅，少著水，柴头罨烟焰不起。待他自熟莫催他，火候足时他自美。黄州好猪肉，价贱如泥土。贵者不肯吃，贫者不解煮，早晨起来打两碗，饱得自家君莫管。”这是苏东坡写文章幽默诙谐的地方，而《云仙散录》记载：“黄昇每天吃两斤鹿肉，从早晨一直煮到中午，就说：‘火候够了。’才知道苏东坡即使是吃肉也要用典故。”

东坡挟妓登金山，以酒醉[1]佛印，戏命妓同卧，佛印醒而书[2]壁云：“夜来酒醉上床眠，不觉琵琶在枕边。传语翰林苏学士，不曾拨动一根弦。”

【注释】

1. 醉：灌醉。2. 书：书写。

【译文】

苏东坡带着歌妓登金山寺，用酒将佛印灌醉了，开玩笑命令歌妓与佛印同睡在一张床上，佛印醒了以后在墙壁上写下：“夜来酒醉上床眠，不觉琵琶在枕边。传语翰林苏学士，不曾拨动一根弦。”

苏东坡宿灵隐山房，夜闻窗外有女子歌云：“音音音，你负心，真负心，辜负俺到如今，记得当初，低低唱，浅浅斟，一曲值千金。如今抛我在古墙阴，秋风荒草白云深。断桥流水何处寻，凄凄切切，冷冷清清。”东坡推窗即[1]之，见女子冉冉[2]没于墙下，明日掘取，得古琴一张。

【注释】

1. 即：靠近。2. 冉冉：缓缓地。

【译文】

苏东坡住在灵隐寺山房，夜晚听闻窗外有女子在唱歌：“音音音，你负心，真负心，辜负俺到如今，记得当初，低低唱，浅浅斟，一曲值千金。如今抛我在古墙阴，秋风荒草白云深。断桥流水何处寻，凄凄切切，冷冷清清。”苏东坡推开窗户仔细看，看见女子缓缓地隐没在墙下，第二天掘开土地，得到了一张古琴。

苏东坡连守颍杭二州，皆有西湖。其初得颍也，有颍人在坐云：“内翰[1]只消游湖中，便可了郡事。”及守杭，秦观有诗云：“十里熏风菡萏[2]初，我公所至有西湖。却将公事湖中了，见说官闲事也无。”后谪惠州，亦有西湖。

【注释】

1. 内翰：唐宋称翰林为内翰。2. 菡萏：荷花，音hàn dàn。

【译文】

苏东坡连着主政颍、杭二州，都有西湖。苏东坡最开始到颍州时，有在座的颍人说：“内翰只需要在湖中游玩一下，便可以了却郡中的公事。”等到主政杭州时，秦观有首诗说：“十里熏风菡萏初，我公所至有西湖。却将公事湖中了，见说官闲事也无。”后来苏东坡被贬谪到惠州，也有西湖。

灵隐寺僧了然恋妓李秀奴，刺字臂上云：“但愿生从极乐国，免教今世苦相思。”后衣钵[1]荡尽，秀奴绝之，了然怒，一击而毙。时东坡治郡，案其事判以《踏莎行》词云：“这个秃奴，修行忒煞，云山[2]顶上空持戒。一从迷恋玉楼人，鹑衣百结浑无奈。毒手伤人，花容粉碎，空空色色今何在。臂间刺道苦相思，这回还了相思债。”即押赴市曹[3]处斩。

【注释】

1. 衣钵：僧人的衣食、资财。2. 云山：远离尘世的地方。3. 市曹：市内商业集中之处，古代常于此地处决犯人。

【译文】

灵隐寺僧人了然爱上妓女李秀奴，在臂上刺字：“但愿生从极乐国，免教今世苦相思。”后来僧人的衣食资财全部挥霍尽，李秀奴与其断绝关系，了然愤怒，一击就把李秀奴打死了。当时苏东坡治理郡县，审判这件事后，用《踏莎行》写判词说：“这个秃奴，修行忒煞，云山顶上空持戒。一从迷恋玉楼人，鹑衣百结浑无奈。毒手伤人，花容粉碎，空空色色今何在。臂间刺道苦相思，这回还了相思债。”立即押赴市曹斩首。

姚舜明[1]知杭州，有老娼自言故娼也，逮事东坡先生，言："东坡少时每遇休暇，必约客湖上，早食于山水佳处，饭毕，每客一舟，令队长一人，各领数妓，任其所适，晡[2]后鸣锣以集，复会望湖楼或以竹阁之类，极欢而罢，至一二鼓夜市犹未散，列烛而归，城中士女云集，夹道以观行骑过，实一时胜事也。"

【注释】

1. 姚舜明：姚舜明（1071—1135），字廷辉，越州嵊县（今浙江嵊州）人。2. 晡：午后三点到五点，即申时。

【译文】

姚舜明主政杭州时，有老妇人自言她是以前的娼妓，侍奉过苏东坡，说："苏东坡年轻的时候每次遇到闲暇时，一定会在湖上约会客人，在山水极好的地方吃早饭，饭吃完以后，每个客人乘一艘船，选定队长一人，各自领上几名妓女，任船在湖上漂荡，申时以后就敲响锣鼓集合，再在望湖楼或者以竹阁这一类的地方聚集，欢乐尽兴才结束，到了一二鼓夜市时还没有散去，各自拿着火烛就回去。城中的士子女子都聚集在一起，拥挤在道路两旁来观看他们行骑过去，实在是一时的盛事啊。"

老泉携东坡、颍滨谒张文定公，时方习制科业，文定与语奇之，馆于斋舍[1]。翌日，文定忽出大题，令人持与坡、颍云："请学士试拟。"文定密于壁间窥之，两公得题，各坐致思，颍滨于题有疑，指以示坡，坡不言，举笔倒敲几上云："《管子注》。"颍滨疑而未决也，又指其次，坡以笔勾去，即拟撰以纳，文定阅其文，益喜，勾去之题，乃无出处，文定欲试之也。次日，文定语老泉："皆天才，长者明敏尤可爱[2]，然少者谨重，成就或过之。"所以二公皆爱文定，而颍滨感情尤深。

【注释】

1. 斋舍：家中的房舍。2. 可爱：让人喜爱。

【译文】

苏洵带着苏东坡、苏辙拜见张方平，当时苏东坡兄弟正在学习制科考试，张方平与两人交谈感到很惊奇，让他们住在自家的房舍里。第二天，张方平忽然出了一个大题，让人拿给苏东坡、苏辙说："请两位学士试着作出来。"张方平悄悄地在墙壁间窥看，兄弟俩得到了题目，各自坐着努力思考，苏辙对题目有疑问，指给苏东坡看，苏东坡不说话，举起笔倒过来敲在书案上说："《管子注》。"颍滨仍疑惑不能判断，又指了另一个题目，苏东坡用笔勾去，就拟撰出文章交上去，张方平批阅二人文章后，更加高兴，苏东坡勾去的题目，竟然是没有出题依据的，只是张方平试探他俩的地方。第二天，张方平对苏洵说：“兄弟俩都是天才，年长的人思维敏捷还让人喜欢，然而年轻的人谨慎持重，成就可能超过哥哥。”苏东坡兄弟都很喜欢张方平，而苏辙对其感情尤为深厚。

苏东坡《子姑神记》

元丰三年正月朔日[1]，予始去京师来黄州，二月朔至郡，至之明年，进士潘丙谓予曰：“异哉，公之始受命，黄人未知也。有神降于州之侨人郭氏之第，与人言如响，且善赋诗，曰：‘苏公将至，而吾不及见也。’已而，公以是日至，而神以是日去。”其明年正月，丙又曰：“神复降于郭氏。”予往观之，则衣草木，为妇人，而置箸手中，二小童子扶焉。以箸画字曰：“妾，寿阳人也，姓何氏，名媚，字丽卿。自幼知读书属文，为伶人妇。唐垂拱中，寿阳刺史害妾夫，纳妾为侍书，而其妻妒悍甚，见杀于厕。妾虽死不敢诉也，而天使见之，为其直怨，且使有所职于人间。盖世所谓子姑神者，其类甚众，然未有如妾之卓然[2]者也。公少留而为赋诗，且舞以娱公。”诗数十篇，敏捷立成，皆有妙思，杂以嘲笑。问神仙鬼佛变化之理，其答皆出于人意外，坐客抚掌，作《道调梁州》，神起舞中节[3]，曲终再拜以请曰：“公文名于天下，何惜方寸之纸，不使世人知有妾乎？”予观何氏之生，见掠于酷吏，而遇害于悍妻，其怨深矣，而终不指言刺史之姓名，似有礼者。客至逆知[4]其平生，而终不言人之阴私与休咎，可谓知矣，又知好文字而耻无闻于世，皆可贤者。粗为录之，答其意焉。

【注释】

1. 朔日：每月初一日。2. 卓然：卓越的样子。3. 中节：合乎节奏。4. 逆知：预知。

【译文】

元丰三年正月初一，我开始离开京师来到黄州，二月初一到了郡县，到这里的第二年，进士潘丙对我说：“奇怪啊，您刚接受贬谪黄州，黄州的人都不知道。有神人降于本州侨人郭氏的府邸，与人说话很大声，而且善于赋作诗词，说：‘苏公即将到来，但是我来不及见他。’不久，您就在这一天来了，然而神人在这一天离开了。”第二年正月，潘丙又说：“神人再次降于郭氏。”我前往观看神人，穿的草木衣服，是一个妇人，而且手中拿着筷子，两个小童子扶着她。用筷子画字说：“妾，是寿阳人，姓何氏，名媚，字丽卿。自小便知道读书写文章，成为伶人的妻子。唐垂拱年间，寿阳刺史杀害了我的丈夫，纳我为侍书，但是他的妻子嫉妒凶悍十分厉害，将我杀死在厕中。我虽然死了却不敢上诉，而上天使者看见我的事迹，为我公正哀怨，并且让我在人间有做事的职位。大概世人所说的子姑神，这类人十分多，但是没有像我这样卓越的人。您稍作停留为我写诗，我将跳舞来取悦您。”诗文几十篇，思维敏捷立即就写成，都有巧妙的思路，混杂着嘲笑的话语。我问她神仙鬼佛变化的道理，她的回答都出于人的意料，在座的客人都拍掌，写了《道调梁州》，神人跳的舞合乎节奏，曲目结束后她第二次拜我请求道：“您的文章闻名于天下，哪里可惜这么方寸的一张纸，不让世人知道有我吗？”我看何氏的一生，被酷吏掠夺，又遭悍妻迫害，她的怨怒很深，但是始终没有指出刺史的名字，似乎是一个有礼的人。客人到了预知到她的一生，但是她始终没有说人的隐私和善恶，可以知道她很聪明，又知道她喜好文字且羞耻于不被世人知道，她就是有贤能的人。粗略地记录了这件事，酬答她的意愿。

子瞻在黄州，病赤眼，逾月不愈，或疑有他疾，过客遂传以为死矣。有语范景仁[1]于许昌[2]者，景仁绝不置疑，即举袂大恸，召子弟，具金帛，遣人赒[3]其家。子弟徐言：“此传闻未审得实否？当先书以问其安否，得实，吊之未晚。”乃走仆以往，子瞻哗然大笑。故后《量移[4]汝州[5]谢表[6]》有云：“疾病连年，人皆相传为已死。”未几，复与客饮江上，夜归，江面际天，风露浩然，有当其意，乃作歌词，所谓“夜阑风静縠纹[7]平，小舟从此逝，江海寄余生”者，与客大歌数过而散。翌日喧传子瞻夜作此词，挂冠服江边，拏舟长啸去矣。郡守徐君猷[8]闻之，惊且惧，以为州失罪人，急命驾往谒，则子瞻鼻鼾如雷，犹未兴也，然此语卒传至京师，虽裕陵亦闻而疑之。

【注释】

1. 范景仁：范镇（1007—1088），字景仁，华阳（今四川成都）人。2. 许昌：今河南许昌。3. 赒：周济。赒，音 zhōu。4. 量移：多指官吏因罪远谪，遇到赦免酌情调往近处任职。5. 汝州：今河南平顶山。6. 谢表：古时臣子感谢君王的奏章。7. 縠纹：绉纱似的皱纹，常比喻水的波纹。縠，音 hú。8. 徐君猷：徐大寿，生卒年不详，字君猷，江苏宜兴人。

【译文】

苏东坡在黄州时，生了红眼病，过了一个月还没有痊愈，有人就疑虑苏东坡有其他疾病，路过的人于是相传以为苏东坡死去了。有人告诉许昌的范景仁，景仁没有任何疑虑，就举起袖子大声哭泣，召来弟子，准备金帛，派人到苏东坡家慰问。子弟慢慢说：“这个传闻没有考察是否属实吗？应当先写信去问苏东坡是否安然，得到了确定的答案，吊唁也不晚。”于是派遣仆人来黄州看苏东坡，苏东坡忍不住大笑起来，因此后来苏东坡《量移汝州谢表》说：“连年生疾病，人们都相传我已经死了。”没有多久，苏东坡再次与客人在江上喝酒，晚上回来，江水接天，无边无际，江风与露水广大豪迈，正如他的想法，于是写了歌词，这就是“夜阑风静縠纹平，小舟从此逝，江海寄余生”，与客人大声唱了几次才散去。第二天黄州城盛传苏东坡在夜晚写了这首词，将帽子、衣服挂在江边，摇着船舟大声呼啸着离去了。郡守徐君猷听闻了这件事，吃惊又害怕，以为是本州放跑了犯罪之人，急忙安排车驾去看苏东坡，而苏东坡却是鼻鼾像雷一样，仿佛还未尽兴，但是这件事最后传到京师，即使是宋神宗也是听闻了感到疑惑。

修水深山间有小溪，其渡曰“来苏”。盖子由贬高安[1]监酒[2]时，东坡来访之，曾经此渡，乡人以为荣，故名以“来苏”。呜呼！当时小人媒蘖[3]摧挫，欲置之死地，而其所经过之地，溪翁野叟亦以为光华[4]，人心是非之公，其不可泯如此，所谓“石压笋斜出”者是也。

【注释】

1. 高安：今江西高安。2. 监酒：官职名，监造酿酒的官员。3. 媒蘖：酒母，比喻借端诬陷构害。4. 光华：荣耀。

【译文】

修水县深山间有小溪水，它的渡口叫“来苏”。大约是苏辙被贬谪江西高安做监酒时，苏东坡前来看望苏辙，曾经过这个渡口，乡人以此为荣耀，因此命名为“来苏”。呜呼！当时奸吝小人借端构陷苏东坡打击他，想要将苏东坡置之死地，但是苏东坡经过的地方，当地的溪翁野老也会以此为荣耀，人心是非的公正，是不能泯灭到如此地步，所说的“石压笋斜出”就是这样吧。

元丰五年十二月十九日东坡生日，置酒赤壁矶下，踞高峰，俯鹊巢，酒酣，笛声起于江上，客有郭、尤二生，颇知音，谓坡曰：“声有新意，非俗工也。”使人问之，则进士李委闻坡生日，作新曲曰《鹤南飞》以献，呼之使前，则青巾紫裘腰笛而已，既奏新曲，又快作数弄，嘹然[1]有穿云裂石之声，坐客皆引满醉倒，委袖出嘉纸一幅曰：“吾无求于公，得一绝句足矣！”坡笑而从之，曰：“山头孤鹤向南飞，载我南游到九嶷[2]。下界何人也吹笛，可怜时复犯龟兹[3]。”

【注释】

1. 嘹然：响亮。2. 九嶷：九嶷山，又名苍梧山，在今湖南省永州市。嶷，音 yí。3. 龟兹：西域古国名，音 qiū cí。

【译文】

元丰五年十二月十九日苏东坡的生日，在赤壁矶下设置酒宴，坐在高高的山上，俯视鹊巢，酒喝醉后，笛声就从江上响起，客人有郭、尤两个人，颇能知晓音律，对苏东坡说：“这笛音中有新意，并非一般乐工能演奏。”派人问演奏者，得知进士李委听闻苏东坡的生日，作了一首新曲《鹤南飞》来献给苏东坡，呼唤他上前，李委穿着青巾紫裘，带着腰笛，已经奏完了新曲，又迅速地作了几首曲子，笛声响亮，仿佛有穿云裂石的声音，在座的客人都斟满酒杯醉倒了，李委从袖子里拿出上好的纸一张说：“我无求于您，只得到一首绝句就很足够了！”苏东坡笑着答应了，写道：“山头孤鹤向南飞，载我南游到九嶷。下界何人也吹笛，可怜时复犯龟兹。”

唐子西[1]云：“先生赴定武时，过京师，馆于城外一园子中。余时年十八，谒之，问：‘近观甚书？’予对以方读《晋书》，猝[2]问：‘其中有甚亭子名？’予茫然失对。”

【注释】

1. 唐子西：唐庚（1070—1120），字子西，眉州丹棱（今四川丹棱）人。2. 猝：突然。

【译文】

唐庚说：“苏东坡赶任定武时，路过京师，住在城外一个园子里面。我当时十八岁，拜访苏东坡，苏东坡问我：‘近来在看什么书？’我回答正在看《晋书》，突然又问道：‘书里面有什么亭子的名字？’我茫然不知道怎么回答。”

东坡自海南还，过惠州，州牧[1]故人，出郊迎之，问海南风土人情，余[2]谓：“风土极善，人情不恶，某初离昌化时，有十数父老，皆携酒馔，直至水次，送某登舟，执手涕泣而别，曰：‘此回与内翰[3]相别后，不知甚时相见。’”

【注释】

1. 州牧：官职名，古代一州的最高长官。2. 余：我，此处指苏东坡。3. 内翰：指苏东坡。

【译文】

苏东坡从海南归来，经过惠州，州牧是老朋友，到郊外来迎接苏东坡，问海南的风土人情，我回答说：“风土非常好，人情不恶劣，我刚离开昌化时，有十几个老乡，都带着酒食送别，一直走到了水边，送我登上船，拉着我的手流泪分别，说：‘这一次与内翰分别以后，不知道什么时候才能再见。’”

程颐在经筵[1]以礼法自持，每进讲，色甚庄，继以讽谏，苏东坡谓其不近人情，深嫉之。值国忌行香[2]，颐令供素馔，子瞻诘[3]之曰：“正叔不好佛，胡为素食？”先生曰：“礼，居丧不饮酒，不食肉，忌日，丧之余也。”子瞻言具肉食，曰：“为刘氏者左袒。”[4]于是范纯夫辈食素，秦、黄辈食肉。

【注释】

1. 经筵：从汉代以来帝王为讲论经史而特设的御前讲席。宋代始称经筵，置讲官以翰林学士或其他官员充任或兼任。2. 国忌行香：古代逢帝、后忌辰，在寺观设斋焚香。3. 诘：责问。4. 为刘氏者左袒：指选边站的典故。《史记·吕后纪》记载：“汉高祖死，吕后称制，诸吕封王，以危刘氏，太尉周勃入军中，行令军中曰：‘为吕氏者右袒，为刘氏者左袒’。

【译文】

程颐在经筵讲席上用礼法规约束自己，每次经筵讲解，色貌便庄严持重，再加以讽谏，苏东坡认为程颐不近人情，深深地憎恶他。到了国忌焚香的时候，程颐命令供给素食，苏东坡责问道：“程颐不喜好佛法，怎么会吃素食？”程颐说：“礼法规定，在服丧期间不可以喝酒，不能吃肉，忌日，是服丧日期的延续。”苏东坡说准备肉食，说：“为刘氏者左袒。”于是范纯夫等人食素，秦观、黄庭坚等人食肉。

王晋卿[1]尝暴[2]得耳聋，意不能堪，求方于仆，仆答之云：“君是将种，断头穴骨当无所惜，两耳堪作底用，割舍不得？限三日疾去，不去割取我耳！”晋卿洒然而悟[3]，三日病良已，以颂示仆云：“老婆心急频相劝，性难只得三日限。我耳已较[4]君不割，且喜两家总平善。”今见定国所藏《挑耳图》，云得之晋卿，聊识此事。

【注释】

1. 王晋卿：王诜，字晋卿，北宋开国大将王全斌的后裔。2. 暴：突然，猝然。3. 洒然而悟：了然而悟。4. 较：痊愈。

【译文】

王晋卿曾突然耳朵失聪，不能忍受这种情况，向我求取药方，我回答他说：“你是将种，割断头颅挖空骨头应该都不可惜，两只耳朵能做什么用呢，难道割舍不得吗？限定三天，疾病离开，不去的话就割掉我耳朵！”王晋卿了然而悟，三天病就好了。写了篇颂给我看：“老婆心急频相劝，性难只得三日限。我耳已较君不割，且喜两家总平善。”现在看见王定国收藏的《挑耳图》，说是从晋卿那里得来的，姑且记下这件事。

子由在筠州[1]，云庵[2]居洞山[3]，聪禅师[4]亦蜀人，居寿圣寺。一夕，三人同梦迎五祖戒和尚[5]，拊手大笑曰：“世间果有同梦者，异哉！”久之，东坡书至，曰："已至奉新，旦夕相见。"三人同出二十里建山寺而东坡至，各追绎所梦。坡曰："某年七八岁时，尝梦某身是僧，往来陕右。"云庵惊曰："戒，陕右人也。暮年弃五祖来游高安，终于大愚[6]。"逆数盖五十年而东坡时正年四十九。

【注释】

1. 筠州：今江西高安。2. 云庵：真净克文（1025—1102），法名克文，号云庵，赐号真净大师。3. 洞山：高安洞山寺。4. 聪禅师：释省聪（1042—1096），绵州盐泉（今四川绵阳）人。5. 五祖戒和尚：师戒禅师（？—1041），陕西人，曾在湖北黄梅五祖寺当住持，故又称"五祖戒禅师"。6. 大愚：大愚寺，高安佛寺名。

【译文】

苏辙在筠州，真净大师住在洞山寺，释省聪也是蜀地人，住在寿圣寺。一天晚上，三个人同时梦见欢迎师戒禅师，拍掌大笑说："世界上果然有做同样梦的人，太神奇了！"过了段时间，苏东坡的信到了，说："我已经到了奉新县，不久就可以相见。"三个人一同出门到二十里外的建山寺而苏东坡就到了，各自开始追忆描述自己的梦。苏东坡说："我七八岁时，曾经梦见我自己是一个僧人，在陕右间往来。"真净大师惊叹道："师戒禅师就是陕右人。晚年离开五祖来高安游玩，最后到了大愚寺。"往回数大概五十年而当时苏东坡正好是四十九岁。

宋时，西湖"三贤堂"两处，皆有东坡。其一在孤山竹阁，三贤者：白乐天、林君复[1]、苏子瞻也；其一在龙井寿圣院，三贤者：赵阅道[2]、僧辩才[3]、东坡也。

【注释】

1. 林君复：林逋（967—1028），字君复，杭州钱塘（今浙江杭州）人。2. 赵阅道：赵抃，字阅道。3. 僧辩才：辩才（1011—1091），法名元净，於潜县（今浙江杭州）人。

【译文】

宋朝时，西湖的"三贤堂"有两个地方，都有苏东坡。其中一个在孤山竹阁，三位贤人有白居易、林逋、苏东坡；其中一个在龙井寿圣院，三位贤人有赵抃、辩才、苏东坡。

东坡于道上见云气自山中来，如群马奔突，以手掇开[1]笼，收其云满笼中，归家开而放之，变化掣[2]去。

【注释】

1. 掇开：打开。2. 掣：迅速。

【译文】

苏东坡在路上看见云雾从山中飞来，像群马奔腾突击，用手打开笼子，将云气收起来装满笼子，回到家打开放出云气，变化迅速离开。

坡公在馆阁[1]，颇因言语文章规切时政，仲游[2]忧其及祸，贻书戒之曰：“天下论君之文，如孙膑之用兵，扁鹊之医疾，固所指名者矣。虽无是非之言，犹有是非之疑，又况其有耶？”公得书耸然[3]，竟如其虑。

【注释】

1. 馆阁：北宋有昭文馆、史馆、集贤苑三馆和秘阁、龙图阁等阁，分掌图书经籍和编修国史等事务，通称“馆阁”，此处指史馆。2. 仲游：毕仲游（1047—1121），字公叔，郑州管城（今河南郑州）人。3. 耸然：害怕。

【译文】

苏东坡在史馆的时候，经常用言语文章批评关切时政，毕仲游担心苏东坡会招致灾祸，写信告诫说：“天下人议论你的文章，就像说孙膑用兵、扁鹊行医一样，本来就指名道姓了，即使你的文章中没有评论是非的言论，但也有述说是非的嫌疑，更何况有的直接评论了是非呢？”苏东坡得到文书之后很害怕，最终结果如同毕仲游担心的一样。

坡公同子由入就御试[1]，共白厥父。明允虑一有黜落[2]，明允曰：“我能使汝皆得，一和题一骂题可矣。”由是二人果皆中。

【注释】

1. 御试：即殿试，科举时代帝王于宫殿内考试贡举之士。2. 黜落：指科场除名落第落榜。

【译文】

苏东坡与子由参加殿试，一同禀告他们的父亲。苏洵担心有一个人会落榜，苏洵说：“我能让你们两个都能及第，一个附和题目，一个驳斥题目就可以了。”由此两个人果然都高中了。

《冷斋夜话》云：“余[1]游儋耳见黎氏，为余言：东坡无日不相从，常从乞园蔬，出其临别归海北诗云：‘我本儋耳民，寄生西蜀州，忽然跨海去，譬如事远游。平生生死梦，三者无劣优，知君不再见，欲去且少留。’其末云：‘新酿甚佳求一具[2]，谩写[3]此诗以折菜钱。’又望海亭柱间有公所书大字：‘贪看白鸟横秋浦，不觉青林没暮潮’。又谒姜唐佐[4]，适不在，见其母，余问母识苏公乎，母曰：‘识之，然无奈好吟诗。公尝杖而至，问秀才何往，我言入村落未还。有包灯芯纸，公以手拭开，书满纸，嘱曰：“秀才归示之。今尚在。”余索读之，醉墨欹倾，曰：‘张睢阳[5]生犹骂贼，嚼齿穿龈；颜平原死不忘君，握拳透爪。’”

【注释】

1. 余：指《冷斋夜话》的作者惠洪（1071—1128），字觉范，江西宜丰县人。2. 具：器物名。3. 谩写：胡乱写。4. 姜唐佐：生卒年不详，字君弼，海南琼山人，海南历史上第一个举人。5. 张睢阳：指张巡（708—757），蒲州河东（今山西永济）人，在安史之乱中死守睢阳，城陷被害。

【译文】

《冷斋夜话》说：“我游历儋耳看见黎氏，对我说：苏东坡没有一天不过来，常常过来乞求园中的蔬菜，拿出苏东坡临别归海北诗说：‘我本儋耳民，寄生西蜀州，忽然跨海去，譬如事远游。平生生死梦，三者无劣优，知君不再见，欲去且少留。’最后说：‘新酿的酒太好了，我想要一坛，胡乱写此诗来折扣菜钱。’又望见海亭柱之间有苏公写的大字：‘贪看白鸟横秋浦，不觉青林没暮潮’。又拜见姜唐佐，刚好不在，拜见他的母亲，我问他母亲认识苏公吗，母说：‘认识，只是喜欢吟读诗词，苏公曾经拄着杖来，问我秀才去往哪里，我说秀才进入村落还没有回来。有一包灯芯纸，苏公用手将纸打开，写满了纸张，嘱托我说：“秀才回来给他看这个。现在那张纸还在。”我要来读了下，这是苏东坡醉后所写，笔迹倾斜，说：‘张睢阳生犹骂贼，嚼齿穿龈；颜平原死不忘君，握拳透爪。’”

后　记

这本《东坡逸事编译注》今天能够面世，对我来说是一件极有价值和意义的事情。每当我闻着书香的时候，总会有太多的前尘往事涌上心头。这本书在讲苏东坡，似乎也在说我自己。是的，缘于一份情结难解，也因为一段机缘巧合，才会让我与苏东坡在古文学浩瀚的烟波之中再次相遇，让我去聆听，去感悟。

说情结，最难解的是家乡。这是我离开家乡负笈求学、乡校教书、携笔从戎20多年，又回到家乡当人民警察10多年后最深切的体会。出生于20世纪60年代末，从小听老人们讲明代榜眼、礼部尚书周洪谟等乡贤传奇故事长大的我，儿时玩耍嬉闹于老街破败的石板路、残留的古城墙，在古老斑驳的文庙、戏台、县衙门里藏猫猫，在龙王庙旁吃葡萄井凉糕，遥望秀美的笔架山，登上巍巍走马岭，坐在“五车书”巨石上等。这川南边陲的千年古镇——双河，就是我的家乡，四川省长宁县的老县城，一块自宋代以来人才济济、“隔河两榜眼，五里七进士”的钟灵毓秀之地。

这些年，多少次回去，站在双河淙淙溪水前，看依然瑰丽神奇的笔架山、走马岭，就想起是这个历经多次地震磨难的家乡哺育了我，就想为她做点什么，但始终无从着手。直到2020年9月底，经市级选派，省级遴选，我被四川省公安厅派往四川警察学院挂职锻炼，先后担任基础教学部秘书学教研室、文学与艺术教研室副主任。在教预备警官“大学语文”过程中，我有时会把我写的诗歌分享给同学们，于是乎同学们仿佛把我这个“警察中的诗人”当成了“宝藏”，成天围在我周围，求教现代诗歌写作问题，求教中华优秀传统文化传承问题等。这让我这个一直喜欢舞文弄墨、50多岁还在写点小诗的高级警长应接不暇并乐此不疲。

时间一久，也在其中的某一天恍然开悟：“原来文化、文学这些看不见的精神产物才是一个人最难舍的记忆，也是大家最感兴趣的东西，我为什么不从我家乡的历史文化着手呢？”周围的文朋诗友，尤其是高校的教授、博士们，一直了解我那一份浓厚的桑梓情结，当得知我有这个想法后，纷纷鼓励我从历史文化的角度，为家乡双河做一点古籍整理的事情，让更多的人了解双河悠久的历史、灿烂的文化和她在当今新时代正在走一条极富生机的文旅发展之路！

小小的双河古镇有着上千年的历史记载，特别是宋代以来出过的众多人物，在今天看来，依然可以重放光彩，如周洪谟、李永通这两个明代的榜眼等。而在这些历史人物的背后，那熟悉的身影——苏东坡恰恰是点染双河文脉的最初之人。北宋嘉祐四年（1059），苏东坡与父亲苏洵、弟弟苏辙一路沿江南下东行转而入京，在现在的四川宜宾到泸州之间，苏氏父子特意在航线上拐了个弯，坐着船溯长江支流——淯江河而上，来到长宁县府所在地双河镇，当时叫淯井监（因产盐而建制）的地方。苏东坡的到来，叩响了当时还是西南边陲蛮荒之地的双河的文化之门，也把小小的双河带进了璀璨的宋代文明世界。古文运动的领袖、文坛盟主欧阳修在《六一诗话》中专门记载了苏东坡从双河带回的礼物——蛮布弓衣（西南少数民族所织的布做成的弓袋），从此双河便与苏东坡发生了一种微妙的历史联系。据《长宁县志》（嘉庆版）里的一种说法，长宁（双河）的文脉和精神气韵是苏东坡来过后种下的，比如明代周洪谟、李永通在科场排名与苏东坡嘉祐二年的会试名次完全一样，都是第二名，而且两人也像苏东坡一样都娶王氏女子做夫人。或许苏东坡也不会想到，他的一次短暂游历，竟然给一座偏远小镇带来了如此深厚的历史文化遗产，前面提到的“隔河两榜眼，五里七进士”即是最好的证明。

说机缘，最该感谢的是当今新时代。党的十八大以来，我国坚定文化自信，大力弘扬中华优秀传统文化，我的家乡双河与苏东坡的不解之缘又得以再次展现联系。

关于这本书的创作机缘，还要先从一个人说起。在清朝末年，双河出了个叫沈宗元的了不起的人物。因为是双河人的缘故，我一直是知道沈宗元这个人的，但对其著书立学的成就知之甚少，岁月流淌，淹没了很多言语和故事，沈宗元似乎成了“最熟悉的陌生人”。在整个2022年下半年，我的周末、假期的休息时间完全放在了调研挖掘沈宗元的故事上。我多次回老家双河，与沈宗元后人深入沟通交流，包括沈宗元的幺女沈六孃等，尤其是得到了沈宗元嫡孙胡浩（随母姓）老师大力的支持帮助，与长宁本土的相关文化名人广泛探讨，阅县志，查资料，访旧居，听介绍，这样一个真实的沈宗元才在我面前逐渐清晰起来。

沈宗元（1884—1951），字与白，四川长宁双河人，清光绪二十九年（1903）癸卯科举人。沈宗元是在清朝末年四川成都最后一届乡试中考取举人的。中举后的沈宗元并没能参加第二年北京城的会试考试，而1904年的会试恰是中国历史上最后一次会试考试。又过了一年，到1905年，延续千年的科举制度被正式废除。在这种情况下，沈宗元转而就读京师大学堂（北京大学前身），1909年其被授七品内阁中书，后入同盟、办蜀报、供职于民国政府，历任四川教育司司长、省政务厅厅长、省长公署秘书长、国民大会候选代表等职。在任省长公署秘书长期间，沈宗元力请民主人士张澜出山，担任当时的成都大学校长，为"百年川大"的筹建工作立下了汗马功劳。再后来回乡（双河）支教办新学、撰写民国县志等，可见沈宗元是旧官员也是新学者，他一生著作等身，著书40余部，现今可查，仅在国家图书馆收藏的尚有8部之多，如《曾文正公学案》《中国养生学集览十八编》及《西藏风俗记》等。而苏东坡一直是沈宗元笔下始终忘不了的人，沈宗元为其相继编写了《东坡逸事》《东坡逸事续编》这两部书。

我曾认真想过，沈宗元老先生亦官亦文，为什么独对宋代大文豪苏东坡喜欢到偏爱？出版一本《东坡逸事》不够，又出版一本《东坡逸事续编》。或许沈家后人的回忆为我们提供了答案，沈家后人常常说沈宗元在生前时常提及苏东坡，喜爱其诗文，热衷其养生之理。同时作为双河的乡贤，沈宗元肯定知道苏东坡与家乡的缘分，所以才尽其所能、费心费力地收集汇编苏东坡逸事，并整理成书，在当时最好的出版社——商务印书馆出版发行，这何尝不是基于这种特殊的文脉传承和情感认同呢？

岷江　长江　淯江
这生命的河流不曾停歇
那千年翻滚的浪花
每一朵　都还在
诗意绽放

京师　杭州　海南
一个人的伟大

奔波的足迹就是历史的印痕
还有处处留下的
岂止逸事

东坡　与白　追随
唯有热爱让后人代代崇拜
当然些许感慨
偶尔会　不经意间
深藏也露

史载　而今　观照
有些事情姑且可以如何理解
生死　富贵及其他
但文脉有根　同源
从未间断

这首《追随者的沉思》是我献给苏东坡，献给双河，献给沈宗元的诗，算是后辈对先贤无限敬仰的流露，也是游子对故土回归依恋的深情。

最后，我要特别感谢我的家人，正是由于她们的无私支持，这本书才得以顺利付梓。还要特别感谢王朋博士的大力帮助，能够较为顺利地完成繁重的译注工作，让沈宗元老先生的著作能以另一种面貌重新面世。也要特别感谢身边的一些文朋诗友，他们对我工作的指正，让我受益匪浅，终生难忘！

是为记。

林　洪
癸卯年孟春于长宁箐斋邻舍